读客科幻文库

跟着读客读科幻，经典科幻全看遍。

莱博维茨的赞歌

[美] 小沃尔特·M.米勒 著 栾杰 译

A CANTICLE FOR LEIBOWITZ

Walter M. Miller Jr.

北京日报出版社

图书在版编目（CIP）数据

莱博维茨的赞歌 /（美）小沃尔特·M.米勒著；栾杰译 .-- 北京：北京日报出版社，2023.4

ISBN 978-7-5477-4407-9

Ⅰ.①莱… Ⅱ.①小… ②栾… Ⅲ.①长篇小说－美国－现代 Ⅳ.① I712.45

中国版本图书馆 CIP 数据核字 (2022) 第 209675 号

莱博维茨的赞歌

作　　者：[美] 小沃尔特·M.米勒
译　　者：栾　杰
责任编辑：曲　申
特约编辑：张敏倩　　武姗姗　　王　品
封面设计：陈艳丽
内文插画：王天骄
出版发行：北京日报出版社
地　　址：北京市东城区东单三条8-16号东方广场东配楼四层
邮　　编：100005
电　　话：发行部：（010）65255876
　　　　　总编室：（010）65252135
印　　刷：河北鹏润印刷有限公司
经　　销：各地新华书店
版　　次：2023年4月第1版
　　　　　2023年4月第1次印刷
开　　本：889毫米×1270毫米　1/32
印　　张：11.5
字　　数：267千字
定　　价：49.90元

谨致

在我心头隐隐作痛的伤痕，安妮
和她腹中的缪斯瑞琪尔——
是她指引我写出这笨拙的诗歌
是她在我的字里行间如银铃般嬉笑

要有人

FIAT HOMO

◇ 1 ◇

那时，来自犹他州的弗朗西斯·杰德勒还是个年轻的见习修士，孤身在沙漠中心奉守斋节。若不是遇到那位束腰的朝圣者，那份神圣的文件永远不会因他而重见天日。

在此之前，弗朗西斯修士还从未亲眼见过一位束腰的朝圣者。那个朝圣者的出现让他脊背发凉，镇静下来他才确定来者不抱恶意。要知道在那个时刻，灼热的大地上腾起微微晃眼的热气，朝圣者出现在遥远的地平线上，他的身躯在热浪中只是个晃动的黑点儿，几乎没有腿，只见一颗小脑袋。他在破败不堪的公路上，在如镜子一般反光的热浪里忽隐忽现，看起来不像在走，而像在蠕动着逼近。弗朗西斯修士紧紧攥住念珠上的十字架，嘴唇颤抖着念叨了一两声"万福玛利亚"。这蠕动的影子定是这毒热的邪性天气催生出的鬼魅。正午的酷热折磨着大地，沙漠里一切活物都一动不动地趴在洞穴里或藏在石缝中，避开这灼烧的太阳。唯有秃鹰和像弗朗西斯这样修行的隐士才曝晒在阳光下。除此以外，畸形的怪胎、超自然的怪物，还有神志不清的东西才会在这样的正午倔强徒步。

弗朗西斯修士急忙向畸形儿保护神独目圣人劳尔补了几句祈祷词，祈求他那些不幸的门徒不会伤害自己。（那时候谁不知道地球上有怪物，谨遵教会法律和自然法则的人们竭力将自己诞下的畸形儿拉扯大，让他们在世上饱受折磨。虽然不是人人都遵守法律和法则，但那些唯命是从的人也足以抚育一批数量不少的成年怪物了。这些怪物遍布四处，常常选择到荒僻的沙漠游荡，夜里在旅人的篝火旁徘徊。）等小黑点儿蠕动着离开了滚滚热浪，走到跟前，弗朗西斯看清对方是一位远道而来的朝圣者，这才舒了一口气。修士松开紧攥的十字架，轻叹了一声"阿门"。

朝圣者是个身材单薄的小老头儿，拄着拐棍，戴着草帽，长了一脸毛糙的大胡子，肩上搭着一只皮水囊。他正津津有味地嚼着食物，怎么看也不像什么鬼魅。而且他看上去又跛又瘦弱，"胜任"不了食人怪或拦路大盗。可不管怎样，弗朗西斯还是悄悄避开朝圣者的视线，静静蜷伏在一个碎石堆后，这样他就能默默观察而不被发现。陌生人在茫茫沙漠中不常碰见，可一旦相逢，就要暗中做好准备，分辨敌友。

这条古老的道路经过一座修道院。一年里，经过这里的在俗信徒或异乡人不超过三个。修道院矗立在一片绿洲之中，本该是旅人休息的天然客栈。可对那时候的旅人来说，这条路既没有来处，也没有去处，并非必经之地。

早年间，这条路想必是从大盐湖通往老艾尔帕索的捷径。路在修道院南侧与一条东西向的道路交叉，那是一条布满碎石的古旧道路。十字路口饱受时光的摧残，但没有人为的损坏，因为近些年来已经没什么人经过那里了。

朝圣者已来到跟前，修士依然静静躲在碎石堆后。这位朝圣者果真绑了束腰，那是一块脏兮兮的粗麻布。除了腰间的这块布、头上的帽子和脚上的凉鞋，朝圣者身上便不着片缕了。只见他拄着拐棍，拖着跛腿，迈着沉重的步子固执前行。他的步态沉稳有节奏，可见已走了很长的路，而前面还有很长的路要走。到了这古老的废墟前，老人突然快步靠过来，接着停下查探。

弗朗西斯压低了身子。

这里曾经是个古老的建筑群，如今只剩断壁残垣，没有一丝荫护。尽管如此，沙漠总有办法在大石头下面护出一小片阴凉供旅人歇脚，而聪明的旅人也总能将其找到。朝圣者就是这样一个聪明人。只见他很快就选好了一块截面大小正好的石头。修士观察到，朝圣者并没有鲁莽地抱住石头就拖，而是挪了几步保持安全距离。他用拐棍做撬棒，以一块小石头做支点，上下撬动大石头，直到那必然会藏身此处的生物从石头下爬出来。修士暗暗赞赏。朝圣者镇定地用拐棍打死了一条蛇，并把仍扭动不停的蛇身甩到一旁。栖身在这石下凉爽缝隙的主人被除掉了，而朝圣者占据了这片清凉之地。朝圣者让石头的底面朝上，撩起束腰布的后襟，将满是皱纹的屁股压到相对凉爽的石头上，然后踢掉凉鞋，把脚放在原先石头下的沙地上。这下舒服了，他晃着脚趾满意地笑了，张着没牙的嘴，开始哼小曲儿。不一会儿，这个老头儿又用方言低声吟唱一首赞美诗，这种方言修士从没听过。蹲的时间太久，弗朗西斯修士不安地动了动有些麻木的腿。

老头儿唱着歌，掏出一块面包和一点儿奶酪。歌声停了，朝圣者静静站起来，用方言轻声祷告："赞美我主全能的神，您让大地长出了面包，您是万物之王。"祷告的声音带着些鼻音。祷告结束，朝圣者才又坐下，开始享用。

看来这位流浪者确实是远道而来，弗朗西斯修士想。要知道，他从没听说过什么地区的神灵有这么陌生的名字。说不定这位老人正是要去往修道院的"神殿"。虽说"神殿"尚未被正式封为神殿，

"圣人"莱博维茨也还不是正式的圣人,可还有什么原因能让一位老流浪汉出现在这没有去处的路上?弗朗西斯实在想不出别的可能。

朝圣者慢悠悠地享用着面包和奶酪,修士的担忧逐渐消失,却越发躁动不安了。斋节期间,修士要遵守禁言的教规,因此不可主动与这位老者攀谈,可要想在他离去前离开这处藏身地,修士必然会被他听到或看到,而在斋节结束前离开隐居之所又是被禁止的。

弗朗西斯虽左右为难,但还是大声清了清嗓子,站起身来。

"咳!"

朝圣者随手扔掉面包和奶酪,抓起拐棍跳起来。

"敢偷袭我,好大胆子!"

老头儿气势十足地挥舞拐棍,威胁着这个从石堆后冒出的戴兜帽的家伙。弗朗西斯修士发现拐棍比较粗的一端被武装了一枚长钉。修士彬彬有礼地鞠了三次躬,但朝圣者面对修士的示好仍严阵以待。

"站住别动!"老头儿用嘶哑的声音吼道,"离我远点儿,你这怪物!我这里没有你要的东西!这里有奶酪,你可以拿走。想要肉的话,除了这把老骨头,我什么都没有。你要敢动,我就和你拼个鱼死网破!滚开!快滚!"

"等等——"修士刚说两个字就住了口。只有出于行善或礼貌才可以打破斋节期间禁言的规矩,情势所迫也能得到谅解,但主动打破沉默还是让修士有些紧张。

"我并非怪物,善良的蠢货[1]。"修士用表示礼貌的称呼接着说

---

1 这个时代的人们痛恨智慧和文明,骄傲地自称"蠢货",致使"蠢货"成为礼貌的称呼。后文仍有提到。——译者注(本书注释如无特殊说明均为译者注)

道。他褪下了兜帽，露出修士发式，抬起手中的念珠："这下您明白了吧？"

沉寂持续了几秒钟，老人一边像猫一样保持警惕，随时准备以命相搏，一边细细打量修士被晒出水疱的稚嫩脸颊——尽管他自己的老脸才是个天生的错误。沙漠边缘到处游荡着怪物，他们常常戴着兜帽、面具或穿着宽松的长袍来掩盖身体的缺陷。他们的畸形不仅限于身体，有的怪物甚至会把旅行者当作可以赖以为生的野味。

仔细观察了一会儿后，朝圣者挺直了腰板。

"哦——你是那边的人啊。"老头儿倚着拐棍沉着脸，"那边是莱博维茨修道院吗？"他指了指南边远处的建筑群。

弗朗西斯修士礼貌地鞠了个躬，恭恭敬敬地点点头。

"你在这破石堆后捣什么鬼？"

修士拾起一块质地像粉笔的石头。理论上来讲，这个朝圣者不太可能识字，但弗朗西斯还是决定试一试。因为平民的方言既没有字母，也没有拼法，修士在一块平坦的大石头上写下了拉丁文"苦修、独处和缄默"，接着又用古老的英文在下面重写了一遍。尽管弗朗西斯想跟人说说话，但还是希望老人能够明白自己的意思而离开，留他一人安心守夜。

朝圣者看着这些字迹露出讽刺的笑容，与其说是笑，不如说是对宿命的愤恨。"哼——居然还在写这些老套的东西。"老头儿说道，但他并没有承认自己是否理解这些字。朝圣者将拐棍放到一旁，又坐到石头上。他从沙地里捡回自己的面包和奶酪，抹干净。弗朗西斯饥饿难忍地舔了舔嘴唇，艰难地别开头。从大斋节首日到现在，弗朗西斯只吃过仙人掌果实和一把炒玉米。在专职守夜期间，禁食禁欲的教规更加严格。

朝圣者留意到修士有些不自在，于是掰开面包和奶酪递给他。

　　尽管弗朗西斯因为摄水量不足而导致身体脱水，可一见到食物，口腔里一下子涌上了唾液。修士的目光被这递食物的手牢牢吸引住了，无法移开。刹那间，宇宙收缩了，悬浮不定的宇宙中心就在于这沾满沙土的珍馐——黑面包和白奶酪。饥饿的魔鬼驱使着修士的左腿肌肉，让他的左脚向前移动了半码。右腿肌肉也被那魔鬼控制，修士抬起右脚放到了左脚前。接着那魔鬼竟迫使修士活动右侧胸肌和肱二头肌，挥起手臂碰到朝圣者的手。修士的手指感觉到了食物，指尖好像已经在品尝这美味。修士饿得半死的身体不由自主地激起一阵战栗。他闭上双眼，看到院长大人正挥舞牛鞭怒气冲冲地瞪向他。每当修士尽力想象三位一体的形象时，上帝的面容常常被院长的面容取代，而在弗朗西斯看来，那张脸总是怨气冲冲。院长背后，一簇熊熊烈焰正在张牙舞爪，火焰中浮现受福之人莱博维茨的双眼。饱受垂死之痛的莱博维茨正紧紧盯着接受禁食考验的门徒，痛苦地看着这只伸向面包和奶酪的手。

　　修士再一次不寒而栗。"魔鬼退散！"弗朗西斯向后一闪，甩开食物，不做任何警告地悄悄从袖中滑出圣水，打开瓶盖，洒向老头儿。修士此刻被太阳晒恍惚了，在他眼里，朝圣者就是魔鬼的化身。

　　这次针对黑暗和诱惑势力的正义偷袭并没有立即产生超自然的效果，却带来了自然的淋洗效果。朝圣者没有轰的一声爆炸，化作一股带有硫黄味的浓烟，却发出粗重的喘息，气得满脸通红，怒吼一声，让人的血液为之凝固，他舞着带长钉的拐棍对修士穷追猛打。修士抱头逃窜，碍手碍脚的长袍害他差点儿被绊倒，还好身上没落下钉子眼儿。由于老头儿忘记穿凉鞋，一瘸一拐的追击最后变成了单脚跳。像是突然想起脚下的岩石滚烫，他赶紧停止追击往原地跑。弗朗西斯修士回头窥视时，不禁惊呆了，他看到的情景正是朝圣者踮着大脚趾一蹦一跳地回到清凉地。

闻到指尖残留的奶酪香味，想到自己失去理性的驱魔行为，弗朗西斯羞愧得无地自容。他灰溜溜地逃回碎石堆后，继续自己要干的活儿。朝圣者的脚掌终于凉了下来，一见修士从碎石堆后冒头，他就扔石头发泄怒气。后来胳膊酸了，老头儿只能装装样子吓唬修士，为自己的面包和奶酪愤愤不平。弗朗西斯也渐渐不再躲闪了。

修士在废墟里晃来晃去，不时搬起一块石头抱个满怀，蹒跚地回到工作点的某个角落。朝圣者冷眼旁观，只见修士挑选了一块石头，用手比量了一下尺寸，放弃了，接着又仔细地选了另一块。修士从碎石堆里扒出大石头，费力地搬起来，抱着它跟跟跄跄地走了几步又放下，然后一屁股坐在了地上，把脑袋夹在双膝间，显然是在防止晕倒。喘息了好一会儿，修士才又站起身，一下一下地滚着石头向目标靠近。这个无聊的活动一直持续，朝圣者懒得看下去，连连打起了哈欠。

正午，烈日不遗余力地诅咒这片焦土，对一切湿润的事物布下恶毒的符咒。弗朗西斯不顾炎热，继续劳作。

朝圣者从水囊里喝了几口水，咽下最后一点儿沾着沙土的面包和奶酪。他套上凉鞋，站起身打了个嗝儿，蹒跚地穿过废墟，向修士走来。一见老头儿靠过来，弗朗西斯赶紧一溜小跑逃到安全距离外。朝圣者朝修士挥了挥拐棍，但看起来没有报仇的意思，只是对年轻人的石头工程感到好奇。他停下脚步，细细打量修士修建的藏身处。

在那里，也就是废墟东边，弗朗西斯修士以棍作锄头，以手为铲子，挖了一条不太深的壕沟。大斋节第一天，修士在壕沟上方盖了一堆树枝，将其作为夜间庇所，以防御沙漠野狼。然而随着禁食的日子一天天过去，修士在周边留下的痕迹也一天天增多，夜间活动的野狼循着踪迹找到这里。篝火熄灭后，野狼甚至围着他的树枝顶棚又抓又挠。

起初，弗朗西斯加厚了作为壕沟顶棚的树枝堆，并在周围挖了沟，压上石头固定严实。但头天夜里，有什么东西跳到树枝堆上面，彻夜咆哮。弗朗西斯在下面吓得浑身打战，接着就下定决心巩固庇所，以第一圈石头为地基开始建围墙。围墙逐步增高，渐渐向内倾斜，但因围墙基本呈卵状，上一层的石头紧紧压着下一层，因此不会向内倾塌。弗朗西斯修士如今希望能够完成一个圆顶，只要选对石头，花上几天工夫，将土夯实，将石头搂紧，就能完成一个圆顶。如今那未完成的圆顶无依无靠地悬在那里对抗引力，在壕沟上方坚强地宣告修士的雄心。朝圣者好奇地用拐棍敲了敲这个圆顶，这可吓坏弗朗西斯了！修士像小狗一样尖声叫了起来。

因为紧张自己的庇所，弗朗西斯向朝圣者慢慢靠过去。可老头儿听到尖叫，舞起拐棍，仿佛要吃人一般大吼一声。弗朗西斯修士一惊，被外袍下摆绊倒，一屁股坐在了地上。老头儿嘎嘎笑了起来。

"哦——嗯——你得找一块奇形怪状的石头才能填补这个空儿。"老头儿说道，他正用拐棍在最高一层石头中间的空缺处拨弄。

修士点点头又扭开脸看别处。他坐在沙地里，低头不语。修士多想告诉老头儿，他既不能自由交谈，也绝不可以在大斋节独居的处所欣然接受其他人的到访。于是他拿起一根干树枝开始在沙地里用拉丁文书写：勿诱吾等以……

"我可从没说过要为你将这些石头变成面包吧，有吗？"老头儿拐着弯儿说道。

弗朗西斯修士听了立即瞪过去。这么说，这老头儿真的认字，而且看来还读过经书！另外，他的回答显然说明他不仅理解修士泼洒圣水的鲁莽行为，还知道修士在这里的原因！弗朗西斯这才意识到老头儿一直都在取笑他，于是眼皮耷拉得更低了，垂着头等朝圣者离去。

"哦——嗯！这么看，你理应一个人待在这里，是吧？好吧，那样的话，我最好上路了。告诉我，你们修道院的修士们会不会收留一位老人乘乘凉、歇歇脚？"

弗朗西斯修士点了点头。"他们还会给您水和食物的。"他好心地柔声补充。

朝圣者咯咯笑了。"就为这，我走前也要为你寻块石头堵上那个窟窿。上帝保佑你。"

可没必要——抗议的话语胎死腹中。弗朗西斯修士眼看着老头儿蹒跚地走到一边。朝圣者在碎石堆间来回走着，不时停下来观察一块石头或用拐棍撬动另一块。弗朗西斯心想，老头儿的搜索肯定徒劳无功，他自己从上午晚些时候起，已经这样找过一遍了，结果发现，简直是大海捞针。要想找到恰能契合拱顶那沙漏状缺口的石头，还不如拆掉重建来得简单。不过朝圣者肯定不久就会耗尽耐心，继续上路。

想到这里，弗朗西斯修士安心歇息了。他祈求上帝让自己的灵魂恢复平静，这也是在斋戒中的修士所要追求的：让灵魂纯净舒展如一张干净的羊皮纸，容神之召唤书写于这孤独的心灵。等待上帝从自身无尽的孤独中伸出手，触摸修士那属于人类的渺小孤独，在上面留下神之召唤。弗朗西斯掏出一本小书，那是谢洛奇副院长于上个星期天留给他的，用来指引他的冥思。这本小书有几个世纪那么古老，书名叫作《莱博维茨之书》，不过追溯受福之人创作这本书的历史并不可靠。

> "哦，上帝！年少无知，爱您未几；年岁日增，伤悲日溢。曾欲背离，终从神谕……"

"嘿！快过来！"碎石堆后爆出一声大喊。

弗朗西斯修士抬了抬眼皮，没有看到朝圣者，便又沉浸到书本里：

> "我背离您，欲求广博智识优于宗教，欲求可靠事物甚于希望，欲求甜美万物胜于博爱，因而落得无知无识无人更甚！"

"嘿，小子！"声音又传来了，"我帮你找了一块石头，可能合适。"

弗朗西斯抬头张望，这次从碎石堆后看到朝圣者正挥舞着拐棍向他示意。修士无奈地叹了口气，再次埋首书本：

> "哦，深沉神秘之灵魂判官，一切灵魂向您开启，若您曾一度向我召唤，我却背您而去未留意，若您仍愿将我感召，虽则不配……"

恼人的声音再次从碎石堆后传来："好吧，那你自便。我会给这块石头做个标记，旁边插个桩子，试不试随你！"

"谢谢！"修士叹道，但怀疑老头儿没听到。他继续艰难地唷着这文章：

"哦，上帝！请救我脱离自身恶习，容您之意志盈充我心，容您之感召得以及时捕获……"

"弄好啦！"朝圣者大喊，"木桩钉好啦，标记也做啦！愿你早日找到自己的声音，孩子。祝你好运！"

喊声远去，弗朗西斯修士这才抬头瞥见朝圣者一瘸一拐的背影。老头儿正走在通向修道院的小路上。修士轻声为他祈祷，祝他一路平安。

终于又回归平静了，修士将书本放回庇所，恢复他随意无序的搬石头工作，没有一丝念头要去查看朝圣者的发现。在石头的重压下，饱受饥饿的修士气喘吁吁，筋疲力尽，步伐踉跄，头脑像机器一样一遍遍重放祈求感召的祷词：

"哦，上帝！请救我脱离自身恶习，容您之意志盈充我心，容您之感召得以及时捕获。"

天上一大片积雨云飘过燥热的沙漠，却又要残忍地离开，准备将这份清凉赐予群山。可头顶的云还是开始吸走骄阳的炽热，为下面被晒得滚烫的沙漠带来阴凉，这断断续续的抚慰为沙漠缓解了烈日的灼伤。等这片云影覆上废墟，修士加紧工作，直到云影离去才停下歇息，等待下一片云影遮住太阳。

完全是在无意之间，弗朗西斯修士发现了朝圣者的石头。来回往返时，修士一下子绊到什么东西上，是老头儿敲进地里做标记的木桩。回过神来，修士才发现自己跪在地上，目光正对着一块古老的石头，上面有粉笔做的标记。

标记做得非常仔细，弗朗西斯修士马上判定它是某种符号。但端详了好几分钟，他依然困惑不已。难道是巫师的符咒？可不应该呀，老头儿曾念叨"上帝与你同在"，巫师可不会说这样的话。修士从碎石中撬出这块石头向废墟推去。这时，石堆从内部发出簌簌的响声，一块小石头咔嗒咔嗒地从碎石堆顶滚了下来。弗朗西斯担心石堆坍塌，远远避开。但震动一会儿就没动静了，而朝圣者那块石头原先揳入的地方如今露出一个小小的黑洞。

通常只要有洞，就有寄居者。

但这个洞不一样，它被朝圣者的石头封得死死的。要不是弗朗西斯翻开了石头，连一只跳蚤都别想钻进去。但修士还是很小心，他捡起一根木棍，小心地伸进洞口，在里面没碰到什么阻碍。一松手，木棍滑进洞里消失无踪，看来是掉进了一个更大的洞穴。修士紧张地等待，没见有什么东西爬出洞口。

弗朗西斯又趴到洞旁，双膝着地，围着黑洞仔细闻了闻，没有动物或硫黄的味道。修士把一块小石头推进洞里，俯身让耳朵离洞口更近，认真倾听。小石头在距洞口几英尺处弹了一下，接着又咔嗒咔嗒滚下去，其间似乎撞到过金属制品，最后在下面极深的地方停住了。听回声估测，洞里的空间该有一个房间那么大。

弗朗西斯修士蹒跚地爬上碎石堆四下探望。看起来跟平常一样，除了秃鹰在高空盘旋给他做伴，他只有孤身一人。这只秃鹰最近抱着极大的兴趣监视修士，引得其他秃鹰也偶尔离开领地前来查看。

修士围着碎石堆搜索一番，没有找到别的洞口。他趴在旁边的石堆顶上朝通往修道院的小路俯视。朝圣者早已不见踪影，古老的道路上空无一人。但弗朗西斯瞥见了艾尔弗莱德修士，他正在斋戒处以东一英里外的矮山上捡拾柴火。艾尔弗莱德修士是个聋子，像木头桩子一样什么都听不见。除此以外再也望不见任何人。虽然弗朗西斯觉得没有呼救的必要，但还是预想了大喊呼救会导致什么结果——修习审慎，以防万一。仔细勘察地形后，弗朗西斯从石堆上爬了下来。与其大喊呼救，不如把气力留在逃跑上。

弗朗西斯想要把朝圣者找到的石头放回原处，如先前一样塞住洞口，但由于洞口周边的石头都稍稍移了位，这块石头无法像之前那样如拼图般紧紧嵌入洞口。另外，他的庇所顶棚依然缺块核心的楔子。朝圣者说得没错：这块石头的大小和形状看起来很合适。思虑少顷，修士就抱起石头晃晃悠悠地回到庇所。

石头恰好堵上了洞口。他踢了一脚这个新楔子，看它是否结实。结果这一层十分契合，尽管震动在几英尺外造成了轻微的坍塌。朝圣者留下的记号在挪石头时有些模糊了，但还是可以临摹下来。弗朗西斯修士把烧黑了的木棍当作笔，认真地将这些记号描画在另一块石头上。等到安息日，谢洛奇副院长巡视斋戒处所时，修士就可以向他问清楚这个符号有什么意义，到底是祝福还是诅咒。异教符号是被禁止的，但这个见习修士实在好奇，至少也要知道睡觉时悬在头顶的石头上的符号是什么意思。

正午烈日当空，弗朗西斯继续劳作，可脑袋里总有个声音在提醒自己注意那个黑洞——那个神秘的令人惊悚的小洞。那里面碎石簌簌作响时，地下传来隐约的回声。他知道身边这废墟历史悠久，也知道自古以来，一代又一代修士和异乡人经过这里，有人在此地搜集大块的石头，有人砸碎大块的石柱或石板以获取一块块古老的金属。那些金属被古人巧妙地嵌入石头中，而它们的年代几乎早就被这世界遗忘了。人类的活动一点一点将古迹磨蚀成如今的散乱石堆，人为的破坏致使古迹面目全非。传统上，人们将这些废墟归为史前文明，而修道院的建筑师依然能够觉知并指出一处处高层建筑的废墟，这让他无比自豪。废墟内部还隐藏着残留的金属块，只要有人愿意费心敲开足够多的石头，就能找到。

修道院本身就是由这些石头建造的。几个世纪以来，石匠们在此地的采石工作从未停止过。如果这样还能留下什么古迹，弗朗西斯心想，这真是天方夜谭了。然而，他确实从未听人提过这里的建筑有地下室或地底房间。他最后想起建筑大师明确的结论，即通过多角度观察，此地的建筑多为仓促建成，没有扎实的地基，大部分建筑都直接建于石板路面上。

庇所临近完工，弗朗西斯修士又冒险回到黑洞旁，站着朝下望。他始终甩不掉沙漠居民的谚语：避光之处，必有异物。虽然洞中现在没有寄居者，明天天亮前定会有生物钻进去。再者，就算洞中有异物，白天去探索一定比夜里安全得多。不过环视四周，除了自己、朝圣者和狼的脚印，似乎没有什么别的踪迹了。

做过决定，弗朗西斯开始清理洞口的沙石。半个小时过去了，黑洞没大多少，但仍可确定下方有一个洞穴。他发现有两块不大的卵石紧挨洞口，卵石的大半深埋在沙土里，明显是被太多的压力挤在一起的，看起来就像卡在瓶颈里。他向右撬一块石头，它的卵石邻居就向左紧跟着滚来，反过来也一样，但他还是坚持跟这块石头作斗争。

突然，弗朗西斯的撬棒弹出手心，恰好敲在自己的脑壳上，接着他便坠入地洞无影无踪。这重重的一棒敲得他眼前一黑，滑落的飞石又砸在他背上，他拼命想抓住什么可还是摔倒了。直到小腹猛然撞到坚硬的地面，他才确定自己是掉进坑里了。岩石滑落的撞击声震耳欲聋，还好一会儿就停歇了。

扬尘让他睁不开眼，弗朗西斯只能趴在地上大口喘气，思量着到底能不能动，要知道后背的剧痛可真是钻心。他费力地从罩袍里抽出一只手，细细摸索肩膀的痛处，那里可能碎了几块骨头。一摸果然粗糙不平，而且剧痛难忍。抽回来的手指湿乎乎的，沾满鲜血。他试着动了动，不禁呻吟起来，又静静躺下了。

耳边传来翅膀轻拍的声音，弗朗西斯一抬眼，正瞥见一只秃鹰自几码[1]之外的碎石堆上俯冲下来。见修士动了一下，那大鸟又振翅飞走了。但弗朗西斯想象秃鹰之前凝视他的眼神，充满母性的关爱，如一只忧心忡忡的母鸡。弗朗西斯急切地翻过身，一大群黑色的天国之主汇集而来，它们好奇地压低身子盘旋，掠过石堆。弗朗西斯稍微一动，它们便冲向高空。他突然不再理会那可能撞碎的脊柱和肋骨，颤颤巍巍地站了起来。那群黑色大鸟失望透顶，又乘着热气冲上云霄，然后解散队伍，各奔东西。弗朗西斯期待着圣灵所派的黑色使者降临，这些黑鸟似乎也急不可耐地要代鸽子履行职责，收割灵魂。然而，黑鸟时不时的试探终于让修士不耐烦了。他试着耸了耸肩，发现后面被利石砸过的地方只是受了点儿擦伤和瘀伤。

1　1 码约等于 0.914 米。

塌陷时激起的一柱烟尘被微风渐渐吹散。弗朗西斯希冀修道院瞭望塔上会有人注意到这里，前来查探。他脚下的地面裂开了一个四四方方的大口子，足足有半堆碎石涌入洞中。一行石阶向洞内延伸，可惜塌陷之时被掩埋了大半，只有最上面的几层露在外面。乱石静等了六个世纪，直到弗朗西斯到来，促成了完全的塌方。

石阶旁一面墙上露出被掩埋一半的标牌，字迹依稀可辨。弗朗西斯利用自己掌握的极其有限的灭世前的英语，一字一顿地低声念道：

> 辐射幸存者庇所
> 仅限人数：15
> 供给品限度，单人：180天，除以实际人数分用。入室后，第一道舱门将紧锁密封，入侵者防护盾将通电以抵制妄图进入的受污染者。室外警示灯亮……

剩下的字迹已被掩埋，但第一个词就足以让弗朗西斯震撼。他从未见过一只"辐射"，也希望自己永远不要碰见。关于这种怪兽的真实资料早已失传，但弗朗西斯听过辐射的传说。他惊恐地画着十字，步步倒退。历史上有传说，受福之人莱博维茨也曾遭受辐射，并被其折磨数月，直到受洗时才用咒语驱走了这恶魔。

在弗朗西斯的脑海里，辐射的半个身子是火蜥蜴。因为根据古老的传说，这怪物正是烈焰灭世时出生的。而另一半则是趁少女熟睡时夺走其贞操的淫妖。流窜世间的畸形怪物不是仍被唤作"辐射之子"吗？魔鬼能够利用曾折磨过约伯的一切苦难来折磨常人，这不只是教义上的故事，更是赤裸裸的事实。

见习修士盯着这块标牌，心慌意乱。因为上面的意思写得清清楚楚，他无意中闯入的这个房间（但愿魔鬼已抛弃这处所，上帝啊！），里面不是只有一个骇人的辐射，而是有十五个！修士颤抖着摸索身上那瓶圣水。

◇ 2 ◇

哦，主啊！请解救我们，
脱离对异教偶像之崇拜。
哦，主啊！请解救我们，
避开暴风和闪电。

哦，主啊！请解救我们，
免于地震之灾难。
哦，主啊！请解救我们，
远离瘟疫、饥荒和战乱。

哦，主啊！请解救我们，
远离这吞噬一切的爆炸点。
哦，主啊！请解救我们，
脱离这钴辐射雨之灾难。
哦，主啊！请解救我们，
远离这锶辐射雨之灾难。
哦，主啊！请解救我们，
避开这铯尘之灾难。

哦，主啊！请解救我们，
脱离这辐射之灾难。
哦，主啊！请解救我们，
远离这怪物之作乱。
哦，主啊！请解救我们，
结束这畸形之咒怨。
哦，主啊！请解救我们，
摆脱这永世之劫难。

罪人无知，诚心祷告，
请倾听我们。
您定要饶恕我们，
求您聆听！
您定要原谅我们，
求您聆听！
您定要指引我们诚心悔过，
诚心祷告，请倾听我们。

　　弗朗西斯修士小心翼翼地弓着腰，战战兢兢地踏上这古老石阶，深入辐射避难所。每喘一口气，修士就低声祷念《圣人祷文》中的短句。他手中的武器只有一瓶圣水和一支火把，那火把还是刚刚在昨夜的火堆余烬中引燃的。他已经等了一个多钟头，希望有人能来查探这烟尘滚滚之处，结果没人过来。

　　要放弃守夜的职责，即使是一小会儿都不可容忍，只有生了重病或接到返回命令才可以结束，不然就违背了他作为一名真正的修士要终生服从莱博维茨教条的庄严承诺。倘若违背教条，弗朗西斯修士将毕生痛苦。因此，摆在他面前的只有两个选择，或者在太阳落山前深入这骇人的洞穴亲自查探，或者对地洞中可能隐藏的一切不闻不问，听凭它们苏醒后在夜间流窜。夜间已经有狼的威胁了，而那些让人担忧的动物不过是血肉之躯。对于没有实际形态的怪物，还是白天撞见更好些。不过现在太阳已西沉，地洞里的光线也很微弱了。

掉入庇所的碎石在石阶处堆起了一座小山，在楼梯口处高耸。碎石和顶棚之间只有窄缝。弗朗西斯伸出脚小心地探路，前方斜坡陡峭，只能这样前行了。就这样，在这身前身后不知有何物的神秘空间里，修士在松散的碎石堆里一步步摸索，向下挪动。偶尔停一停，倾斜一下火把，让变弱的火苗燃高。这时候，修士会努力估测周围的威胁和下面的危险。虽然几乎什么都看不见，但至少可以看出三分之一的地下室都被顺着石阶涌入的碎石填满了。碎石覆盖了全部地面，触目所见的家具都已被挤碎，还有一些可能完全埋没在碎石下。金属柜子七歪八扭地倒在一旁，大半陷在石头里。房间另一端是一扇金属门，上面的铰链向修士垂过来。金属门被石头封得死死的，油漆斑驳的大门上，字迹依然清晰可见：

内舱
密闭环境

原来修士进入的房间只是个前厅。可是不管内室里藏着什么，数吨碎石在门口封了个严实，无从进入。"密闭"这话确实不虚，除非还有其他出口。

终于挪到碎石堆脚下，彻底确认了前厅没有威胁，见习修士这才小心翼翼地走近金属门，举着火把认真检查。"内舱"字样下，有个小一号的标牌，上面锈迹斑斑，写着：

警告：所有人员进入前，CD-Bu-83A 技术手册所规定的一切安全程序完成前，舱门不得封闭。内舱密闭后，舱内空气将被压缩至2.0磅／平方英寸，从而确保辐射向舱内渗入量最小。内舱密封后不会轻易由伺服电机系统自动解锁打开，除非发生以下情况：（1）外部辐射量降至危险水平以下；（2）水与空气的再净化系统失效；（3）食物供给告罄；（4）内部电能供应中断。请参见 CD-Bu-83A 手册进一步了解。

弗朗西斯修士对这则"警告"的内容有些困惑，但觉得还是完全不碰这扇门为妙。古人那不可思议的精妙装置可不是能随便碰的，这是很多开凿者用生命证实过的。

弗朗西斯修士还留意到，比起今天涌进来的饱受风沙洗礼、烈日曝晒的碎石，在前厅静卧了几个世纪的石头颜色更深，纹理更粗糙。可见"内舱"并非被今日的塌陷所封，而是封锁于更久之前，而那次坍塌的时间比修道院的历史还久远。如果辐射幸存者庇所里有一只辐射，那么很显然，这个魔鬼自烈焰灭世时起，至大简化运动前从未打开过舱门。而且，要是辐射在金属门后被封锁了好几个世纪，那么——弗朗西斯告诉自己——没有太多理由担心复活节前夕，这个魔鬼会从内室闯出来。

修士的火把快熄灭了，他找了一根碎裂的椅子腿，用越来越暗的火把点着，然后开始搜集家具碎片让火持续燃烧，同时沉思着这古老标语的含义：辐射幸存者庇所。

最后修士不得不承认，他的史前英文掌握得远远不够纯熟。名词有时候可以修饰别的名词，这点他怎么也搞不懂。在拉丁文和大多数简单方言中，像 Servus Puer 和 Puer Servus[1] 这两个词组的含义基本一致。即使在英文中，slave boy 和 boy slave 的意思也一样，但除此以外再找不到其他相似之处了。修士最后才弄清 house cat 跟 cat house[2] 不是一回事。不管是目的格还是所有格，在"吾友[3]"还有"狗食[4]"和"岗亭[5]"这样的组合里都能体现，连词形变化都不需要。但是像"辐射幸存者庇所"这种三个名词同位的情况又该如何理解呢？弗朗西斯摇了摇头。有关内室的警告中提到了食物、水和空气，这些绝对不是地狱的恶魔赖以生存的。在这种时候，弗朗西斯总不禁感叹，灭世前的英文实在太复杂，甚至难于中级天使学和圣莱斯利的神学推演。

弗朗西斯在碎石山的斜坡上点燃了火堆，这样整个前厅的幽暗裂纹都能被照亮，然后修士就去搜索碎石堆未掩埋的一切。地上的废墟被一代又一代拾荒人摧毁得面目全非，以致无法通过考古学考究。而这片地下废墟却只经历过天灾，从未历经人祸。整个空间像是被另一个时代笼罩。一具头骨正静静地躺在幽暗角落的碎石中

1　"Servus Puer"意为"奴隶男孩"，"Puer Servus"意为"男孩奴隶"。

2　"house cat"意为"家猫"，"cat house"意为"猫屋"。

3　原文为拉丁语"mihi amicus"。

4　原文为英语"dog food"。

5　原文为英语"sentry box"。

间，龇着的牙齿间还有一颗金牙——这显然证明，这个庇护所从未有流浪者闯入。火苗蹿得更高了，金牙在火光中一闪一闪。

弗朗西斯早已不会为看见尸骨而大惊小怪了。在沙漠干枯的河道中，修士不止一次见过一小堆人骨，在强烈的日光里显得白而洁净。而且在这样的地下室，总会撞见这样的东西，因此，当猛然看到前厅角落的头骨时，修士没有被吓得两腿发软，反而被那一闪一闪的金牙吸引了注意力。弗朗西斯试着去撬那些生锈的金属柜子，但它们不是被锁死了就是卡住了，他试着去拉金属桌子的抽屉，可是桌子被挤扁了，抽屉也卡住了。要知道，如果桌子里面还保留着一些文件或一两本书——从大简化运动的焚书烈焰中幸存下来的书——那这桌子就是无价之宝。修士继续竭力去拉那些抽屉，火光越来越弱，他发现头骨本身开始发出微弱的光。这种现象倒也不稀奇，但是在这幽暗的地下室，弗朗西斯备受其扰。于是他收集了更多木头把火焰燃高，接着回到桌子前，费尽力气拽拉抽屉，同时尽量无视头骨上那一闪一闪的牙齿。对于可能存在的辐射，弗朗西斯还是有些警惕，但此时他已克服了最初的恐惧，因为他意识到在这个庇所里，尤其是在这个柜子里，可能保存着大量内容丰富的文物。而这一切，是这个世界要刻意甩进历史尘埃中的。

能够找到这些文物真是上天的眷顾。这些年，要想找到一点儿文物——躲过焚书烈焰、逃过拾荒者趁火打劫的文物——那真是天大的幸运，然而伴随幸运的还有潜藏的风险。对古代宝藏有灵敏嗅觉的修道院挖掘者，曾从一个地洞里成功发掘出一种奇怪的圆柱形人工制品。然而，在清洗并确认其功能时，不知是按错了什么钮还是拧错了哪个把手，结果没等享受牧师福利就魂飞天外了。就在八十年前，尊敬的博杜勒斯曾给院长大人写了一封欣喜洋溢的信，称他在一次小范围探险中发现了"洲际发射台遗址，一起的还有几个极妙的神奇储油罐"。修道院里没有人了解尊敬的博杜勒斯所说的"洲际发射台"是什么东西，但当时在位的院长大人态度坚决地颁布法令，命令修道院收藏家此后严禁收藏这类"发射台"，违者即逐出教会。这是因为院长大人收到的信是来自尊敬的博杜勒斯最后的消息，之后再也没有人见过博杜勒斯先生本人、他的团队、他的"发射台"遗址以及在遗址上成长起来的小村庄。而之前村庄的所在地如今成了一个充满生趣的湖泊。这是因为一些牧民改变了小溪的水道，把水引入"发射台"遗址处的大坑，让牲畜们在旱季也有水喝。大约十年前，从那边过来的旅行者曾说那个湖泊是一个多好的捕鱼所在。然而湖泊周围的牧羊人却拒绝在湖里捕鱼，因为他们深信，湖中的鱼是离世的村民和挖掘者的灵魂所化。湖底深处还静静地住着一条巨大的鲇鱼，名字就叫博杜勒斯。

院长的法令还补充道："……同时禁止任何挖掘行为，除非以充实《大事记》为计。"也就是说，弗朗西斯修士只能在庇所搜寻书籍和文件，不得碰触任何奇异但未知的器件。

弗朗西斯修士竭尽全力对书桌抽屉又撬又拽，那颗金牙却在角落里对着他调皮地一闪一闪。抽屉还是没有一点儿让步的意思，弗朗西斯气恼地踹了桌子一脚，扭过头焦躁地瞪着头骨：你干吗老是对我龇牙嘲笑，不能换一副表情吗？

嘲笑没有收敛。这镶金牙的头骨静静地躺在一块大石头和一个生锈的金属箱之间。修士放弃撬抽屉，穿过碎石堆，走上前去想仔细观察这具人类遗骨。显然，这个人正是在此处被奔涌而下的石流冲倒，半身都被埋进碎石。只有这头骨和一条腿骨暴露在外。明显可见股骨碎裂，后脑壳也被压碎了。

弗朗西斯修士为逝者轻声祷告，接着温柔地扭转头骨，让它面对墙壁继续龇牙。就在这时，修士的目光落在一个锈蚀的箱子上。

箱子的形状像一只提包，明显便于携带，可能有很多用处，可惜被石块砸烂了。修士轻手轻脚地将箱子从乱石中搬出，拿到火堆旁。锁好像已经被砸坏了，但盖子被锈蚀得紧闭着。修士摇了摇箱子，里面哗哗作响。这看起来不像收藏书和文件的东西，但是——同样很明显的——这个箱子开关方便，里面说不定有一两张碎纸片，纸片上面的信息也许能够充实《大事记》。然而，想到博杜勒斯等修士的厄运，撬开箱子前，弗朗西斯先在上面洒了些圣水。他尽可能恭敬地对待这古代的遗物，然后抓起一块石头开始砸箱子上生锈的铰链。

终于，铰链被敲断了，盖子掉下来，一些金属零件从箱底的托盘里漏出来散落在碎石堆中，还有一些掉进石缝里，再也不可能捡回来。但是，在托盘下面的箱子底部，修士看到些什么东西——是文件！飞快地祷告感恩后，修士捡回尽可能多的金属零件，松松地组装好箱盖，紧紧夹着箱子往上爬。他爬过碎石堆，爬向楼梯口，爬向入口处那一小片天空。

弗朗西斯适应了地底的黑暗，出来就被阳光晃得睁不开眼。他不顾夕阳正西沉，危险正逼近，马上寻找平坦的石板，以便将箱子里的东西一一摊开，细细研究。

几分钟后，坐在一块碎裂的地基石板上，弗朗西斯开始把托盘里的金属和玻璃零件一一取出，大部分是些两端带金属线的小管子。这种东西他曾见过，修道院里的小博物馆收藏了一些，大小、形状、颜色不一。还有一次，他曾见过山地异教的一位巫师脖子上挂了一串这种小管子作为仪式项链。山人认为它们是"神之部分身体"，而传说中的分析机是山人所崇拜的大智慧神。据他们讲，巫师只要吞下一根管子，就能做到"永无过错"，从而能在山人之中树立不容争辩的权威。假如吞下的管子有毒，那就另当别论了。修道院博物馆里的这种零件也是连在一起的，但不是作项链用，而是嵌在小金属盒底部，复杂无序像个迷宫，标牌写着："无线电底盘：用途不明。"

手提箱盖子内部贴了一张字条。胶水早已化为粉末，墨水早已褪色。纸条被锈迹沾染得发黑，就算上面的字写得再秀气也难以阅读，何况字条上的字是草草写就的。修士一面断断续续地辨识，一面清空托盘。这些字有些像英文。尽管很勉强，但半小时过去后，他还是解读出来大部分内容：

卡尔：

一定要在二十分钟内搭架飞机确保（无法识别）。看在上帝的分儿上，在确认进入战争状态前让艾待在那里吧。求你了！尽量把她列入庇所的候补名单吧。在我的飞机上没法为她弄到座位。不要告诉她为什么我让她背这箱垃圾。但在我们确认之前，尽力把她留在那里，直到最差的情况（无法识别），有个候补人员没有出现。

I.E.L.

附：我在（无法识别）上加了封条，还在盖子上贴了"绝密"，以防艾翻看，还匆忙抓了一个工具箱装这些文件。把它锁进我的保险柜或别的什么地方。

在弗朗西斯修士看来，这张草草写成的字条，内容简直莫名其妙。他此时已经激动过了头，什么都想看，可什么都看不进去，最后对着字条上作者潦草的笔迹嘲笑了一下。弗朗西斯开始移除托盘的托架，以便取出箱子底部的文件。托盘是呈螺旋状相连的，也就是说，要旋转托盘才能把文件一份份取出，然而固定用的大头针却锈得死死的。弗朗西斯发现，需要从托盘夹层里找个短小的钢制工具把它们撬出来。

修士终于取出了最后一个托盘，他崇敬地触摸着这些文件：这一沓文件是多么珍贵的宝藏啊！它们逃过了大简化运动的熊熊烈焰，有多少神圣的书籍文件在那大火中卷曲、灼黑、化为青烟，而无知暴民还把这罪孽当作胜利而号叫欢呼。修士像对待圣物一般收藏这些文件，他脱下外袍轻轻裹住文件为其遮挡风沙，要知道，那个时代的东西是多么脆弱易碎。文件里面有一扎草图和图表、手写的笔记、两张折好的大幅图纸和一本名为《备忘录》的小书。

他先是仔细检查了那些潦草的字条。这些字条跟贴在箱子盖上的字条是同一人写的，书法真是糟透了。一张字条上写道："一磅熏牛肉、一罐泡菜、六只硬面包圈——带回家给艾。"另一张字条提醒道："记住——取1040号表格，莱沃尼大叔。"还有一张字条上面只有一列数字，下面圈出了总和，又减去了一个数额，最后算出一个百分比，接下来是一个词："该死！"弗朗西斯修士检查了这些数字，发现这个字迹潦草的作者起码没算错数字，不过修士对这些数字可能代表的含义一无所知。

拿起《备忘录》，修士更加恭敬地捧在手中，因为这个标题暗示了"大事记[1]"。打开之前，修士庄重地在身上画十字，并默祷上帝赐福于这些文字。然而这个小本子让他大失所望。修士期待的是一份印刷品，但看到的只是手写的表单，上面罗列了名称、地点、数量和日期，日期跨越了二十世纪五十年代末至六十年代初。这又是一份有力证据——证明地下庇所的内容都源自启蒙运动初期！这实在是一个重大发现！

修士看向那两张折起的大幅纸张，一张紧紧卷起，修士试着打开后，能辨认出《赛马新闻》的字样，但别的就无能为力了。于是他将这张纸放回箱子，日后再做复原工作。接着修士想要打开第二份折好的文件，纸张腐朽得实在太脆弱了，他只敢小心翼翼地将文件掀开一点儿，向内窥视。

一份图表，看起来正是一份图表！而且——这是一张黑底白线的蓝图！

弗朗西斯为这发现又心神一振。很明显，这是一张蓝图——修道院里连一份原版蓝图也没有，只有几份这种图表的临摹版本。经过长时间的日光曝晒，原版蓝图上的字迹颜色早已褪尽。弗朗西斯从未见过一张原版蓝图，但他见了那么多手工临摹的副本，足以确认手中的这张图表是一份蓝图。虽然稍有褪色和污迹，但经过了这么多世纪仍清晰可辨，这多亏地下室的环境幽暗干燥。翻过文件，修士一下子怒火冲天——是哪个白痴亵渎了如此珍贵的图纸？居然在蓝图背面没心没肺地画满了几何图形和儿童卡通形象！这是多么鲁莽的破坏啊！

等修士静下心来想清楚，怒气才消散。在那个年代，这种蓝图

1　备忘录的英文"Memo"与大事记的英文"Memorabilia"有相同的词根。

可能跟野草一样毫不稀奇，而且这涂鸦的罪人说不定正是这箱子的主人。修士用自己的影子遮住蓝图，将其小心翼翼地展开。蓝图右下角印有一个方框，里面用简明的黑体字印着各种头衔、日期、"专利号"、参考数字和名字。修士一行行浏览着，猛然看到："电路设计人：I.E. 莱博维茨。"

修士紧紧闭上双眼，不可置信地把头摇得像拨浪鼓一样，定了定神才又睁开眼睛。就在那里，清清楚楚地印着：

电路设计人：I.E. 莱博维茨

再翻过图纸，背面满满的几何图形和儿童卡通形象之间，清晰地盖着一枚紫色印戳，是一张表格：

签名显然是女性的笔迹，与其他字条上的潦草字体截然不同。弗朗西斯打量了一下箱盖字条上的首字母签名"I.E.L."，又看了一眼"电路设计人"的签名，同样的首字母缩写还出现在别的字条上。

修士们曾全凭猜想争论，如果创立教会的受福之人最终被封圣，那应该如何称呼为好，是圣艾萨克还是圣爱德华？一些人甚至认为圣莱博维茨这个称呼更为合适，直到如今，提起受福之人，修士们还是用姓来称呼他。

"受福之人莱博维茨，请保佑我吧！"弗朗西斯修士低声祷告，他的双手剧烈颤抖，几乎要把脆弱的文件撕裂掉。

他发现的是圣人的遗物。

虽然新罗马尚未正式册封莱博维茨为圣人，但弗朗西斯修士对其圣人身份确认无疑，于是大胆地在祷告中加上一句："圣人莱博维茨，请保佑我吧！"

弗朗西斯修士这次没有浪费时间做烦琐的推理就马上得出了结论：他已获得感召，这感召的象征已由上天亲自置于他眼前。如弗朗西斯修士所见，他找到了他被遣送到沙漠中要找的东西。他受召成为一名正式修士。

院长曾严禁祈盼壮观的感召形式，但见习修士早已将这警告抛在脑后。他跪倒在沙地里祷念自己的感激之情，并表达了对朝圣者的感谢，感谢他指明了通向地下庇所的石头，表示愿意念几十年《玫瑰经》作为报答。"愿你早日找到自己的声音，孩子……"朝圣者曾留下这样的话语。如今见习修士才明白，这里的"声音"另有深意。

"在我内心，唯独渴望您的意志，若您感召，我将唯独在意您的召唤……"

　　院长也许会认为弗朗西斯的"声音"只是指客观实在的话语，没有什么前因后果。大主教可能会认为"莱博维茨"在烈焰灭世前只是个常见的姓，I.E. 很可能是代表伊卡伯德·埃比尼泽，不一定就是艾萨克·爱德华。但对弗朗西斯来说，只有一个可能，这就是莱博维茨。

　　"当——当——当——"三声钟响穿过漫漫黄沙由修道院传来，稍许停顿后，又传来九记钟声。

　　"上帝之天使向玛利亚报喜。"见习修士尽职尽责地回应道。扫了一眼太阳，修士不禁吓了一跳。夕阳，那红艳艳、沉甸甸的椭圆，已经触摸到了西方的地平线，而修士自己地洞周围的石墙尚未完工。

　　祷词一念完，修士匆匆将文件重新收拢到那个锈损了的破旧箱子里。上苍的感召不一定包含征服野兽、驯服饿狼的神力。

　　暮色退去，繁星升起，弗朗西斯的临时居所终于完工，被建造得尽可能结实。但能不能防住野狼还有待考验，而这考验马上就要降临了，修士已经听到几声狼嚎从西方传来。他重新燃起火堆，但火光外围还是一片漆黑，修士无法出去采集他每日所需的紫色仙人掌果实——这是他唯一的营养来源，除此之外，他只能在星期日领到几小捧来自修道院的炒玉米，那是牧师带圣餐巡视时分发的。大斋节感召守夜之时，修士的执行比教条还要严格，实施起来只剩简简单单两个字，那就是"挨饿"。

　　而今夜，饥饿的折磨对弗朗西斯来说已经不算什么了，他要压制住冲回修道院报告他的发现这一不安分的欲望。要是这样跑回去，那就是宣告感召守夜的目的没有达到，时间又要延长了。因此，在大斋节期间，不管有没有受到感召，弗朗西斯都要待在这里老老实实地守夜，就像什么都没发生过一样。

修士透过跳动的火光向黑暗中辐射幸存者庇所的方向凝视。迷蒙中，修士想象一座大教堂拔地而起，高高耸立。这个幻象让他愉悦，但是难以想象有谁会挑选沙漠边缘如此偏僻之地作为核心创建教区。好吧，如果建不成大教堂，那就换座小一点儿的教堂——矗立于荒野的莱博维茨教堂——周围有花园、围墙，还有敬奉圣人的祠堂。围着束腰的朝圣者如潮水一般从北方涌来。来自犹他州的弗朗西斯"神父"引领这些朝圣者游览废墟，甚至还穿过"二号舱"见识"密闭环境"的精彩盛况，参观烈焰灭世时代的墓室。而后，他为朝圣者们主持弥撒。那时，他会站在圣坛石板上，石板下面存放着教堂名字的主人——圣人的遗物。那会是什么呢？一点儿粗麻布？绞刑吏绞索上的一缕纤维？还是锈蚀的箱子底发现的碎指甲？或者就用《赛马新闻》！但幻象破灭了。弗朗西斯修士晋身牧师的可能性是微乎其微的。莱博维茨修道院并非以传教为使命，只需要几个牧师来满足修道院本身和其他地方一些小教会的需求。更何况严格来讲，"圣人"目前还只是位受福之人，可能永远没有机会获得册封，正式被列为圣人。除非"圣人"显灵，创造一些更好更可靠的奇迹来证明他值得拥有一个宣福礼。即便如此，也并非万无一失。受福之后，莱博维茨修道院可以光明正大地敬奉他们的创始者和保护者，但不可以主持弥撒和圣事。于是这座梦幻教堂又缩水了，变成了路边的祠堂。朝圣者汇成的滚滚人潮变成了涓涓细流。新罗马教会正忙于解决其他重大问题，如为圣女天赋寻求正式定义的请愿，多明我会[1]依据《圣灵感孕说》提出：不仅仅是心怀慈悲，圣母还有天赋力量，正如夏娃被流放世间前所拥有的力量一样。其他教会的一些神学家承认这是值得赞许的推测，但认为这指的不是一回事。他们主张一个"创造物"也许可以"性本善"，但并不具备天赋。多明我会尊重这个观点，但认为其他教义中对天赋也有暗示，如《圣母升天》（天赋永生）、《隔绝本罪》（暗示天赋正直），这样的例子还有很多。新罗马教会忙于解决这类争论无暇他顾，看来莱博维茨的封圣请示早已被他们束之高阁，积满尘埃了。

朝圣者陆陆续续走向圣人祠堂的幻象也让弗朗西斯心满意足，沉入梦乡。等他猛然惊醒，火堆已燃尽，只有星星点点的火光明灭。有什么地方不对劲，周围还有其他人吗？他眨着睡眼扫视漆黑的四周。

泛着红光的余烬的另一端，一头黑狼也向他眨了眨眼。

见习修士尖叫着冲回自己的庇所。

"我叫出声了。"他浑身打战地窝在用石头和树枝搭成的洞穴里，认定这声触犯缄默教规的尖叫只是无心之过。弗朗西斯躺在那里，紧紧搂住金属箱子，祈祷大斋节能快些过去，而此刻洞穴外面传来兽爪在抓挠石头的声音。

1　1215 年，多明我会由西班牙贵族多明我创立于法国图卢兹，1217 年获教皇洪诺留三世批准。多明我会建会不久就参与对阿尔比派的攻击，并受教皇委托，主持"异端"裁判所，职掌教会法庭及教徒诉讼事宜。

◇ 3 ◇

"……后来，神父，我差一点儿就拿了面包和奶酪。"

"但你并没有拿，不是吗？"

"没有。"

"那么你的行为没有罪过。"

"但是我是那么想要它们，甚至仿佛已经尝到了它们的味道。"

"有意的吗？你是自愿享受这种幻象吗？"

"不是。"

"你试过摆脱它，不是吗？"

"是的。"

"那就没有贪吃的罪责。你干吗为这个忏悔？"

"因为后来我发了脾气，向他泼了圣水。"

"你做了什么？！"

谢洛奇神父身披圣衣，凝视忏悔者的侧影。在这无边无际的沙漠里，忏悔者头顶烈日跪在他跟前。神父怎么也想不明白，像这样一个孩子（到现在看来也不是特别聪明）在这完全与世隔绝的沙漠，远离消遣，更没有诱惑，怎么可能会犯下罪恶或接近于犯罪的恶行呢？这孩子随身所带的只有一串念珠、一块打火石、一把小刀和一本祈祷书，这能出什么问题，谢洛奇想不出来。可忏悔已经持续了很长时间，不过他还是希望这个孩子能够讲完。神父的关节炎又来纠缠他了，但是随身携带的小桌子上放了巡视所拿的圣餐，神父只好站着，不然就得和忏悔者一同跪下。神父点燃一支蜡烛放在盛装圣体[1]的金色小箱子前，烛焰在烈日照射下几乎没有一丝痕迹，像是已被微风吹灭了。

"但如今驱魔已经得到允许，无须获得上级批示。那你想为什么忏悔，为发脾气吗？"

"也为这个。"

"你是对谁感到愤怒？是那位老人，还是因为你自己差点儿拿了食物？"

"我……我不能确定。"

"好吧，那就做个了断。"谢洛奇神父不耐烦了，"指责你自己，不然就不要。"

"我指责自己。"

"原因呢？"谢洛奇神父叹道。

"脾气上来时滥用了圣礼。"

"滥用？你当时怀疑魔鬼作怪的理由不合理吗？你仅仅是因为生了气就用圣水泼他吗，就像朝他眼睛洒墨水那样？"

弗朗西斯修士听出了神父的讽刺，不禁局促不安，却又犹豫不决。对他来说，忏悔从来都不是件容易的事，找到合适的话语描述自己的罪行实在太难，而且每当回忆自己的动机，他就陷入绝望的困惑。而神父往往也帮不上忙，"不是你做过，就是你没做过"——这倒是清楚了，不是弗朗西斯做过，就是没做过。可是修士还是没完成忏悔。

1　经过祝圣的面饼或圣餐面包。

"我想我是一时失控。"弗朗西斯最后说。

谢洛奇张了张嘴，正想追问，又觉得还是不要追问为妙。"我明白了，那还有什么？"

"七罪之贪食。"弗朗西斯踟蹰了一会儿说。

神父叹了口气。"我们不是说了那件事已经过去了吗？难道这是又一次？"

"昨天。我看见一条蜥蜴，神父。它身上有蓝黄相间的条纹，后腿棒极了——像您的拇指那么粗，圆滚滚的全是肉，我一直都在想着它尝起来该有多像鸡肉，外面烤得又黄又脆，而且——"

"够了！"神父打断他，饱经沧桑的脸上只掠过一丝反感——毕竟这个孩子在烈日下的时间很久了，"你很享受这想法吗？没有尽力驱除这诱惑吗？"

弗朗西斯涨红了脸。"我……我试着抓它，但它逃走了。"

"这么说，不仅想了，而且做了。只有这一次吗？"

"呃——是，就一次。"

"明白啦，思想和行为不纯洁，大斋节期间有意愿吃肉。今后忏悔请讲清楚。我本以为你已经正确反省过你的罪行了。还有别的吗？"

"还有很多。"

神父脸部肌肉抽搐了一下。他还要寻访多位隐居修士，还要顶着烈日走很长的路，而且膝盖正隐隐作痛。"请尽快说明。"他叹了口气。

"不洁，一次。"

"思想、语言还是行为？"

"哦，是有个淫妖，她——"

"淫妖？哦——夜里发生的。你在睡觉？"

"是的，但——"

"那为何要忏悔？"

"因为后来的事。"

"后来指什么？你醒来后？"

"是的。我忍不住想她，把整个经过再想象一遍。"

"明白啦，是色欲，还刻意享受。你悔过吗？现在，还有什么？"

像这样的忏悔千篇一律，神父从走访过的一位位圣职志愿者那里听了一遍又一遍，从见习修士那里听了一遍又一遍。对谢洛奇神父来说，弗朗西斯修士起码应该认清罪责，归纳条理，说出个一二三来，而不是像现在这样要引导加刺激才能说清楚。不管要讲什么，弗朗西斯总是很难理顺语言，神父只能耐心等待。

"我想我已经受到感召了，神父！但——"弗朗西斯舔了舔他破裂的嘴唇，盯着岩石上的一只虫子。

"哦，是吗？"谢洛奇不带语气地说。

"是的，我想——刚刚受到感召时，我还蔑视上面的字迹，这是不是一种罪？"

谢洛奇眨了下眼。字迹？感召？这里面说明什么问题呢——他琢磨了好一会儿，回想修士严肃的忏悔，眉头皱了起来。

"你是不是和艾尔弗莱德修士彼此交换过字条了？"他询问道，心里充满不祥的预感。

"哦，绝没有，神父！"

"那你所说的字迹还能是谁的？"

"是受福之人莱博维茨的。"

谢洛奇沉思片刻，修道院收藏的古代文件中有没有关于创始人的手稿呢？回忆了一会儿，他确定了，是的，的确有几张手稿被保存下来，小心地被锁起来。

"你说的是来此之前，在修道院里发生的事吗？"

"不，神父。就发生在那里——"他向左前方点头指示，"三座石堆后，那棵高高的仙人掌旁。"

"你的意思是，那里有你的感召？"

"是，是的，但——"

"当然，"谢洛奇尖刻地说，"你不会是想说，你收到了来自受福之人莱博维茨——这位离世六百多年的先人——一张手写的邀请函，请你去庄严宣誓？而你，呃，还谴责他的字迹？原谅我，但这就是我理解的。"

"哦，差不多就是这个意思，神父。"

谢洛奇有点儿气急败坏了。弗朗西斯惊慌失措，赶紧从袖子里掏出一张字条递给神父。纸片饱受时间洗礼，变得脆弱异常，满是污迹，墨色褪淡。

"一磅熏牛肉。"谢洛奇神父念道，跳过一些不认识的字接着读，"一罐泡菜和六只硬面包圈带回家给艾玛。"他定定地凝视弗朗西斯修士好一会儿，"这是谁写的？"

弗朗西斯告诉了他。

谢洛奇仔细想了想。"以你现在的状态不可能做好忏悔，你自己还没想清楚，我无法赦免你的罪责。"眼见修士的脸抽搐起来，神父安慰地拍了拍他的肩膀，"不要担心，孩子，等你情况好些我们再详谈，到那时我再听你的忏悔。现在——"他焦急地看了看装有圣餐的箱子，"我要你收拾东西立即返回修道院。"

"但是，神父，我——"

"我命令你，"神父的语气不容置疑，"马上返回修道院。"

"好，好的，神父。"

"现在我不会赦免你的罪责，但你可以自己忏悔，诚心念经二十年以赎罪。你愿意接受我的祝福吗？"

见习修士点点头，努力不让泪水流下来。神父祝福了他，起身跪向圣餐，合起金色的箱子，重新固定于自己脖子上所挂的链子。他装好蜡烛，收起桌子，绑在鞍具后。神父最后向弗朗西斯郑重点了点头，接着骑上坐骑，继续去完成他在大斋节的巡视任务。弗朗西斯一屁股坐在灼热的沙地上痛哭起来。

要是能直接带神父去那个地下室，那一切都容易了。修士可以指给他看那个古老的房间，展示那个箱子和里面的东西，展示朝圣者在石头上做的标记。但是神父正带着圣餐，怎么可以脏污双手和双膝，爬进那间堆满石头的地下室，翻查那个老旧的箱子，讨论考古的话题？弗朗西斯明白，只要神父随身携带的小盒里还有一块圣体，那他的到访就是庄严的。不过那盒子里若是空了，神父或许还可以听取一些东西。见习修士没法埋怨谢洛奇神父草草认定自己已头脑混乱。烈日炙烤下，修士确实有点儿头昏脑涨，而且讲话结结巴巴。每当感召守夜结束时，都有不少见习修士变得神志不清。

没办法，修士只能服从命令返回修道院。

弗朗西斯走到地下室前再次看了看，确认这里是确实存在的。接着他回去取了那个箱子，将它包好准备出发。就在这时，一柱烟尘在东南方向腾起，预示着从修道院驶来的供给车要到了，那上面装着水和玉米。弗朗西斯修士决定等一等，先拿到供给品以应付回修道院的漫漫长路。

一位修士驾着三头驴子拉着的货车慢悠悠地驶来，穿过尘流，出现在目光所及之处。头驴在福哥修士的肥胖身躯下，走得缓慢又沉重。即使戴着兜帽，那圆滚滚的膀子和耷拉在驴子两边毛茸茸的长腿还是让弗朗西斯一眼就认出了这位帮厨。福哥的腿实在是长，他的凉鞋几乎要拖到了地上。后面两头驴子背上驮着几份小袋的玉米和一只只水囊。

"呼啰啰啰——猪猪猪！吃食啦！"福哥亮开嗓子喊。他的手放在嘴边尽力呼喊，唤猪的号子响彻废墟，好像完全没有看见正在路边静待他的弗朗西斯。"猪猪猪！——哦，你在这儿啊，弗朗西斯！我把你看成一堆骨架啦。看来我们得把你养肥好喂狼啦。喏，自己来拿星期日的食物吧。隐士这行当可好啊？你是不是要把这当活计啦？嘿！我提醒你，只能拿一只水囊和一袋玉米。还有，要小心玛丽希亚的后腿！这小蹄子发情啦，闹腾着呢——刚刚在那里还踢了艾尔弗莱德，咔嚓一声正中膝盖。小心这家伙！"福哥修士把兜帽往后一掀，看着见习修士跟玛丽希亚紧张对峙的情景，开怀大笑。

福哥无疑是世上最丑的人之一，他笑的时候，粉红色的牙床尽收眼底，色彩混杂的大牙更是惨不忍睹。他身材魁梧，但远远称不上是怪物。这是他家乡明尼苏达州世代相传的体格。秃顶、色斑都是他们那里的遗传。这就难怪福哥长得过高，脸生得像大杂烩，像是纯白的盘子盛满了牛肝和巧克力。然而他的幽默永无止境，相当程度上抵消了他外表的丑陋。人只要和他待上一会儿，就不会去留意他的长相了。熟悉了就见怪不怪了，看福哥修士脸上的斑点就跟看小马身上的花色那么正常。要是这张脸长在一个爱发怒的人身上，那可真是够狰狞的；而长在这个总是兴致勃勃逗你发笑的人身上，却像小丑的扮相那样颇有喜感。福哥修士是被罚配到厨房的，可能过段时间会被调走。他其实是个木雕师傅，一般在木匠铺子里工作。修道院委任他雕刻受福之人莱博维茨的塑像，可他总是自作主张，一意孤行。修道院不得不调他去厨房干活儿，不学会谦逊不准回来。而受福之人的塑像才只雕了一半，孤零零地在木匠铺子里等待着。

见习修士一声不吭，把玉米和水囊从那个不安分的驴屁股上卸了下来。福哥仔细看着他的苦瓜脸，渐渐止了笑。"孩子，你怎么没精打采得像只病羊羔？"他对这个忏悔者说，"怎么啦？谢洛奇神父又发闷火啦？"

弗朗西斯摇了摇头。"不是因为这个。"

"那是怎么回事？你真病啦？"

"他令我返回修道院。"

"什么——啊？"福哥跨在蠢驴上的大腿猛地一晃，又向地面垂了一垂。他向弗朗西斯修士俯下身子，厚实的手掌在他肩上一拍，盯着他的脸问："为什么？他看不上你？"

"不是的。他觉得我——"弗朗西斯拍了拍脑袋，耸了耸肩。

福哥大笑。"哦，这倒是不假，不过我们早就知道了。为什么他要你回去呢？"

弗朗西斯瞥了一眼脚边的箱子。"我找到了一些受福之人莱博维茨的遗物。我试着告诉他，可他不相信，也不让我解释。他——"

"你找到什么了？"福哥不可置信地咧嘴笑，接着滑下驴子膝盖着地，打开箱子。见习修士在一旁紧张地看着。福哥用一只手指扒拉着托盘里那些缠在一起的管子，轻轻吹了声口哨。"异教符咒啊，是吧？古董啊，弗朗西斯，这可真是古董。"他又看了看箱盖上的字条。"这上面写了什么乱七八糟的？"他一边问，一边抬头看向拉长了脸的见习修士。

"烈焰灭世前的英文。"

"没学过，我只会咱们圣歌里的那点儿英文。"

"这是受福之人的亲笔字迹。"

"就这玩意儿？"福哥修士盯了一眼字条，又看了一眼弗朗西斯，接着又死死凝视字条，突然头摇得像拨浪鼓一样，扣上盒盖笑了起来。他笑得有点儿勉强。"看来神父可能是对的。你最好返回修道院，喝点儿药师修士特制的蟾蜍便药水。你一定是发烧了，修士。"

弗朗西斯耸了耸肩。"也许吧。"

"你在哪儿找到这东西的？"

弗朗西斯指了指远处。"就在那边，几个石堆后面。我搬了些石头，结果塌陷了，我找到了一个地下室。你自己去看吧。"

福哥摇摇头。"我还有很长的路要赶呢。"

福哥重新往驴背上爬，弗朗西斯也捡起箱子向修道院走去。走了几步，见习修士突然顿住了，回过身呼喊起来。

"麻脸修士——能占用你两分钟吗？"

"可以呀。"福哥答道，"什么事？"

"就是走到那边看看那个洞。"

"为什么？"

"这样你就能告诉谢洛奇神父，它真的在那里。"

福哥一只脚刚要跨上驴背，停在那儿了。"哈！"他又跨了下来，"好，要是不在那儿，我会告诉你的。"

弗朗西斯目送福哥瘦长的身影消失在几座碎石堆后，接着转过身拖着脚，沿着脏兮兮的漫漫长路向修道院走去。他时不时嚼两口玉米，抿一口水，还时不时向背后望去。福哥早就离开超过两分钟了。弗朗西斯早就不指望能看见他了，可这时，他听见从后面废墟处远远传来喊声。他转过身，认出远远站在碎石堆旁的身影，正是福哥。福哥挥舞着双手使劲点头确认。弗朗西斯也挥了挥手，接着拖着疲惫的步子继续赶路。

过去的两个星期里，弗朗西斯几乎处于绝食状态。走了两三英里路，他就开始踉踉跄跄了。离修道院还有将近一英里，他一头栽倒在路边。傍晚时分，巡视归来的谢洛奇神父路过这里，发现这个年轻人倒在路边，赶紧爬下驴子为年轻人擦脸，直到他渐渐回过神来。谢洛奇在回来的路上碰到了送供给品的驴车，并停下来听福哥讲明了原委，确认了弗朗西斯修士的发现。虽然神父不相信弗朗西斯会有什么重大发现，但也为自己先前的不耐心感到懊悔。弗朗西斯东倒西歪、迷惑不解地坐在路边，神父留意到了他身边的箱子，里面的文件有一半散落在地上。扫了一眼箱盖上的字条，谢洛奇觉得这孩子之前的胡言乱语更像是浪漫的想象，而不是精神错乱。他还没有造访地洞，也没有细细查看箱子中的文件，但起码可以明确一点，这个孩子忏悔的不是幻觉，而是真实发生的事，可惜没能讲清楚。

"我们一回去，你就可以完成你的忏悔了。"神父柔声告诉见习修士，并帮他爬上了驴鞍，"我想只要你不坚称从圣人那里收到了针对个人的消息，我就可以赦免你。明白了吗？"

弗朗西斯此刻太虚弱了，什么都坚持不了。

◇ 4 ◇

　　"你做得没错。"院长最后咕哝道。足有五分钟了，他在书房里踱来踱去，眉头紧皱，像农夫一样的脸上，被时间划出深深的犁沟。谢洛奇神父不安地坐着，屁股只沾着椅子边儿。自他应院长的召唤走进这个房间，两位神父谁都没吭一声。阿克思院长最后嘟囔出这几个词时，谢洛奇惊得差点儿跳起来。

　　"你做得没错。"院长重复道。他停在房间中央，瞥了副手一眼。谢洛奇这才放下心。时间近午夜了，阿克思本来准备休息了，在晨祷和赞美上帝前睡一两个小时。他刚从浴桶里爬出来，仍然带着湿气，头发乱蓬蓬的。院长此刻的形象让谢洛奇想起一种叫"熊人"的半兽人。阿克思正穿着狼皮睡袍站在那里，唯一能显示他职责的标志是挂在胸前、深埋在黑乎乎胸毛里的十字架。他每次转身面向书桌，十字架都会在烛光映照下闪闪发光。他湿漉漉的头发贴在额前，再配上他根根竖立的络腮胡和狼皮睡袍，阿克思此刻看起来不像一位神父，而更像一位受到了侵犯、胸中燃起熊熊战火不得宣泄的军官。谢洛奇神父来自丹佛的一个男爵世家，喜欢根据人的正式职位以礼相待，对佩戴正式徽章的人毕恭毕敬，绝不直视，多年来严格遵守教会礼节。因此，谢洛奇一直郑重诚恳地对待佩戴圣戒和十字架的院长大人，对于阿克思本人却能避则避。而眼下，要做到这点似乎很难，尊敬的院长大人刚洗完澡，光着脚在书房里走来走去。显然他刚刚修剪过鸡眼，还切割过深，一只大脚趾血淋淋的。谢洛奇尽量移开视线，但依然感到局促不安。

"你知道我在说什么吧？"阿克思不耐烦地咆哮。

谢洛奇犹豫了。"院长大人，您是否可以更明确一些？——跟我在听忏悔时了解到的东西有关吗？"

"哈？噢！我被气晕头了！你确实听了他的忏悔，我忘得一干二净。好啦，让他再跟你说一遍，这样你就能说——虽然天知道，无论如何现在修道院里都传开了。不，现在别去见他。我会告诉你什么时候去，不要回答任何相关问题。你看了那东西了？"阿克思院长挥着手臂指向书桌，那里摊着弗朗西斯修士箱子里的东西。

谢洛奇缓缓点头。"他晕倒时把它们掉在路边。我帮他收拾起来的，不过我还没仔细看。"

"好吧，那你知道他声称这是什么喽？"

谢洛奇神父瞥向一旁，像是没听见这个问题。

"好吧，好吧。"院长吼道，"别管他是怎么说的，你自己好好看看，判断一下这是什么。"

谢洛奇走到书桌前，弯下腰，小心翼翼地一一细阅那些文件。院长仍在一边踱步一边大嚷，像是在冲谢洛奇神父嚷，其实一半是在自言自语。

"这绝不可能！你做得没错，把他送了回来，防止他发现更多。但还有更糟糕的，那个他喋喋不休地提起的老人，这种事情也太多了。一大堆不可信的'奇迹'最容易把封圣的事搞砸，我不知道还有什么比这更糟了。几件真实的奇迹，当然没问题！这必须在封圣前就出现——为受福之人的祷告带来了这些奇迹。但现在太多了！看看某受福之人，他受福都有两个世纪了，可到现在也没封圣。为什么？他们修道院太急迫了，这就是原因。每次有人感冒好了，就说是受福之人神奇治愈的。地下室幻象，钟楼里召唤魂灵，这些听着都不像神迹，倒像系列鬼故事。两三个神迹或许有用，但太多的话就都是无用的破烂儿——是吧？"

谢洛奇神父抬头看过来，他按在书桌边上的指节有些泛白，脸似乎都拉长了，看起来好像根本没在听。"您说什么，院长大人？"

"好吧，我是说同样的事情可能发生在我们这里，这就是我担心的。"院长说着，继续来回踱步，"去年诺杨修士找到了神圣的绞吏套索。哈！前年呢？斯莫诺夫修士的痛风被神奇治愈——怎么治的？那个年幼无知的修士说，是碰了可能属于我们受福之人莱博维茨的一件遗物。现在这个弗朗西斯又说什么？他见到一个朝圣者——穿着什么粗麻布短裙，用的正是受福之人莱博维茨被绞死时头上套的粗麻布。用作腰带的是什么？一根绳子。什么绳子呢？正是——"他顿了顿，看向谢洛奇，"看你一脸的茫然我就知道，你还没听过这段吧？没有？好啦，这下你就不能再说了。不，不，弗朗西斯没这么说过。他只是说——"阿克思院长试着在他平时粗暴的嗓音里加一点儿假声，"弗朗西斯修士只是说：'我遇见了一个小老头儿，我想他是个来修道院的朝圣者，因为他走的就是这条路。他穿着粗麻布的裙子，用绳子束在腰间。他还在石头上做了个标记，那个标记看起来就像这样——'"

阿克思从皮袍口袋里掏出一张有字迹的羊皮纸，递到烛光映照的谢洛奇眼前。他还在拙劣地模仿弗朗西斯修士："'我看不出来这是什么意思。您知道吗？'"

谢洛奇凝视了一会儿那些符号，摇了摇头。

"我不是在问你。"阿克思又恢复大粗嗓门儿咆哮道，"这是弗朗西斯说的。我当时也不认识这些符号。"

"您现在知道了？"

"现在知道了。有人做了调查。这是个 lamedh，那是个 sadhe，都是希伯来语字母。"

"Sadhe lamedh？"

"不，是从右到左。Lamedh sadhe，有 l 音，有 ts 的音。要是有元音符号的话，那就可能是 'loots' 'lots' 'lets' 'latz' 'litz'——像这样的发音。要是这两个字中间还有别的字母，那就听起来可能是莱——猜猜是谁？"

"莱博——哦，不！"

"哦，是的！弗朗西斯没想到，别人想得到。弗朗西斯修士不认为是麻布套头和绞吏的绳子，他的一个密友认为是。所以发生什么了呢？到今夜为止，所有见习修士都在喊喊喳喳地八卦这个美妙的小故事，说弗朗西斯见到了圣人本人，受福之人陪同这孩子到了遗物所在地，告诉他在那里会找到属于他的感召。"

谢洛奇听了困惑不解，皱起眉头。"弗朗西斯修士是这样说的吗？"

"不——"阿克思吼道，"你到底有没有在听？弗朗西斯没有这样说过。我倒希望他亲口说过，这样我就能抓住这个捣蛋鬼的把柄了，但他讲得亲切又简单。事实上，说它乏味也没错，把其中的含义留给别人解读。我还没亲自跟他谈过。我派了主持《大事记》的牧师去记录他的故事。"

"我想我最好和弗朗西斯修士谈谈。"谢洛奇喃喃道。

"没错！你刚进来时，我还在想要不要把你活活烤了。你居然把他送了回来。要是你把他留在沙漠里，我们绝不会被这么绝妙的八卦包围。不过另一方面，要是他待在那里，谁知道他还会在那个地下室翻出什么东西来。我觉得你把他送了回来，这做得没错。"

谢洛奇根本不是因为这个让他回来的，不过此时此刻，除了沉默，他不知道怎么回应好。

"去看看他，"院长咕哝道，"然后让他来见我。"

临近九点，弗朗西斯修士准时轻敲院长书房的门。这是一个阳光明媚的星期一早晨。在自己的房间里，修士躺在铺着稻草的简陋硬板床上美美地睡了一晚，还吃了点儿久违的早餐。但这一切并没有为饿扁了的身体带来奇效，也没完全扫除他饱经日晒造成的茫然恍惚，不过这些奢侈的放松至少让他头脑清晰了一点儿，已经足以感知到自己的恐惧了。事实上，他是吓坏了，因此他的第一次敲门太轻了，就连自己都没听到。等了几分钟，修士才鼓起勇气再次敲门。

"感谢上帝。"

"上帝？感谢？"弗朗西斯摸不着头脑。

"进来，我的孩子，快进来！"一个和蔼可亲的声音唤道。困惑了好几秒钟，他才目瞪口呆地认出，说这话的是他们至高无上的院长大人。

"扭一扭那个小把手，我的孩子。"同样和善的声音再次响起，弗朗西斯修士已经摆着敲门的姿势，僵立了好几秒钟。

"是，是的——"弗朗西斯还没碰到门把手，不知怎么着，就把这扇可憎的门给推开了，他原本希望门是死死锁住的。

"院长大人，您……您找我？"见习修士紧张地提高了音调。

阿克思院长紧抿着嘴缓缓点头。"嗯，没错，是我派人找你。快进来，关上门。"

弗朗西斯修士关上门，簌簌发抖地站在房间中央。院长正把玩着几个缠满金属线的物件，那正是从旧工具箱里拿出来的。

　　"这好像不太合适，"阿克思院长说，"或许应该换成尊敬的院长大人听您派遣。您现在可是上帝跟前的红人儿，声名远扬，呃？"他温柔地笑道。

　　"哈？哈！"弗朗西斯修士惊奇地大笑，"噢，不，不是这么回事，我的上帝啊！"

　　"难道你没有一夜成名吗？上帝不是选派你来发掘这箱——"他指着摊在书桌上的遗物，"这箱'垃圾'吗？它的前任主人就是这么叫它的，不是吗？"

　　见习修士说不出话，但还是极力保持一丝笑意。

　　"你都十七岁了，但还是一个彻头彻尾的白痴，不是吗？"

　　"这确切无疑，院长大人。"

　　"你有什么理由相信自己受到了感召？"

　　"没有理由，大人。"

　　"啊？什么意思？你觉得修道院不是你待的地方吗？"

　　"噢，当然是！"见习修士上气不接下气。

　　"那你给不出理由？"

　　"没有。"

　　"你这个小白痴，我正问你理由，可你说不出，那就不要怪我理解为——你准备否认那天在沙漠里见过任何人。你是自己绊倒在这东西——这箱'垃圾'上，而我从别人口中听到的只是你热病发作时说的胡话。"

"噢，不是的，阿克思师[1]。"

"'噢，不是的'是什么意思？"

"我无法否认亲眼所见的事，尊敬的神父。"

"那么，你是真遇见了天使？要么是圣人，或者暂时不是圣人……反正他告诉你去哪里看什么东西了？"

"我从未说过他是——"

"这就是你相信自己得到了真正感召的理由，难道不是吗？那个，那个……我们就先称他为创造物吧——他对你说要找到声音，还用他名字的首字母标记了一块石头，而且告诉你那就是你要找的，结果你搬起石头往下面看——就发现了这个破箱子。呃？"

"是这样的，阿克思师。"

"你对自己恶劣的虚荣心如何看待？"

"我恶劣的虚荣心不可饶恕，我的大人和上师。"

"想象自己重要到不可饶恕，这是更严重的虚荣！"院长大人吼道。

"大人，我确实微不足道。"

"很好，你要做的只是否认关于朝圣者的那部分叙述。你知道，除了你谁都没见过这么一个人。他是朝这个方向来的？甚至还说过可能会在此停歇？他还问起了这所修道院，是吧？要是他确实存在，那他蒸发到哪里去了？根本没有这么一个人经过这里。当时观望塔里的值班修士并未看见他，现在该承认他是你想象出来的人物了吧？"

"要是没有石头上这两个记号，那他……那我可能是……"

1　对罗马天主教修士的尊称。

院长合上双眼，疲惫地叹了口气。"那些标记在那里——但模糊不清，"这点他不得不承认，"而且也有可能是你自己制造的。"

"没有，大人。"

"你到底承认不承认是你自己想象了那个年老的创造物？"

"不，大人。"

"很好，你知道接下来你将面临什么吧？"

"是的，尊敬的神父。"

"那就准备好接受吧！"

见习修士战栗着将衣服底襟收到腰间，趴在书桌上。院长从抽屉里掏出一把结实的山核桃木戒尺，在掌心拍了两下，接着迅速在弗朗西斯的臀部来了一记重击。

"感谢上帝！"见习修士尽职地回应，轻轻倒吸一口凉气。

"想改主意了吗，我的孩子？"

"尊敬的神父，我无法否认——"

啪！

"感谢上帝！"

啪！

"感谢上帝！"

十次连祷念起来简单，体验起来又如此痛苦。每接受一次这样灼烧般疼痛的教训，反省谦逊的品德，弗朗西斯都要向上帝高呼感谢。打到第十下，院长停了下来。弗朗西斯修士只用脚趾撑着身体，微微颤抖。他眼睛紧闭，泪水从眼角挤了出来。

"我亲爱的弗朗西斯修士，"阿克思院长说，"你还确定你见过那个老人吗？"

"确定。"他尖声喊道，比之前更坚定不移。

阿克思院长面无表情地瞥了一眼这个年轻人，接着绕过他的书桌，咕哝了一声后坐下，恶狠狠地瞪向那片写有字母标记的羊皮纸。

"你觉得他可能是谁？"阿克思院长心不在焉地喃喃低语。

弗朗西斯修士睁开眼睛，眼泪像泉水一样涌出来。

"哦，孩子，你让我确定了一点，你的倒霉事还没完呢。"

弗朗西斯没有吭声，静静祈祷，祈求不必总要说服院长相信自己的诚实。院长带着余怒挥手示意，弗朗西斯拉下了束腰外衣。

"你可以坐下了。"院长说，态度说不上和蔼，起码随和了些。

弗朗西斯挪到院长所指的椅子前，慢慢放低身子，刚碰到椅子就抽搐着跳起来。"要是您不介意，尊敬的院长大人……"

"好吧，那就站着，反正我不会让你站太久。你还要出去完成守夜。"他顿了顿，留意到见习修士脸上有一丝喜色，"噢，不，不行！"他突然喊道，"不许你回先前的守夜点，你和艾尔弗莱德修士交换一下隐居处所，还有不许再靠近那废墟。另外，我命令你不许和任何人再提这件事，除了你的忏悔神父和我。天知道这是不是亡羊补牢。知道你干了什么吗？"

弗朗西斯修士摇摇头。"昨天是星期日，尊敬的神父，我们不需要再恪守缄默了，休息时我只是回答了修士们几个问题。我想……"

"是啊，那些修士就添枝加叶地捏造了一个特别有意思的解释。亲爱的孩子，你觉得自己见到的朝圣者是受福之人莱博维茨本人吗？"

弗朗西斯目瞪口呆，过了一会儿才猛地摇起头来。"哦，不，院长大人。我很确定不是。受福之人绝不会做那样的事。"

"绝不会做哪样的事？"

"绝不会拿一根带钉子的拐棍追打他人。"

院长摸了摸嘴，努力掩饰抑制不住的微笑。忍了好一会儿，他尽力摆出深思的表情。"哦，这我倒没听说过。他追打的是你，不是吗？是的，我也是这么想的。你跟其他修士也提过这个细节吗？是吧？你瞧，他们不认为凭这就能排除朝圣者是受福之人的可能。我想应该没那么多人会让受福之人举着拐棍追赶，但是……"他顿住了，看着见习修士脸上扭曲的表情，再也忍不住笑了出来，"好啦，孩子。那你认为他可能是谁呢？"

"我想可能是要来我们圣祠的朝圣者，尊敬的大人。"

"这里还不是一所圣祠，不许再这么叫了！不管怎样，他不是，或者起码他没来。他没有经过我们的大门，除非守望的修士睡着了，而那位当值的见习修士否认他睡着了——不过他承认那天确实感觉昏昏欲睡。你怎么看呢？"

"不知道尊敬的院长大人是否愿意原谅我，我自己也曾守望过几次。"

"那又怎样？"

"晴天守望，看不见任何动的东西，除了秃鹰。守过几个小时，人就开始盯着那些秃鹰一动不动了。"

"噢，你就是这样守的，是不是？该望路时却在看秃鹰？"

"而且要是盯着天空的时间太长，人就会有些迷糊，不是真的睡着了，而是有点儿像被夺了心神。"

"这就是你守望时干的事，是不是？"院长吼道。

"不一定！我是说不是！尊敬的大人，我要是也这样就不会知道得这样清楚了，我不这样想。杰修士……我说的是，有一次，我与之交班的那位修士就是这样。他都不知道到了换班时间，就那么一动不动地坐在塔顶，张着嘴巴仰望天空，神情恍惚。"

"好吧，要是你这样愚蠢地守望一次，犹他州的野蛮人军团就会攻来，杀死守卫，摧毁灌溉系统，掠夺庄稼，还往井里塞满石头，我们还没开始抵抗就被他们消灭了。为什么你看起来这么——哦，我忘了——你逃跑前就是犹他州的，不是吗？不管啦，你对守望这回事的看法可能——只是有点儿可能是对的——他可能没有看见那位老人，的确。你确认那个人只是个普通的老人——不是其他什么吗？不是天使？不是受福之人？"

弗朗西斯修士仰头望着天花板沉思着，视线很快转到他的统治者脸上。"天使或圣人能投射影子吗？"

"是的……我的意思是不能……不过我怎么知道！难道他没有影子吗？"

"噢——影子很小，小到几乎看不见。"

"什么？"

"因为当时将近正午。"

"蠢货！我不用你告诉我他是什么。只要你确实见过他，我就很清楚他是什么。"阿克思院长用手掌一遍一遍拍着桌子以示强调，"我想知道你是不是毫无疑问地认定，他只是一个普普通通的老人！"

这个问题让弗朗西斯修士很困惑。在他眼里，自然和超自然之间没有完完全全的界限，而是并不分明。有的事物是完全自然的存在，有的事物是完全超自然的存在，但这两个极端之间有一个模糊地带（他自己划分的地带）——所谓的非自然存在——此类事物的构成不过也是土壤、空气、火或水，可形成的东西却莫名其妙。对于弗朗西斯修士来说，这个区间包含了一切他所能看见却无法理解的事物。而弗朗西斯修士从来不会"毫无疑问地确认",像院长大人要求的那样,他做不到。他也许仅仅是对每种事物都略知一二。因此,阿克思院长提出的这个问题,无意中把见习修士心目中的朝圣者抛到了这个模糊地带,他的形象转回到修士初次看见他之时……一个看不见腿的黑点儿在热浪滚滚的公路中间踽踽独行;刹那间收缩回修士的世界之时,只看见捧着少量食物的那只手。要是某种超自然的创造物要伪装成人类,自己如何才能看破这伪装呢?或者只是判断出有没有伪装?要是这种创造物不想遭到怀疑,它会忘记投个影子吗?会记得留下足迹,吃面包和奶酪吗?它会故意嚼香叶,还冲蜥蜴吐口水吗?会记得模仿常人没穿凉鞋踩进热沙地时的反应吗?弗朗西斯可不知道这种地狱创造物或天堂创造物有多么机智聪明,多么滴水不漏,但他断定这样的创造物不是拥有天使的智慧,就是拥有魔鬼的狡猾。院长提出的这个问题决定了弗朗西斯修士回答的本质,那就是:以这个问题本身取乐,虽然他以前从未这么干过。

"想好了吗,孩子?"

"院长大人,你不会是猜想他可能是——"

"我不是让你猜想。我是要你斩钉截铁地确定,他'是'或者'不是'一个有血有肉的普通人。"

这个问题实在令人恐惧。由院长大人这样尊贵的人亲口说出,却使这个问题更加庄严,尽管修士明白,院长亲口提出这个问题只是因为他急切想要一个确定的答案。既然院长大人这么想要这个答案,那这个问题一定万分重要。既然这个问题对一位院长都如此重要,那对弗朗西斯修士来说一定更加重要,绝不能有差池。

"我……我想他是有血有肉的,尊敬的大人,但并不'普通'。在一些方面，他甚至是非凡的。"

"哪些方面？"阿克思院长厉声问道。

"比如——他吐口水能吐得笔直。我想他还识字。"

院长闭上眼睛，按了按太阳穴，明显火冒三丈了。如果直截了当地告诉这孩子，他遇见的那个朝圣者只是一个老流浪汉，命令他不许胡思乱想，该有多容易！没想到这孩子发现了这里面可能有问题，这个简单有效的命令还没等提出就已经作废了。只有让命令具备充分确定的理由，个人思想才愿受约束，否则，个人思想将与命令背道而驰。像任何明智的管理者一样，当命令有可能被违抗而不能强制执行时，阿克思院长不会徒劳无功地发布。与其发布无效的命令，不如换一种方式。他问的这个问题，自己的答案无法服人。他没有见过那个老人，这让他没有权力将这个答案强加于人。

"出去——"院长最后吼道，眼睛都没睁一下。

◇ 5 ◇

修道院里的骚动让弗朗西斯困惑不解，院长训导的当天，修士就返回沙漠去完成他的大斋节守夜，承受那难熬的孤独。他原本期待那些遗物的发现会带来鼓舞，可大家对那位老流浪汉更有兴趣，这让他惊讶。弗朗西斯会提到那位老人，仅仅是因为他指出了遗物的位置。不管是巧合还是上苍的旨意，这让修士误打误撞找到了地下室，发现了遗物。朝圣者只是一个小插曲。在弗朗西斯看来，重点是上苍安排了这一切，为的就是让一位圣人的遗物重见天日。然而比起这遗物，其他人似乎对朝圣者更感兴趣。即便是院长召唤他时，也没问及那个箱子，而是问起那个老人。关于这个朝圣者，他们轰炸了他上百个问题，可他常常只能回答"我没有注意"，或者"当时我没在看"，或者"也许他说过，我不记得"。还有一些问题甚至有点儿奇怪。因此他自问：我是不是应该留意一下？没去盯住他做了什么是不是太蠢？我有足够留心听他讲话吗？当时晕头晕脑的，我是不是漏了什么重点？

夜深了，弗朗西斯仍思索着这些问题。狼群在他的新营地徘徊，咆哮声塞满了修士孤独的夜。到了白天，弗朗西斯发现自己依然陷入这些问题不能自拔，这段时间本应用于祈祷和进行感召守夜的精神修炼。谢洛奇神父再次在星期日巡视中见到修士时，弗朗西斯向他忏悔了这件事。神父责备他疏忽职守，耽误祈祷和修行，然后告诉他："你不应该让他人的浪漫想象困扰自己。你本身的麻烦就够多了。他们并非出于探究真相来思考问题，而是考虑如何更有戏剧性。这简直荒诞无稽！我可以告诉你，尊敬的院长大人已经命令所有见习修士都不得再提这件事。"过了一会儿，他却失策地追问道："关于那位老人，真的没有任何迹象表明他是超自然的吗？到底有没有？"语调里几乎查探不出一丝期待奇迹的想法。

弗朗西斯修士也想知道，是不是有什么超自然的蛛丝马迹自己没有留意到？但是他无法回答的那些问题，说明他留意到的实在不多。那些暴雨一般袭来的问题让他感到自己的观察失误难辞其咎。在发现地下室这件事情上，他对朝圣者心存感激，但他绝没有按照自己的意愿解读这件事。他心底比谁都更渴望能够找到一丝证据，证明他终生献身修道院的决定不仅仅是自己的意志，更是上帝的旨意。上帝在他心里埋下这粒种子，但并未强制他实行，只是供他自己选择。可能在那个时候，修士沉浸在自我关注之中，忽视了这件事情更为重大的潜在意义。

你如何看待你自身过度的虚荣？

主啊，我过度的虚荣正如寓言中那只研究鸟类学的猫一样。

他渴望表达自己最后的、永恒的誓言——这不是类似于猫成为鸟类学家的动机吗？——这样他就可以美化自己的食鸟行为，秘密地吞噬雏鸟，但从不吃山雀。猫是受天性召唤而吃鸟，而弗朗西斯当时也是出于自己对知识如饥似渴的天性，寻求一切学习机会，而且因为那时除了修道院学校没有其他学校，于是他先是做了圣职志愿者，而后成为见习修士。但是弗朗西斯一直心存怀疑，想知道除了这天性，上帝是否也向他发出过召唤，要他成为一名教会的修道士。

除了这个他还能做什么呢？回归家乡犹他州是绝对不可能了。还是幼童时，他就被卖给一个巫师，那个人想把他训练成仆人和助手。逃跑之后，他就不可能回去了，不然就要面对可怕的部落"判官"。他偷窃了巫师的财产（即弗朗西斯本人），虽然在犹他州，盗贼是值得尊敬的行业，但若受害人是巫师的话，那就成了头等大罪。更何况，在修道院受到教育后，他也不愿回到无知的牧羊人中间过那种相对原始的生活。

　　另外还有什么呢？这片大陆人口稀少。弗朗西斯想到了修道院图书馆墙上的那幅地图，阴影的部分表示有稀少人群分布的地区——那里虽说还称不上是文明，但也可以说有民间秩序。那里建立了一些合法主权国，超越了部落制，拥有统治权。大陆其他地区人口尤其稀少，他们主要来自森林和平原，大部分人虽说有所开化，但还是以简单的宗族为单位，松散地在各处集结为小社区，依赖狩猎、采集和原始农业为生。他们的出生率（排除畸形儿和怪物）刚刚够维持人口数量不增不减。沿海地区以外，这个大陆的主要行业有狩猎、农业、战士和巫术——其中巫术是最有前途的"行业"，对任何年轻人来说，巫师都是一个很好的职业选择，被看作赢得财富和声望的最好归宿。

　　要想在黑暗、愚昧和平凡的世界生活，弗朗西斯在修道院学到的东西将毫无用处。在那里文化不存在，因此有文化的年轻人看起来对社区没有任何价值，除非他也能种地、打仗、狩猎或在盗窃上有特殊才能，或者能探测水源和可采的金属。即使某种形式的文明在分散的地区已经存在，要是弗朗西斯必须离开修道院独立生活，他的文化还是一点儿忙也帮不上。确实有男爵偶尔会雇用一两个抄写员，但这样的机会极少，可以忽略不计，而且那些工作往往是由受过修道院教育的在俗信徒完成的。

对抄写员和秘书的唯一需求来自教会本身，其精细的等级网络遍布大陆（个别还渗入到遥远的海岸，不过海外的教区实质上是自治的。虽说理论上这些教区从属于新罗马教廷，但实际上并非如此。这不是有意造成的分裂，而是因为很少有人漂洋过海），通过通信系统联合起来，这是这片大陆异地传递消息的唯一方式。如果瘟疫在东北地区肆虐，西南地区的人不久就会听说，因为信息在来回进出新罗马教廷的教堂通信员之间口耳相传，无意中被传播开来。

如果来自遥远的西北方的游牧部落渗入并威胁到某个教区，教皇通谕不久就会由神职人员向南部和东部宣读，警示威胁并试图传达祝福："能持枪作战，能奔波远行，并愿怀虔诚之志奔赴战场的子民，如果你们愿意宣誓效忠我们挚爱的某某——该地区的合法统治者，请筹措出行。因为在此危急存亡之秋，必须组织常备军队保卫教徒，抵抗野蛮的游牧部落。他们残忍的暴行尽人皆知，让我们悲痛欲绝。他们折磨、杀害并吞食牧师。是我们自己将这些牧师送到他们的部落，传达箴言：他们是羔羊，我们是牧羊人，他们可以进入上帝的羊栏。这是因为我们从未失望，从未停止为这些流浪的孩子祈祷，祈祷他们能从黑暗走向光明，平和地融入我们（因为土地辽阔空寂，那和平的陌生人不应被逐走。只要他们留心那镌刻在所有人心中的自然法则，只要他们将基督精神领会在心，即使他们对救世主之盛名一无所知，和平的到访者也应受到欢迎，甚至受到教堂的欢迎，受到神圣创立者的接见）。在祈求和平、祈求野蛮人得以蜕变的同时，我们也应未雨绸缪，准备抵抗，防守西北，加入正着力准备保卫自己的土地、家园和教堂的教民。我们在此向你们致以教皇的崇高敬意。"

弗朗西斯也想过，得不到感召就去西北。然而，尽管他在舞刀和射箭上有足够的力量和技巧，却不够高，也不够重，而——据传言讲——野蛮人足有九英尺高。他虽无法证实这传言的真伪，但觉得不像假的。

若是无法投身教会，除了死在战场上，他想不出什么是自己愿耗尽此生去做的事，一点儿也想不出。

他对自己已获感召的信念并没有被打倒，但是有点儿受挫，既是因为院长大人对他的严厉管教，也是因为想到猫只因受到天性召唤而成为鸟类学家。这些想法让他闷闷不乐，让诱惑占了上风。因此，在离大斋节结束还有六天的时候，谢洛奇神父从弗朗西斯口中（或者只是弗朗西斯被烈日炙烤皱缩的皮囊，灵魂是否仍依附其中不得而知）听到几声沙哑的忏悔。这可能是弗朗西斯做过的最简明的忏悔，也可能是谢洛奇神父听过的最扼要的忏悔：

"原谅我，神父，我吃了只蜥蜴。"

作为忏悔神父，谢洛奇神父聆听禁食忏悔者告解已有多年。他发现自己对这一切都习以为常，如同传说中的掘墓人一般，都能"从容以对"，于是他眼睛都不眨一下，沉稳自若地问道："是于禁食之日否？是刻意之行为否？"

复活节这一周不像大斋节前几周那么冷清，要是隐居的修士能坚持到那个时候，就有的热闹了。基督受难日上的圣餐将被带出修道院，带到守夜处所供苦修悔过者碰触，圣餐会驾临两次。到了濯足节，院长本人会在谢洛奇和十三个修士的陪同下，到各个守夜处所举行濯足仪式。阿克思院长的院长礼服被罩在修士服下，这位平日里的狮子此刻看起来竟如驯服的小猫一般。他双膝跪地，清洗并亲吻每一位禁食者的双脚，尽量限制动作幅度，避免浮夸不实。其他从众诵唱圣歌："授予汝以新节律：互爱……"到了耶稣受难日，会有一支队伍带着一尊被遮盖的耶稣受难像从各个守夜处所经过，他们会在苦修隐士面前一寸一寸地掀起遮布，以示崇拜。其他修士则诵唱斥责之歌：

"我的子民啊，我对汝等做错何事？我令汝等因何悲愤？回答……我以道德之力将汝感化，而汝却将我钉死于十字架……"

接下来就是圣星期六。

修士们将守夜的隐士们一次一位地带回，隐士们都饿得快发疯了。比起大斋节首日，弗朗西斯瘦了三十多磅，虚弱了很多。修士们将弗朗西斯送到他自己的房间，可还没碰到床铺，他就跌倒了。修士们赶紧扶他上床，为他擦身，帮他刮脸，在他晒得起泡的皮肤上抹油。而弗朗西斯已经神志失常，嘴里含混不清地念叨着粗麻布束腰，一会儿称天使，一会儿称信徒，还屡屡提起莱博维茨的名字试着道歉。

院长严禁提这些事，修士们只能彼此秘密地交换眼色或点头示意。

报告慢慢传到院长那里。

"把他带来。"一听说弗朗西斯能走路了，院长就恶声冲书记员说道。书记员被院长的语气惊到了，一溜小跑去找修士。

"你否认说过这些？"阿克思咆哮道。

"我不记得说过这些，院长大人。"见习修士盯着院长的戒尺喃喃地说，"我可能是在说胡话。"

"就算你当时在说胡话，你如今还会再说吗？"

"说朝圣者是受福之人这件事吗？哦，绝不会，大人！"

"那就反过来确定。"

"我认为朝圣者不是受福之人。"

"为什么不给个痛快：他不是？"

"哦，因为我从没亲眼见过受福之人本人，我不能……"

"够啦！"院长厉声命令，"这么长时间了，我一直在等你改口，听你确定这件事！出去！但记住——今年别想跟别人一起宣誓。我不会批准。"

弗朗西斯心头一颤，感觉像有根棍子在胃里乱搅一通。

◇ 6 ◇

　　谈话的结果是，朝圣者在修道院依然是个禁忌话题，而不准查探遗迹和辐射庇护所的禁令却如所料一般，逐渐放松。只有它们的发现者仍被严禁谈论它们，最好连想都不要想。然而弗朗西斯还是常常会不可避免地听说一些消息。他知道在修道院的某个工作室，一些修士正在研究那些文件，不仅仅是他自己的那些文件，还有别人从那个古老书桌里发掘出来的文件，那是在院长下令关闭地下室前取出的。

　　关闭了？！弗朗西斯修士震惊了。那个地下室几乎没怎么动过。除了他自己探索的那一次，还没有人试着参透那个地下室的秘密，唯一的动作就是打开了那个抽屉，那是他自己费尽力气也没能打开的。竟然不试试发掘标有"二号舱"的门内有什么，就给关闭了？！不去调查"密闭环境"是什么，甚至还没移走石头或取出尸骨就关闭了？！调查就这样莫名其妙地被突然中断了。

　　后来谣言又传开了。

　　"艾米丽有一颗金牙！艾米丽有一颗金牙！艾米丽有一颗金牙！"事实上，确有其事。这本是一件史海琐事，却成功流传了下来。很多本应被人铭记的重要史实反而失传。一些修道院史学家在编纂之时不得不标明："包括《大事记》在内的一切考古资料中，皆未记载六十年代中后期怀特宫当政者的姓名。不过巴克斯牧师曾声称，有证据证明，他的名字是……"

然而，艾米丽镶有一颗金牙这件事，却被明明白白地记在了《大事记》中。

这就不难理解院长大人毫不犹豫封锁地下室的举措了。回想起自己是如何拾起那颗古代的头骨，将它转向墙壁，弗朗西斯修士突然一个激灵，怕天神发怒，砸下雷霆万钧。烈焰灭世之初，莱博维茨夫人就从地表消失了，多年之后，莱博维茨也承认她已经过世。

据说上帝想要试探人类，因为他们已经变得和诺亚时代一样，傲气冲天。上帝命令那个时代的智者，其中包括莱博维茨，让他们研发一种地球上从未出现过的破坏力极强的战争武器，这种强大武器的内部暗藏了地狱之火。上帝派这些智者将武器送到各国国君手中，并对每位国君说："因为您的敌人拥有这种武器，所以我们将其赠予您，这样他们知道您也拥有这种武器，就不敢争斗。请相信，您的敌人如今将畏惧您，正如您畏惧您的敌人一样，没人会发动我们制造的这件可怕的武器。"

但是国君们将智者的话抛在脑后，各自思量：如果我发动得足够快速、隐秘，我就能在他人睡梦中将其消灭，没有人会反击，地球将是我的。

于是这群愚蠢的国君一一发动了武器，烈焰灭世随之降临。

自第一波地狱之火被释放后，数周之内——也有人说是几天内——一切都结束了。城市成为玻璃的泥潭，巨大的碎石林立其中。国家从地球上彻底消失，地面覆盖着密密麻麻的尸体：有人的，有牛的，还有千奇百怪的生物的：地上跑的、天上飞的、水里游的、草里爬的，甚至连藏匿洞中的都难逃厄运，历经病痛折磨，最终灭绝。他们的尸身漫山遍野，然而在被辐射这魔鬼照过的土地上，尸体长时间都不会腐烂，只有接触肥沃土壤的尸体才得以逐渐分解。愤怒的烟云吞噬了森林和田园，让树木凋零、庄稼枯萎。曾经生机勃勃的土地如今寸草不生，一片荒凉。幸存的人们也都被毒雾所害，疾病缠身，即使有人死里逃生，也留下了终身伤痛。很多人并未死在那些被武器袭击的地方，而是死于毒雾。

世界上所有的人类都从一个地方逃向其他地方，语言不通成了问题。怒火被引向国君们、国君侍从们，以及制造武器的智者们。时间一年年过去，而地球仍未得到清洁，因此这一切被清楚地载入《大事记》。

语言的融合、多民族幸存者的混居、战争遗留的恐惧，这一切的结合生成了仇恨。满怀愤恨的人们说：让我们砸死那帮罪魁祸首，将他们开膛破肚，将他们活活烧死。让我们制造一场大屠杀，毁灭犯下这罪行的恶人，一同毁灭他们的手下和智囊。烧啊烧！烧死他们！烧掉他们的作品，烧掉他们的名字，甚至烧掉关于他们的记忆！让我们把他们毁灭殆尽，然后教我们的孩子认识一个新的世界，他们将不知道曾经发生的这一切。让我们把历史好好简化，那时这世界将重新开始。

于是，在烈焰灭世、辐射、瘟疫、疯狂、语言混乱和愤怒相继爆发之后，血腥的大屠杀运动开始了，一些幸存者将其他幸存者撕裂肢解。他们杀死了统治者、科学家、管理者、工程师和老师。疯狂的暴徒首领宣称的所有让地球变成那个样子的人，全部被追杀。在这些暴徒眼中，学者是最可憎的。开始是因为他们曾为国君服务，后来则是因为他们拒绝加入大屠杀，还试图反对暴徒，说他们是"嗜血蠢货"。

暴徒们兴高采烈地接受了这一称号，得意扬扬地叫嚷："蠢货？是的，是的！我是个蠢货！你是蠢货吗？我们要建一个小镇，就命名为蠢货镇。因为到那时，所有造成这一切的聪明浑蛋都无处可逃！他们都要死！蠢货们！我们走！给他们点儿颜色瞧瞧！有哪个浑蛋不是蠢货？有一个，揪一个！"

为了躲开一群群怒焰冲天的蠢货，幸存的学者逃到各个愿意收留他们的避难所。神圣的教会也提供了庇护，为他们穿上修士的长袍，将其藏在幸存的修道院里。暴徒们对宗教还不那么憎恶，但若是教会公开反对暴徒，那就要接受殉难了。有时候，这些避难所起到了作用，但更多时候没有。修道院被入侵，文字记录和神圣书籍被烧毁，避难者也被揪出，就地吊死或烧死。大毁灭运动开始后不久就不再有任何计划或目标，变成了一场疯狂暴怒的大屠杀和大毁灭，这些事只有在社会秩序完全丧失时才会发生。疯狂还被传给了孩子，孩子不仅没有被教导遗忘，反而被灌输仇恨，因此直到烈焰灭世后的第四代，暴乱依然时有发生。而在那时，怒火的对象不再是学者，因为他们已经灭绝了，目标转移到识字的人身上。

艾萨克·爱德华·莱博维茨，搜寻妻子无果后，逃到了天主教会西多会，在烈焰灭世后初期，他一直躲在那里。六年后，他向西南出发，又一次踏上寻妻路，希望能找到她的人或者她的坟。这次他不得不确认她的死亡，因为那个地区已被死亡完全覆盖。在那里的沙漠中，他默默宣了誓。然后便返回了西多会，领取了修道服，几年之后他成为一名牧师。他聚集了几个同伴，暗暗提出了些建议。又过了很多年，这些建议慢慢传到了"罗马"——并非灭世前的罗马，那里已不再是一个城市，而是搬到了别处，接着又搬走，然后又换址——这只是不到二十年间换址的经历，想想罗马城在一个地方矗立了两千年，中间又会换址多少次？建议提出后十二年，

69

艾萨克·爱德华·莱博维茨赢得教皇批准，去建立一个新的教区，以圣托马斯的老师大阿尔伯特命名。大阿尔伯特同时还是科学工作者的保护人。这个新教区的使命未被宣布，开始的定义也很模糊，当时的说法是要为大毁灭这代子孙的后代保存人类历史，免于大毁灭这代人的焚毁。修道院最早的服饰是粗麻拼布和铺盖卷，也就是蠢货暴徒的服饰。按分工不同，成员被分为"运书者"和"记忆者"。运书者负责偷运书籍至西南部沙漠，将他们装进小桶埋藏起来；记忆者负责消化整卷历史、神圣文件、文学和科学，以防一些不幸的运书者被抓住、拷打、逼问小桶的埋藏地点。同时，新教区的其他成员扎营于距藏书点三日路程的水坑旁，在那里开始修建修道院。这个工程就是从那时开始，目的是从想要毁灭文明的人类幸存者手中，抢救出一小部分人类文化残骸。

到莱博维茨轮值做运书者时，他被一个蠢货暴徒抓住了。一个变节的技师指认了他（牧师即刻便原谅了那个人），说他不仅仅是学者，还是个武器专家。殉教之时，绞吏用绞索吊着他的脖子，但并非为将他的脖子折断，而是同时施以火刑将他活活烧死——这才消解了人们对于该如何处死他的争论。

记忆者数量甚少，而且记忆量有限。

一些书桶被发现并焚烧，运书者同时被活活烧死。在疯狂平息前，修道院本身就遭到过三次攻击。

这波骇人的持久的疯狂终于结束了，人类博大的知识宝库中，只有几小桶原版书、少得可怜的记忆者的手抄本幸存下来，被收藏在修道院里。

如今，历经了六个世纪的黑暗，修士们依然保存着《大事记》，研究，抄写，再抄写，然后耐心等待。最初在莱博维茨时代，修士们希望，甚至预计有很大的可能，到第四代或第五代，人们会开始想要回他们的遗产。早期，修士们认为在旧文化完全被毁灭之时，人类无法在短短几代就重新形成新的文化遗产。要想形成新的文化，就要集合立法者和先知的美德，汇集天才或疯子的力量，通过一位摩西或一位独裁者，或者某位无知而专横的始祖。只有这样，在那一切混沌未开的黄昏与黎明间，人们才会获取文化遗产，许多文化遗产都是这样得来的。但这种新的"文化"生自黑暗，"蠢货"的意思等同于"市民"，等同于"奴隶"。修士们静待着。他们不在乎储存的知识是否有用，其中很多内容如今已称不上知识了，有时修士们研究起来，像山里不识字的野孩子读起来一样，完全无法理解。这些知识缺乏系统内涵，它们的主题很久以前就消失了。不过，这些知识本身依然有一种符号结构，起码能够让人看出这些符号之间的相互作用。要想识别这个知识系统如何织就，至少要了解一些关于知识的基础知识，直到某天或几个世纪后，一位集大成者出现，这一切都会融会贯通。所以时间长短并不重要，《大事记》就在那里，他们被赋予责任保存它。即使黑暗在这世界上再多笼罩一千年，甚至一万年，即使他们正出生于那黑暗时代，他们依然是受福之人莱博维茨的运书者和记忆者。直到如今，每次他们要从修道院出发远行，每位修道院成员——上至院长大人，下至马夫——都要随身藏一本书，如今常常是祈祷书，卷进铺盖里。

地下室被封锁后，从里面取出的文件和遗物被悄悄收藏，一次一件，神不知鬼不觉地被院长收了起来。这些物件已销声匿迹，大概是被锁进了阿克思的书房。实际上，它们已经无影无踪。在院长书房消失无踪的东西，都不适合在公共场合讨论，只适宜在安静的走廊偷偷耳语。弗朗西斯修士偶尔会听到这类耳语。最后，讨论停止了，但又被一位新罗马信使的到来所点燃。有一天晚上，那位信使与院长在餐厅低声讨论。邻桌的修士们听到了只言片语，信使走后，低声耳语又蔓延了数周才得以平息。

第二年，犹他州的弗朗西斯·杰德勒再次回到沙漠，又开始了隐居禁食。又一次，他回到修道院，虚弱而消瘦。不久，阿克思院长就召唤他进去，院长想知道弗朗西斯还会不会宣称他和天使见过面。

"哦，没有，院长大人。白天除了秃鹰，什么都没有。"

"晚上呢？"阿克思疑心问道。

"只有狼。"弗朗西斯回答，接着又小心翼翼地补充了一句，"我是这么想的。"

阿克思没有就这个谨慎的补充再和他纠缠，但还是皱了下眉头。弗朗西斯修士曾经观察过，院长皱眉时能够放出辐射能量，以一定速率向四面传播。这能量有什么别的神奇功能，弗朗西斯还不了解，但绝对能让吸收到这能量的事物迅速枯萎，而这吸收者常常是圣职申请人或见习修士。弗朗西斯吸收这能量已经有五秒钟了，终于，下一个问题被摆到了眼前。

"那去年呢？"

见习修士一顿，咽了口唾沫。"那——老——人？"

"那老人。"

"是，阿克思师。"

阿克思的声音尽量不露一丝怀疑的味道，他低沉地说：

"只是一位老人，没有别的，我们如今确认了这一点。"

"我也认为他只是一位老人。"

阿克思疲惫地去抓他的山核桃木戒尺。

啪！

"感谢上帝！"

啪！

"感谢……"

当弗朗西斯要返回房间时，院长在他身后冲走廊大喊："另外，我要说一句……"

"是，尊敬的神父！"

"今年你不用宣誓了。"他心不在焉地吼完，就退回了书房。

◇ 7 ◇

　　弗朗西斯修士的见习期长达七年。他在沙漠里经历了七次大斋节守夜，成了模仿狼嚎的专家。为了给修士们增加点儿娱乐，每到晚上，他就在修道院里号叫，吸引狼群来到墙外。白天，他在厨房工作，洗刷石头地面，继续研究古代遗物。

　　一天，一位信使骑着毛驴从新罗马的一个神学院来到修道院。和院长会谈很久之后，信使来找弗朗西斯修士。信使很惊讶，这个年轻人如今已经是个真正的男人了，但依然穿着见习修士的修道服，趴在地上洗刷厨房地板。

　　"我们一直在研究你发现的文件，研究了多年。"他告诉见习修士，"我们当中很多人确信，它们是真实的。"

　　弗朗西斯低下了头。"我受禁令不能提这些，神父。"他说。

　　"哦，这没事。"信使笑了，递给他一张纸条，上面有院长的印章和手书：

　　　　此人乃罗马教廷廷长，望协助调查。

阿克思

莱博维茨修道院院长

　　留意到见习修士突然表情紧张，他赶紧补充了一句："没关系的，我不是以廷长身份来和你谈话。过一段时间，教廷会派别人来听你陈述。你发现的文件被送到新罗马有一段时间了，我刚刚带了一部分回来。"

弗朗西斯修士摇摇头。关于高层对他所发现的遗物有何反应，他了解的可能比任何人都少。他留意到信使身着白色多明我会的修道服，这让他心生不安，猜想这位黑人修士所提的"教廷"实质是做什么的。他们曾展开一场调查，针对的是位于太平洋沿岸地区的纯洁派[1]。但弗朗西斯想象不出教廷为何会如此关注受福之人的遗物。院长在纸条上写的是"罗马教廷廷长"，他指的很可能是"调查员"。不过这位多明我会的神父看起来是个相当随和的人，而且并没有携带任何慑人的刑具。

"我们希望你们修道院创建者封圣的提案能尽快再被提上日程。"信使解释说，"你们的院长阿克思是一位深谋远虑的智者。"他又轻笑道："将遗物交给其他修道院调查，在完全探索之前先将地下室封锁——哦，你该明白的，不是吗？"

"我不明白，神父。我以为他是觉得这整件事情太微不足道，不值得浪费时间。"

黑人修士大笑。"微不足道？我可不这样想。不过如果是你们修道院自己出示的证据、遗物、奇迹等等，教廷就会怀疑来源。每个教区都期待看到他们的创建者被封圣，所以你们的院长明智地告诉了你：'别碰地下室。'我相信你们所有人对此都困惑不解，但

1　中世纪西欧反对正统基督教的一个派别，他们信仰宇宙间有善恶两神，善神创造灵魂，恶神创造肉身，灵魂受肉身束缚，两神不断进行斗争，地上的一切都是魔鬼的产物。纯洁派否认正统天主教的三位一体、圣礼和炼狱等说法，把教皇斥为魔鬼，宣称要打倒罗马教会，因此被教会定为异端。

是——在其他证人在场的情况下探索地下室，这确实更有助于你们的创建者得以封圣。"

"您要重新打开地下室吗？"弗朗西斯热切地问。

"不，不是我。教廷一旦准备就绪，就会派出观察员来负责。到那时，从地下室找到的任何可能促进封圣的物件都将是安全的，任何对其真实性的质疑、反对都不会构成威胁。当然，质疑这个地下室内容的唯一理由，就是——呃，是你所找到的东西。"

"我可以请问这是为什么吗，神父？"

"呃，当年莱博维茨受福之时最尴尬的事情之一是关于他的早期生活——成为一位修道士和牧师之前的时期。指责列圣候补者的那个人不断质疑受福之人在灭世前的早期生活。他试图建立一个印象，就是莱博维茨从未仔细搜救过他的妻子，在他接受神职时，他的妻子可能依然健在。哦，这种事情确实发生过不止一次，有时会获得特赦——但这不是重点，反对者的目的只是在于质疑你们创建者的品格。他想要暗示莱博维茨并未确认家庭责任已完全终结，就接受了神职，宣誓成为修士。反对虽无效，但难保不会卷土重来。然而，如果你所找到的人类残骸真的属于——"他耸耸肩，咧了下嘴。

弗朗西斯点点头。"那就可以确定她的死亡日期了。"

"当时战争一开始，几乎就已终结了一切。在我看来——呃，箱子里的那些笔迹，若不是受福之人本人留下的，那就是非常巧妙的仿品。"

弗朗西斯的脸烧红了。

"我并不是说你参与了任何伪造活动。"看到见习修士脸涨得通红，多明我会神父赶紧补充了一句。

其实，见习修士只是记起了自己当时对那字迹的轻蔑，羞愧得脸红。

"告诉我，这是怎么发生的——我是说，你是怎么确定地点的？我要听整个故事。"

"好吧，这件事的起因要从那些狼说起……"

多明我会的神父开始记笔记。

信使离开修道院有几天了，阿克思院长召唤弗朗西斯修士。"你依然觉得你的天职是与我们在一起吗？"阿克思愉快地问。

"如果院长大人能原谅我恶劣的虚荣心……"

"哦，让我们先把你恶劣的虚荣心放一边。你想还是不想？"

"我想，大人。"

院长的脸笑开了花。"好的，孩子，我认为我们也确信了这一点。如果你准备好终身侍奉上帝，我决定，是时候让你庄严宣誓了。"他顿了顿，端详着见习修士的脸，居然没发现任何表情变化，阿克思失望极了，"什么意思？你不高兴听到这个消息？你并非……啊！你怎么了？"

弗朗西斯脸上还是一副礼貌专注的神情，但脸色却刹那间变得刷白，膝盖突然一软。

弗朗西斯晕倒了。

两周后，也许创下了沙漠守夜生存时间纪录的见习修士弗朗西斯终于脱离见习期，宣誓永远安于清贫，保持纯洁，服从教义。弗朗西斯对教区许下誓言，终于在修道院里接受了祝福和一个铺盖卷，正式成为莱博维茨阿尔伯特修道院的一名修士，永远与教会和教规拴在一起，融为一体。"如若上帝要你成为他的运书者，你会宁愿赴死也不背叛教友吗？"按照仪式，这个问题被连问三遍。"愿意，大人。"弗朗西斯对答三次。

"接下来请运书修士和记忆修士起身，接受兄弟之吻。看啊，何等良善；看啊，何等愉悦……"

弗朗西斯修士被调离厨房，做不那么普通的工作。他成为一名抄写员学徒，师从一位叫荷马的老修士。若一切顺利，弗朗西斯很可能得以在这抄写室中安度余生，终身做抄写和装饰的工作。亲手抄写代数课本，画橄榄叶装饰书页，画愉快的小天使围绕着对数表。

荷马修士是一位温和的老人，弗朗西斯一见到他就喜欢上了这位老师。"我们大部分人都有指定工作，而且完成得较好，"荷马告诉弗朗西斯，"但我们每人也有自己的项目。大部分抄写员都对《大事记》里的一些特别的工作感兴趣，喜欢挤出边边角角的时间花在上面。比方说，坐在那边的萨拉尔——他干活儿很拖拉，错误又多。所以我们让他自己选一个项目，每天可以在上面花一个小时。干活儿太沉闷，他又开始出错时，就可以先把指定任务放在一边，做自己的项目。人人都可以这样做。如果一天结束前，你已经做完了自己的指定工作，而又没有自己的项目，你将要把时间花在常青树上。"

"常青树？"

"是的，但我说的可不是植物。神职人员们普遍对一些书有长期需求——《弥撒书》、《圣经》、《祈祷书》、论文，还有《百科全书》，像这样的书我们卖了很多。所以要是你还没个人爱好的项目，工作又提前完成了，我们会给你安排常青树项目。你还有很长的时间可以考虑。"

"萨拉尔修士的项目是什么？"

这位年长的监督顿了顿。"哦，我不知道你是否能明白，反正我是不明白。他似乎找到了一个恢复遗失词汇和短语的方法，用来补充《大事记》原文中缺失的部分。比如，一本书左边一页被烧焦了一半，但还可以辨识，而右边一页的边缘被烧没了，每一行最末几个字都不见了。萨拉尔修士研究出一种数学方法能用来找回这些遗失的字词。这并非完全保险，但确实能恢复到一定程度。自他开始这项工作到现在，已经恢复了整整四页。"

弗朗西斯看了看萨拉尔修士，他是一位八九十岁的老人，将近失明。"这花了他多长时间？"弗朗西斯问。

"快四十年了。"荷马修士答道，"当然，他每周只在这上面花费五个小时，而且这需要极大的计算量。"

弗朗西斯若有所思地点了点头。"如果一页需要花十年来修复，那可能几个世纪后……"

"或许还更短。"萨拉尔修士嘶哑着嗓子说，头都不抬一下，"填得越多，活儿也干得越快。再过两年，我就能把下一页完成。在那之后，就要看上帝的旨意了，可能……"他的声音渐渐淡了下去，一个人含糊地咕哝着。弗朗西斯不时地注意到萨拉尔修士工作的时候会自言自语。

"随你便。"荷马修士说，"常青树项目总是需要更多人手，但你想要自己的项目时，随时都可以有。"

弗朗西斯修士灵光一闪。"我可不可以利用这段时间，"他脱口而出，"来抄写我发现的那份莱博维茨蓝图？"

荷马修士像是吓了一跳。"哦——我不知道，孩子。我们院长大人他，呃——对这个话题有点儿敏感。而这份文件可能不会被归于《大事记》，它现在属于待定文件。"

"但是你也知道它会褪色，修士。而且那份蓝图已经在强光下暴露过多次，多明我会的修士又曾将它带到新罗马研究了那么久——"

"好吧——要是阿克思神父不反对的话，我想这可以做一个小项目。但是——"修士怀疑地摇了摇头。

"也许我可以把它夹在一沓蓝图中间，"弗朗西斯赶紧补充，"我们目前所收藏的那些蓝图副本也年久易碎。要是连同这些，我也画成副本——"

荷马挖苦地咧了咧嘴。"你的意思是，把莱博维茨蓝图与其他蓝图副本放在一起，你就可能逃过审查。"

弗朗西斯的脸唰地涨红了。

"就算阿克思神父偶尔过来巡视，他可能都不会觉察，是不是？"

弗朗西斯羞愧不已。

"好吧。"荷马说，他眼里闪出一丝笑意，"你可以用自由时间来描摹任何老化破损的副本。要是里面夹杂进任何其他东西，我会尽量不去留意。"

弗朗西斯修士花了好几个月重画《大事记》中的一些老旧的副本，才敢去碰莱博维茨的蓝图。既然这些古老的副本值得收藏，那就需要每隔一两个世纪将它们重画一次。不然不仅最初的版本会褪色，重画的版本经历一段时间后，也会因为墨水不稳定而变得难以辨认。他一点儿也不明白，为何古人要用白色的线在黑色背景上作图，而不是反过来。他曾在白色背景上用炭笔重新描画过一幅图纸，比起黑底白线，这张白底黑线的草图反而更显眼。但古人可是要比弗朗西斯聪明无数倍，既然他们不厌其烦地往白纸上涂墨水，而不是在白纸上直接画，那一定有他们的道理。弗朗西斯抄写文档总是尽可能地接近原作——即使围绕白色字母涂蓝色墨水极其无聊，还浪费了很多墨。这让心疼墨水的荷马修士嘟囔了好几回。

弗朗西斯复制了一份古老的建筑图纸，还画了一幅机器配件图，那个机器的几何构造显而易见，但用途却不甚清楚。他还重画过一幅让人一头雾水的简图，名为"STATOR WNDG MOD 73-A 3-PH 6-P 1800-RPM 5-HP CL-A 松鼠笼"。这完全没法理解，而且绝对关不住松鼠。古人常常都很神秘，可能他们需要这样一套特殊的装置来观察松鼠吧。于是，他还是煞费苦心地完成了。

弗朗西斯的自由项目开始快一年了，他才鼓起勇气冒险从《大事记》文件里找出了莱博维茨蓝图。之前院长偶尔路过抄写室，已经有三次看见他的重绘工作了（其中有两次，阿克思在弗朗西斯的作品前停下来，特意看了一眼）。

原始文件总是需要大量修复工作。即使上面有受福之人的大名，令人失望的是，这幅蓝图与弗朗西斯重画的其他蓝图并没有什么区别。

莱博维茨的蓝图像一幅抽象画，毫无魅力可言，没有任何条理。弗朗西斯研究了一遍又一遍，直到闭上眼也能看到整个复杂的系统。但比起最初对图的理解，他依然没有任何进展。它看起来不过是一个用线网连起各种小装置的拼缀物，里面有曲线、小圆块、方块以及其他物件。而这些线条大部分是水平或垂直的，穿过小物件时会出现一个跳跃符或圆点；为了穿过某个小物件，这些线也会拐直角，它们从来不在中途停止，最后总会连接一个波形线、弧线、小圆块或其他物件。盯着这幅图太长时间，会让人头脑麻木，可见它多么没有条理。不过，弗朗西斯还是开始重画每个细节，甚至包括蓝图中央的一个褐色污点。他认为这可能是这位受福的殉教者生前留下的血迹，但杰瑞斯修士却认为，这不过是烂苹果核留下的印记。

杰瑞斯修士和弗朗西斯同时加入抄写室成为学徒，但这位修士似乎更喜欢拿弗朗西斯的项目逗弄他。"请问，"他越过弗朗西斯的肩膀斜视图纸问道，"6-B 部件晶体管控制系统是什么，博学的修士？"

"很明显，这是一份文件的标题。"弗朗西斯回答，感到有点儿被冒犯。

"很明显，但这是什么意思呢？"

"这就是你眼前这张图表的名字，蠢货修士。那'杰瑞斯'又是什么意思呢？"

"没什么意思，我确定。"杰瑞斯修士打趣地谦虚承认，"请原谅我的问题有点儿多，你刚刚通过指出一个名字，就成功地给那个对应的创造物下了定义，那个名字确实能代表这个创造物的意思。但是现在再看这张创造物图表，它本身就代表着什么东西，不是吗？这张图表代表的是什么？"

"显然是6-B 部件晶体管控制系统。"

杰瑞斯大笑。"相当明显！真是雄辩啊！如果创造物就是它的名字，那名字就是创造物。'等量两边对调依然是等量'或者'等式的顺序是可调换的'，但让我们来看下一条公理吧？如果'相等的质量之间可以相互替换'这个没错，那么有没有非此类'等量'的东西，即名字和图表代表的意义不同？或者说这是一个封闭的系统？"

弗朗西斯涨红了脸。"我不会这样想象。"冷静了一会儿，平息了心头的厌烦，他才静静地说，"这张图表代表了一种抽象的概念，而不是一种具体的事物。也许，人有一种系统的方法来描述纯粹的思想。这显然不是某个可识别物体的图画。"

"是的是的，这显然是不可识别的！"杰瑞斯修士轻笑着表示同意。

"换个想法，可能它描绘的就是一个物体，只是应用了一种正式的有法可依的方式来画——那么画的人可能需要接受特别的训练或者……"

"特别的眼光？"

"在我看来，这幅图是以卓越的手法高度抽象地传达了受福之人莱博维茨的一个想法。"

"厉害！那他想的是什么呢？"

"嗯——'线路设计'。"弗朗西斯扫了一眼右下角方框内的文字，说了出来。

"嗯，那这门艺术遵循什么规则呢，修士？归为什么类别、种群，有何属性和特点？或者，它只是一个'灵感'？"

杰瑞斯的讽刺里面越来越有自命不凡的味道了，弗朗西斯心想。他决定用柔和的答案来回应。"好吧，看看这列数字，它的标题是'电子元件数字'。这就是说，曾经有一门艺术或科学名叫电子学，也可能是艺术与科学的结合。"

"哦——哈！这就解决了'类别'和'种群'的问题。那来说说'特点'吧，要是不介意我追问下去，电子学的主题是什么？"

"那也有记载。"弗朗西斯说。他曾查遍了《大事记》，试着找出能让蓝图更容易被理解的线索，但收获甚少。"电子学的主题就是电子。"他解释说。"那这果然是有记载了。我有印象。关于这类事情我知道得太少。请问，'电子'是什么呢？"

"哦，在一份残缺资料中对它略有提及，称之为'反向扭曲虚无'。"

"什么！他们如何反向虚无的？会把它变成实在的吗？"

"也许'反向'的对象是'扭曲'。"

"啊！那我们就会有一个'反扭曲虚无'啦？你发现如何'反扭曲虚无'了吗？"

"还没有。"弗朗西斯承认。

"那加油，修士！他们该有多聪明啊！那些古人——居然知道如何'反扭曲虚无'。继续找，说不定你可能学会。到那时候，我们中间就有'电子'啦，不是吗？我们会拿它做什么呢？把它供在教堂圣坛里？"

"好吧。"弗朗西斯叹了口气，"我不知道，但我有信念，'电子'在一定时期肯定存在过，即使我不了解它的构造，也不知道它的用途。"

"多感人啊！"这位革新家窃笑道，接着回去工作了。

杰瑞斯修士时不时的嘲笑让弗朗西斯很难过，但他投身这个项目的热忱依然不减。

准确复制每一个痕迹、斑点、污点是不可能的，但弗朗西斯的临摹副本已经相当准确，几乎看不出与原始版本的区别，足以供展览使用，因此原始版本可以打包封存了。完成临摹后，弗朗西斯发现自己暗暗失落。这张图纸太简陋了，一眼望去，怎么也看不出这是件神圣的遗物。风格简洁、朴实——也许对于受福之人自己来说，这就够了，然而……

一份遗物还不够。圣人皆为谦逊之人，他们赞美上帝但从不吹嘘自己。只能由他人通过外在的可见符号，来描绘他们内在的圣洁荣光。这份简陋的遗物则不够格：它冰冷而缺乏想象力，无论如何都无法通过它看出受福之人圣洁的品质。

荣耀归主，弗朗西斯一边做常青树项目，一边心里念着。此刻他正抄写几页诗篇以供重新装订。他停笔查找抄到哪里，并留意了一下这诗篇的含义——连续抄写几个小时，他已经停止阅读，只是机械地描出眼睛看到的每一个字母。他留意到自己正抄写大卫请求宽恕的祈祷文，第四首忏悔圣歌："上帝，可怜我吧……因为我知晓，我的质疑，我的原罪一直在前路等待。"这是一篇谦卑的祷文，可眼前这页面却绝不相配，并非以谦恭的方式写就。"Miserere"一词中的"M"以金叶镶嵌，诗篇每节的第一个大写字母装饰华丽，黄金丝缕与紫罗兰枝蔓相互交织，繁茂的蔓藤花纹填满页边，延伸的枝叶与大写字母相呼应。祷文本身谦卑恭敬，书页却辉煌壮丽。弗朗西斯修士只将文章主体抄写在新羊皮纸上，为华丽的大写字母和边缘留出空间，与原文一样宽。其他工匠会围绕他抄写的单色副本，涂满辉煌的颜色，补上图画一样的大写字母。弗朗西斯正在学习绘图，但还不够熟练，不足以胜任为常青树手抄书镶金这种工作。

荣耀归主。他再次想到了蓝图。

没有跟任何人提及自己的想法，弗朗西斯修士开始默默筹划。他找到了能够得到的最好的羊皮，花了几个星期的休息时间烤干、拉伸、打磨，直至完美。最后经过漂白使羊皮变得像雪一样白净，然后仔细收好。好几个月了，他花费自己的每一分钟休息时间用来翻查《大事记》，再次探索莱博维茨蓝图的意义。他没有在书中的绘图页找到任何相似的曲线，也没有找到其他有助于解读其含义的资料。不过，经过长时间埋头探索一本古书，他找到一页纸，内容有部分破损，但主题正是蓝图印制。那本书看起来像《百科全书》的一部分。参考书目简洁，一些文章缺失。但读过几次，他开始怀疑自己，还有很多早期抄写员，都浪费了大量时间和墨水。黑底白线的效果看来并非特意想要的，而是在一些便宜的再复制过程中生产出的残次品。弗朗西斯努力克制冲动，忍着不用头撞石板地，花费了那么多墨水和人工只是描摹了一个意外！好吧，但还是不要告诉荷马修士了。缄口不提为慈悲，因为荷马修士的心脏很可能承受不住这个打击。

蓝图黑底白字的色彩方案是个意外，这个发现让弗朗西斯更有动力执行计划。莱博维茨蓝图的美化副本可以消除任何意外造成的特征。颜色搭配反过来，开始时可能没人会认得出画的是什么。一些其他特征也将被修正。他不敢改变任何自己不理解的东西，但是，零件表和印刷体字母信息可以围绕着图表，均匀分布在卷轴和防护罩上。因为图表本身的意义就晦涩难懂，他不敢修改一处或多添一笔。但既然颜色搭配并不重要，通过色彩就可以好好美化一番，他想为曲线和各种装置镶金点缀，然而为那不知名的配件镶金太过复杂，金块镶在上面也显得过于闪耀。看来曲线要画成黑色了，但这也代表着直线不得为黑色，只有这样才可以对比反衬出黑色曲线。不对称的设计应该保持原状，不过弗朗西斯觉得完全可以将框架用作棚架，画出藤蔓顺着棚架延伸。藤蔓还可以生出分支（但要小心翼翼地避开曲线），这绝不会改变原图的意义，还会产生对称的效果，或让图中的不对称性不那么显眼。荷马修士可以把 M 写得大些，将这个字母变成一簇美好的树叶、一捧艳丽的梅子、几枝柔美的树枝，还可能是一条狡猾的毒蛇。重重装饰后，字母 M 依然清晰易辨。弗朗西斯修士觉得这种方式完全可以应用到图表中。

整体形状配上微微卷起的边缘，可能像一个盾牌，而不是原版蓝图中呆板的长方形。弗朗西斯画了几十张初步草图。羊皮纸顶端将有一个代表三位一体的上帝图像，底端是阿尔伯特修道院的盾徽，盾徽上只有受福之人的肖像。

但据弗朗西斯所知，还没有一幅准确描绘受福之人的画像。现有的几张都是后人想象的，绘于大简化运动之后。对受福之人的描绘没有一个令人信服的版本，只是听说莱博维茨很高，背微驼。也许等地下室被重新打开，说不定……

一天下午，弗朗西斯正在画初步草图，突然觉察有人在背后若隐若现，停笔侧视，只见那人投在抄写桌上的身影，那是——那是不是——不！求您了！受福之人莱博维茨，听听我的祈求！上帝啊！可怜我吧！是谁都可以，千万不要是……

"呃，这是什么？"后面传来院长低沉的声音，他瞥了一眼弗朗西斯的设计。

"一张图，院长大人。"

"我看到了。但这是什么图？"

"莱博维茨蓝图。"

"就是你找到的那份？什么？看起来不太像啊，为什么改了？"

"它是——"

"大声说话！"

"一份美化的副本！"弗朗西斯抑制不住，声音颤抖着答道。

"哦。"

阿克思院长耸了耸肩，踱步走开了。

过了一会儿，霍纳修士经过弗朗西斯书桌旁，惊讶地发现，修士已经晕倒了。

◇ 8 ◇

　　弗朗西斯修士莫名惊讶，阿克思院长已经不再反对修士们研究受福之人的遗物了。自从多明我会同意提供检查，院长就舒了一口气。封圣的事在新罗马又有了些进展，院长有时好像完全忘记了许多年前的感召守夜期间有什么特别的事——来自犹他州的修士弗朗西斯·杰德勒，这位如今在抄写室工作的修士当年曾有过什么经历。那件事过去十一年了，见习修士之间关于朝圣者身份的荒谬私语也早已销声匿迹。如今的见习修士早就不是弗朗西斯见习时的那一批了，这批年轻人从未听说过当年的传闻。

　　那个事件让弗朗西斯修士在群狼中度过了七次大斋节守夜，然而直到如今，他从不认为关于朝圣者的话题绝对安全。每次提到，他的梦中总会充斥着狼群和阿克思。在梦里，阿克思总是在不断给狼群喂肉，而那肉就是弗朗西斯身上的。

　　不管怎样，修士发现自己可以不受干扰地完成自己的项目，只是时不时要忍受杰瑞斯修士的取笑。弗朗西斯修士真正开始在羊皮纸上绘图了。装饰工作异常复杂，镶金的工序又要精益求精，再加上业余时间稀少，这项工作也许要经过多年才能完成。但是在几个世纪的黑暗海洋中，时间似乎都是凝滞的，一条生命所历经的时间，可能只是这时间汪洋上的小小漩涡。生命日复一日，季复一季，一切都单调乏味，疾病伤痛纷至沓来，然后死之将至，涂油[1]以待，陷入黑暗而告终——或者不如说开始。因为到那时，为这乏味所折磨蹂躏，仍与之相安无事的颤抖的小小灵魂，终于可以摆脱这漫长的无聊时间，进入一个充满光明的圣地，站到上帝面前，熔化在他含有无限怜悯的火热目光里。而那座上之王将会审判道："来。"或者他说："去。"正是为了此时此刻，彼时彼刻那些单调无聊的日日夜夜才有了存在的意义。弗朗西斯明白，在这个时代，人们的想法一般都如此。

萨拉尔修士通过数学推导终于完成了第五页修复工作，累瘫在书桌上，几个小时后溘然长逝。没关系，萨拉尔的笔记完整无缺，过上一两个世纪，会有人发现这笔记中的乐趣，或许愿意完成他的工作。修士们默默祈祷，送走了萨拉尔的灵魂。

福哥修士和他的木工活儿也在继续。他在一两年前已经被调回木匠铺，获得允许偶尔可以雕刻打磨他已完成一半的受福之人的雕像。正如弗朗西斯一样，福哥每天也只有一个钟头的时间做自己选择的工作。木雕进展异常缓慢，几乎无法察觉，除非隔几个月才能看出一点儿变化。弗朗西斯看得太频繁了，看不出任何进展。他是被福哥的率性随和给迷住了，甚至觉得福哥亲切友好的态度足以弥补其外貌上的不足。弗朗西斯喜欢在空闲时间去看福哥干活儿。

木匠铺里充满了松树和云杉的香味，还有刨花的味道和人的汗臭。在修道院，木料并不好找，除了几棵无花果树和两棵棉白杨临水而立，这整片区域再无树木。如果去最近的矮树丛寻些木料，要骑驴走上三天。木匠每次从修道院出发，要花一周的时间收集木

---

1 天主教、东正教的终敷之礼，即临终涂油礼（临终敷擦"圣油"）。

料，这样回来时才能用驴子拖回一些树枝，用来做木钉、轮辐，有时是一条椅子腿。有时他们拖回一两根圆木，用来替换腐烂的横梁。木料有限，木匠们采集木头时就要考虑能怎样雕刻。

有时候，弗朗西斯一面看着福哥雕刻，一面坐在木匠铺一角的凳子上画素描，努力通过只是简单造型过的雕像，想象它的细节。雕像的面部轮廓已经显现，只是覆了一层木屑和凿痕。弗朗西斯修士试着从纹理之间预测雕像的面部特征。福哥看着弗朗西斯的素描大笑。快要画好了，弗朗西斯不禁觉得这张脸上那意味不明的微笑似曾相识。他按心中感受画了出来，熟悉的感觉更加强烈。他实在无法将这张脸同谁匹配，也想不起有谁笑得如此讽刺。

"不错啊，真的。实在是不错。"福哥看着素描说。

弗朗西斯耸了耸肩。"我无法抑制一种感觉，那就是我以前好像见过他。"

"别在这里晃了，修士，不要占用我的时间了。"

降临节期间，弗朗西斯生病了，隔了好几个月才再次走进木匠铺。

"面部快要完成啦，弗朗西斯。"木匠师傅说，"你现在觉得它怎么样？"

"我认识他！"弗朗西斯一把攫住雕像，紧盯着那双笑中带着忧伤的眼睛，嘴角那一抹讽刺的微笑——没有比这更熟悉的了。

"你真的认识？那他是谁？"福哥好奇地问。

"他是——呃，我也不确定。我想我认识他，可是——"

福哥大笑。"你只是觉得像你自己的素描。"他替弗朗西斯解释道。

弗朗西斯不确定，不过他仍没法将这张脸跟记忆中的谁相匹配。

哦——嗯！眼前这讽刺的笑容似乎有话要说。

阿克思院长觉得这抹笑容十分惹人恼火，不过他还是允许福哥完成这项工作，但是声明自己决不允许将这雕像用于最初的目的——等受福之人的封圣完成，将其作为偶像供奉于教堂。多年之后，整个雕像最终完成了，阿克思让人把它置于客房走廊。后来，一位来自新罗马的访客见到雕像受到震惊，阿克思又将它挪到自己的书房。

经过缓慢而痛苦的工作，弗朗西斯修士将羊皮纸做成了美的结晶。抄写室里人人都在谈论他的自选项目，修士们常常围绕在弗朗西斯工作台前欣赏这幅作品，充满敬羡地感叹。"天启啊！"有人低语道，"铁证如山，一定是因为见过受福之人本人，才能——"

"我不明白你为什么不把时间花在更有用的地方。"杰瑞斯修士咕哝着，跟弗朗西斯唇枪舌剑这么多年，杰瑞斯的讽刺智慧都被弗朗西斯的耐心作答耗尽了。这位怀疑论者利用自己的自由项目时间为教堂的灯盏制作装饰用的油布灯罩，得到院长的青睐，院长还提拔杰瑞斯管理常青树项目。

账本记录表明，提拔杰瑞斯修士是实至名归的。

年迈的抄写员主管荷马修士病倒了，几周后这位可爱可敬的老修士进入弥留之际。降临节刚开始，葬礼弥撒声便响彻修道院。这位圣洁的老抄写员主管的遗体被交还大地，归于尘土。修士们还在祷告中倾泻悲切之意，阿克思已悄然任命杰瑞斯修士为新的抄写室主管。

上任不久，杰瑞斯修士就通知弗朗西斯，声称是时候让他收起孩子的玩具，开始做点儿大人的活儿了。弗朗西斯出于服从，收起了承载珍贵蓝图的羊皮纸，用厚重的木板压好收存，开始在自由时间做油布灯罩。他并没有嘀咕抱怨，只是喃喃自语地跟自己确认，某一天，杰瑞斯的灵魂也会步荷马修士灵魂的后尘离开，过一种新的生活，而当下的生活仅仅是一方舞台。杰瑞斯急躁易怒，上帝也许会因此将他更早召回，到那时弗朗西斯就能完成心爱的文件了。

上天比想象中更早干预了这件事，甚至还没将杰瑞斯修士的灵魂召回到造物主身边。杰瑞斯接受任命的那年夏天，一位来自新罗马的首席书记带领随从书记员乘驴车来到修道院。他自称马尔弗雷多·阿格拉大人，是受福之人莱博维茨封圣环节的列圣申请人，和他在一起的有几名多明我会成员。他前来查访地下室的重新开放和对"密封环境"的探索，并调查对封圣有影响的证据，包括——院长的雷区——有关所谓受福之人幽灵的报告，据旅行者说幽灵来找过莱博维茨修道院中一位来自犹他州的修士，弗朗西斯·杰德勒。

圣人的申请人受到修士们的热烈欢迎。他被安排住进专为高级教士保留的房间，奢侈地配备六位年轻的见习修士服务，见习修士们得到嘱咐，负责满足申请人的任何奇想。然而，本想为申请人包办饮食服务的修士们失望透顶，阿格拉大人礼貌地一一尝过那些最好的酒，最后选择了牛奶。亨茨曼修士为大人捕获了圆滚滚的鹌鹑和灌丛鸡，但问过灌丛鸡吃的是什么之后（"它吃玉米吗，修士？""不，它吃蛇，大人。"），阿格拉大人看起来更想要餐厅里修士们所喝的稀粥。幸亏他还没问炖菜中的肉是什么，不然他可能宁可选汁鲜肉嫩的灌丛鸡。马尔弗雷多·阿格拉坚持修道院生活一如常态不被他人影响，但是，每天晚上都有丰富的节目等着大人。小提琴欢快地奏乐，小丑热闹地舞刀，这让阿格拉大人开始相信，修道院里的"如常生活"定然是异常活泼，正如别的修道院一样。

阿格拉来访第三天，院长召唤了弗朗西斯修士。修士与院长的关系并不亲近，但也算友好。因为院长批准了弗朗西斯正式宣誓，弗朗西斯修士敲书房门时也不再颤抖，此刻他便敲门问："您找我吗，尊敬的神父？"

　　"是的，没错。"阿克思说，接着沉声问道，"告诉我，你曾想过死亡吗？"

　　"常常想，院长大人。"

　　"你有向圣徒约瑟夫祈求，不要痛苦而亡吗？"

　　"嗯——常常这样祈求，尊敬的院长。"

　　"那我想你应该不希望突然遭殃吧？不希望有人将你的肠子做成琴弦，不希望被剁了喂猪，不希望尸骨无存，沦落荒郊吧？啊？"

　　"不——绝对不希望，大人。"

　　"我也认为你不这么希望，那跟阿格拉大人讲话时要想清楚再说。"

　　"我……"

　　"你，"阿克思揉揉下巴，似乎陷入不愉快的预知情境中，"我看得太清楚了。莱博维茨封圣的提议被搁置。一位可怜的修士被一块砖头砸倒。他躺在那里，呻吟着祈求赦免。他就在我们中间，我要提醒你。我们就在那里站着，怜悯地低头俯视他，牧师们也低头看着他，直到他断了气，从头至尾都没有得到一句祝福。被拖进地狱，没有祝福，未被赦免，就在我们眼皮子底下。真是可怜虫，是不是？"

　　"大人？"弗朗西斯喉咙发紧。

　　"哦，别怨我。我那个时候正忙着控制你的兄弟们，不让他们出于冲动把你踢死。"

"什么时候会发生？"

"但愿永远也别发生呢，我们这么希望吧。因为你会小心的，是不是？你会小心应对申请官大人的。不然，我就让他们踢死你。"

"是的，但是……"

"列圣申请人马上就要见你，给我收起你的想象，明确你要说的话，努力不要多想。"

"哦，我想我可以。"

"滚出去，小子，出去！"

刚开始敲阿格拉的门时，弗朗西斯心里怦怦直跳，但他很快就忘了害怕。列圣申请人是一位温文尔雅又举止得体的老者，他看起来对小修士的生活充满兴趣。

闲聊几分钟调节气氛之后，阿格拉开始碰触那个敏感问题："现在我们来聊聊你之前遇见的那个人吧，有人说他可能是受福之人——"

"哦，但我从未说过他是我们的受福之人莱博……"

"你当然没有说过，孩子。当然没有。我这里有一份对这个事件的记录——当然，这完全是从传闻中搜集而来的——我想要你读一读，然后向我确认正确之处或者纠正错处。"他停下来，从包里拿出一个卷轴，递给弗朗西斯修士。"这是根据旅行者所述故事而整理的版本。"他补充说，"只有你能描述发生了什么，提供第一手说法，因此我希望你更严谨地修正它。"

"当然，大人。但是实际发生的事简单得很……"

"先读，读一读！读完我们再讨论，嗯？"

这份卷轴这么厚重，一看就知道那些传闻记录绝不是"非常简单"。弗朗西斯修士每读一点儿，忧虑就增加一点儿，很快忧虑就胀大成了恐惧。

"你看起来面色苍白，孩子。"列圣申请人说，"有什么事情困扰你吗？"

"大人，这……事实根本不是这样！"

"不是吗？但起码是间接转述的吧，你一定是这个说法的作者。不然这还能是谁的版本呢？毕竟你是唯一的见证者，不是吗？"

弗朗西斯闭上眼，揉了揉前额。他曾将简单的真实情况告诉几个见习修士，见习修士们彼此间开始窃窃讨论，接着又把讨论得到的故事告诉来到这里的旅行者。直到最后——成了这样！那时候，他有点儿想不通，院长为何这样强行禁止讨论。现在看来，要是当时自己压根儿没提过朝圣者该多好！

"他只对我说过几个字。我只见过他一次。他举着一根拐棍追我，问我去修道院的路。他在一块石头上做了个记号，就在我找到的地下室旁。后来我再也没见过他。"

"没有光环？"

"没有，大人。"

"没有天堂的唱诗班？"

"绝对没有！"

"那他走过的地方有没有生成玫瑰织就的地毯呢？"

"没有，没有！什么都没有，大人。"修士答得上气不接下气。

"他没有在石头上写他的名字？"

"上帝做证，大人，他只做了两个标记。我当时不了解它们的含义。"

"啊，好吧。"列圣申请人叹了口气，"旅行者的故事总是被夸大，但我不明白这是怎么开始的。那现在你可以告诉我实际发生什么了吧？"

弗朗西斯修士简洁地讲了整个故事。阿格拉看起来很伤心。静静沉思了一会儿，他拿回卷轴，轻拍了一下扔进垃圾桶。"那么，第七大奇迹就这么没了。"他低声叹道。

弗朗西斯正犹豫着要道歉。

申请人一挥手："不要再想了。我们其实已经有足够的证据了。我们有几个自愈的例子——因为向受福之人祈祷佑护，疾病瞬间痊愈。这样的例子够简单，事实上已经归档。这些例子都是封圣的依据。当然那些都不像这个故事这样充满诗意，但我几乎是很高兴这没能成立——为你高兴。不然魔鬼的拥护者会把你钉上十字架，你知道吗？"

"我从未说过任何像……"

"我明白，我明白！这一切都是地下室引起的。顺便提一句，我们今天重新打开它了。"

弗朗西斯眼睛一亮。"你们有没有找到关于圣莱博维茨的更多东西？"

"是受福之人莱博维茨，请注意！"大人纠正道，"没有，还不曾寻到。我们打开了内舱，开舱过程像是跟魔鬼作对，里面有十五副骨架和很多精彩绝伦的艺术品。很显然，那个女人——哦，它原本是一个女人——你所找到的那位是获准进入了外舱，可是内舱已经满员。本来地下室也能提供一定程度的保护，可外墙倒塌致使地穴塌陷，可怜的灵魂就被困在入口处的石头里了。天知道为什么门不设计为向内打开。"

"前厅的女人是艾米丽·莱博维茨吗？"

阿格拉笑了。"我们能证明吗？我还不知道。我相信她是，是的，我相信，但也许这是我的希望驱走了理性。我们要看看还能发现什么，我们会发现的。反对方也有一位见证人，我不能盲目下结论。"

虽然阿格拉因弗朗西斯对朝圣者的描述而失望，但他一直保持足够友好的态度。赶回新罗马前，他花了十天时间在考古遗址考察，并留下了两个助手来监督下一步挖掘。出发那天，他到抄写室来看弗朗西斯修士。

"他们告诉我你在制作一份文件，用来纪念你所发现的遗物。"列圣申请人说，"根据我听到的描述，我非常有兴趣看看。"

修士辩解说那不算什么，但立即跑去拿了过来，打开羊皮纸时，心中的渴望是那样迫切，以至于双手发抖。他愉快地留意到杰瑞斯修士正看过来，眉头紧皱。

大人凝视了好一会儿。"太美了！"他最后抑制不住感叹道，"多么辉煌的色彩啊！这真是极品，极品！把它完成，修士，完成！"

弗朗西斯修士抬头看向杰瑞斯修士，疑虑地微笑着。

抄写室主管马上扭过头，脖子后面涨得通红。第二天，弗朗西斯拿出了他的羽毛笔、颜料和金叶子，恢复了绘图工作。

◇ 9 ◇

阿格拉大人离开几个月后，又来了一队驴车，是从新罗马来到这个修道院的。驴车上装满了书记员和防御强盗、变异的怪物、传说中的龙的武装部队。这次来者不善，带队的是另外一位大人，头上长有短角，嘴里突出尖牙。他声称自己的职责是反对受福之人莱博维茨封圣，而且要来调查或修正一些传言。他暗示道，那些让人难以置信又歇斯底里的谣言曾经充斥修道院的里里外外，还罪大恶极地传进了新罗马的大门。他清楚地表示，自己绝不会像之前的某位访客一样容忍任何听起来浪漫的胡扯。

院长礼貌地迎接了这位大人，向他道歉说客房套间最近接触了天花，并为他提供了一间朝南的小屋，里面有一张简易小铁床。这位大人由自己的随从服侍，和修士们一起在食堂吃玉米糊和香草。因为据猎人报告，这个季节鹌鹑和灌丛鸡都很稀少。

这一次，院长觉得没必要警告弗朗西斯不要天马行空地放飞想象。他若敢的话就让他试试。即使说的全是事实，也不能立即赢得反对者的信任，势必要等他将手插进创口翻来覆去掏个遍才能消停。

"我知道你容易晕眩。"费洛特大人说道，他把弗朗西斯单独留下，用在弗朗西斯看来充满恶意的眼光直直瞪过来，"告诉我，你们家族有没有癫痫病史、疯病或精神失常？"

"没有，阁下。"

"我不是一位'阁下'。"牧师厉声咆哮，"现在，我要从你这里得到真相。"他的音调好像在恐吓：来个简单直接的小手术就能办到，只需截去你的胳膊腿儿。

"你是否留意到，那些文件的年代可能是造假的？"他问道。

弗朗西斯修士并没有这样想。

"你是否发现这个名字——艾米丽，并没有出现在你找到的文件里？"

"哦，但是，它——"他顿住了，突然不那么确定。

"出现过的名字是艾，不是吗？这可能是艾米丽的昵称，对吗？"

"我——我相信是的，大人。"

"但这也可能是艾玛的昵称，不是吗？而且艾玛这个名字确实在箱子里出现过！"

弗朗西斯沉默了。

"说！"

"说什么，大人？"

"好了，算啦！我想我刚刚告诉了你一个证明'艾'指代的是艾玛的证据，而'艾玛'并非艾米丽的昵称。你，有什么意见？"

"我之前没有考虑过这个问题，大人，但是——"

"但是什么？"

"夫妻之间的称呼不是常常很随意的吗？"

"你——敢——跟——我——耍——嘴——皮——子？"

"不敢，大人。"

"现在，说实话，你是怎么偶然发现那个地下室的？关于幽灵的那个精彩瞎话是怎么编造的？"

弗朗西斯修士试着解释。反对者不时冷哼，并尖厉责问。终于解释完了，反对者用语义学武装的尖牙利齿将这个故事细细梳理，直到弗朗西斯自己都质疑，是不是真的见过这样一个老头儿？是不是想象了这么个故事？

反对者的盘查技巧令人发指，但弗朗西斯还是觉得院长的审问更为吓人。反对者最多也就是一次性地把修士一撕两半，修士知道盘查马上就会结束。可面对院长时则不然，弗朗西斯一直明白，一次失足将会受到无休无止的惩罚。阿克思是他一生的独裁者，是他灵魂永远的审判者。

经过最初的猛攻，观察了弗朗西斯的反应，费洛特大人似乎发现修士的故事简单得让人悲愤，不值得发起全面围剿。

"好了，修士，如果这就是你的故事，而你坚持如此，我觉得我们不需要再纠缠下去了。即使这是真的——这点我并没承认——那也太琐碎太愚蠢了。你知道吗？"

"我一直是这样认为的，大人。"弗朗西斯修士叹了口气，这么多年来，他一直努力淡化别人强加在朝圣者头上的神圣光环。

"哼，你说得可真是时候！"费洛特暴吼道。

"我一直都在讲我认为他可能只是一个老头儿。"

费洛特大人用大手捂住眼睛，沉重地叹了一口气。跟立场不坚定的目击者交谈，让他无话可说。

离开修道院之前，反对者竟像圣人的支持者一样，在抄写室停留，要求看莱博维茨蓝图的纪念版本——"那个令人厌恶、狗屁不通的东西"，费洛特是这样称呼它的。修士的手再次剧烈颤抖起来，但这次不是因为渴望，而是因为恐惧。他害怕要被迫再次放弃这个项目。费洛特大人静静凝视这张羊皮纸，咽了三次口水，最后他逼迫自己点了下头。

"你的想象比较生动，"他承认，"但这个我们都知道，不是吗？"他顿了顿，"你在这上面花了多少时间了？"

"六年了，大人——断断续续花了六年时间。"

"是啊，看起来你起码也要花那么多年。"

费洛特大人头上的角立即短了一寸，獠牙也完全消失了。他当夜就出发返回新罗马。

一年又一年，时间平静地流逝，修道院里不断增加年轻的面孔和渐老的容颜。修道院永恒的工作依然继续，日复一日齐唱圣歌感震上苍，日复一日抄写手稿滋润世人，偶尔将牧师和抄写员借给主教区、教会法庭以及聘用他们的在俗机构。杰瑞斯修士雄心勃勃地想建立印刷所，但阿克思一听说就撤销了这个计划。没有足够的纸张，没有合适的墨水，又处于一个以无知为荣的时代里，建立印刷所有什么用呢？于是抄写室仍旧依靠墨水罐和羽毛笔来工作。

第五个圣节上，一位梵蒂冈来的信使为修道院带来了喜讯。费洛特大人已经收回了所有反对意见，并在受福之人莱博维茨的圣像前忏悔。阿格拉大人的提案得到批准。教皇已直接下令，推荐封圣，正式公告将于下一个圣年发布。与此同时，教堂总理会也将召开集会，重申关于教权对信仰和道德的限制的教义。这个问题自古以来已被处理过很多次，可是每进入新世纪，它又会以新的形式再次暴露，尤其是在那黑暗时期，人类关于风、雨、星辰的"知识"其实仅仅是信仰。在集会期间，阿尔伯特修道院的创建人将被列入圣人名录。

这个消息让修士们欢欣鼓舞了好长一段时间。阿克思大人此时年事已高，形容枯槁。他派人召来弗朗西斯修士，喘息着对他说："教皇大人邀请我们去新罗马参加封圣仪式，准备出发吧。"

"我吗，大人？"

"你一个人去。药师修士禁止我旅行，而且在我生病期间让副院长大人出行也不妥。"

"现在不要再在我跟前晕倒啦！"阿克思大人暴躁地吼道，"教廷最终接受了艾米丽·莱博维茨的死亡日期，把这荣誉也算在你头上，你盛名在外但名不副实，可教皇大人还是邀请你去。我建议你感谢上帝，推掉荣誉。"

弗朗西斯修士猛地晃了一下。"教皇大人……"

"没错，现在我们要把莱博维茨的原版蓝图送至罗马教廷。你带上你绘制的纪念版蓝图作为私人礼物献给教皇怎么样？"

"啊？！"弗朗西斯惊愕道。

最后，院长唤醒他，为他赐福，称他是个大蠢货，又遣他回去收拾行装。

◇ 10 ◇

去新罗马至少要花费三个月时间，可能还会更长。这要看那些避无可避的强盗抢走弗朗西斯的驴子之前，修士能隐藏多久。他将一个人旅行，没有武器，只能带自己的行囊和乞讨钵，再就是莱博维茨的遗物和修饰的副本。他祈祷无知的强盗能无视遗物和副本。不管怎么说，拦路强盗里面还是有好人的，他们只拿对自己有价值的东西，让受害者能保住性命，守住私物。但遇上邪恶的强盗就倒霉了。

为了防范恶徒，弗朗西斯修士戴了一只黑眼罩盖住右眼。那些粗人都迷信，认为这是邪恶之眼而不会靠近。这样全副武装后，弗朗西斯遵从教皇的召唤出发了，去面见最为神圣的主教和统治者——利奥·帕帕斯二十一世。

离开修道院将近两个月了，修士终于跟强盗狭路相逢。那是一条远离人烟、丛林密布的山间小径，传说中的怪人谷就在不远处，翻一个山头，走几英里就到。那里聚居着基因变异的怪物，他们受尽蔑视，与世隔绝。一些同类部落得到了教会所派的医护人员的照料，但怪人谷未被重视。从森林部落手中死里逃生的畸形人，已在此聚居几个世纪，全世界寻求庇护的畸形怪人都会集于此。有些人还怀孕生产，但这样的孩子常常遗传了父母的畸形缺陷，一般生下来或未成年就夭折了。然而，因为导致畸形的基因偶尔是全隐性的，怪物群体中还是会有表面正常的孩子降生。但有时候，"正常"的假象下隐藏着心脏或大脑的缺陷，这使他们丧失了作为人的本质，只留下一个空壳。即使在教会，也有人信奉这样一种观点，即这种创造物从形成之初就被剥离了上帝的影子，他们的灵魂只是动物的灵魂，纵使他们免于自然法则的惩罚，不致被当作动物处死，灵魂也不能得到豁免。上帝惩罚动物，使之遭到屠戮，因为它们曾差点儿灭绝了人类。一些相信地狱存在的神学家从未敢剥夺上帝惩罚世间万物的追索权。而人们自以为是，评判女人所生的创造物缺乏天赐的相貌，这篡夺了上帝的特权，教皇为此大发雷霆。"即使一个创造物看起来猪狗不如，比羊还笨，但只要为女人所生，那便是一个不灭的灵魂！"新罗马教会再三宣告，抑制杀婴罪孽，于是有人称那些不幸的畸形儿为"教皇的侄子"或"教皇的孩子"。

"要容许为人父母所生之事物承受生存之苦。"前任教皇利奥曾说过，"据《自然法则》和《爱之圣法》教导，不论他们形貌举止如何，都要视为亲子，珍爱他们，抚育他们。即使撇开神圣启示，单看自然法则，在人类所有自然权利中，抚育后代、辅助其生存也最为优先。即便是野兽也奉为圭臬，不得违抗。"

招呼弗朗西斯过去的那个强盗没有明显的变异，但很显然他来自怪人谷，因为他的两个帮手都戴着兜帽。他们从一团灌木后冒出来，站在山坡上俯视这条小路，一面嘲弄地辱骂修士，一面用弓箭瞄准他。弗朗西斯一眼望去，感觉有一只握弓的手似乎有六根手指，但相隔这么远无法确定。另一个强盗则确定无疑地戴着两个兜帽，不过看不见他的脸，没法判定另一个兜帽里是否多出一个头来。

喊话的强盗正站在小路中央。他个子不高，但结实得像头牛，头顶闪着油光，下巴像块大理石。他叉着两腿挡在路中，强壮的臂膀抱在胸前，盯着骑驴的瘦小身影缓缓靠近。弗朗西斯修士远远望去，这强盗肌肉发达，腰带上悬了一把大刀，但似乎无意取下。他示意弗朗西斯向前几步。当修士离他只有五十码时，一个"教皇的孩子"突然一箭射来，正挨着驴子射进它身后的小路，吓得驴子猛地向前奔了几步。

"滚下来！"强盗下令。

驴子停在路边。弗朗西斯修士脱下兜帽，露出眼罩。他颤巍巍地举起手指摸了摸，才慢慢地摘下来。

强盗一仰头，大笑出声，弗朗西斯想这定是撒旦喉咙里发出的笑声，赶紧喃喃念起咒语，但强盗毫发无伤。

"你那黑不溜秋的装饰几年前就过时了。"他笑道，"现在给我滚下来。"

弗朗西斯修士讪讪地笑着，无奈地耸耸肩，没怎么反抗就跳下了驴子。强盗检查着驴子，拍了拍它的侧腹，细细打量牙口和蹄子。

"吃？吃？"一个罩着长袍的怪物在山上叫嚣着。

"这次不行，"强盗喊道，"皮包骨头的，太瘦啦！"

弗朗西斯修士没法完全确定他们指的是不是驴。

"日安，先生。"修士友好地问候，"您可以牵走这头驴，我想步行有益健康。"他讨好地笑着准备离开。

一支箭嗖地射来，插入脚边。

"站住！"强盗怒吼道，接着转到弗朗西斯跟前，"马上脱衣服，让我们看看行李和包裹里夹着什么！"

弗朗西斯修士摸了摸他的乞讨钵，做了个一无所有的手势，结果又引来了强盗轻蔑的嘲笑。

"这种哭穷的花招我也早见过了。"他说，"上次那个揣讨饭碗的，靴子里藏了五十克黄金。现在给我脱！"

弗朗西斯修士燃起一丝希望，他并没有穿靴子，于是甩了甩凉鞋，但强盗不耐烦地挥手让他继续。修士解下了铺盖卷，亮出里面的东西，接着开始脱衣服。强盗搜查了他的衣服，什么都没找到，把衣服一卷又塞还给主人，弗朗西斯默念着感激之词，他原以为要赤裸着跋涉呢。

"现在让我们看看包裹里装了什么！"

"这里面除了文件什么都没有，先生。"修士抗议说，"只是对我有价值，对别人都不值钱。"

"打开。"

弗朗西斯修士默默打开包裹，解开原版蓝图和装饰版的纪念品。阳光透过树叶，照在镶嵌的金叶子和五颜六色的设计上，闪闪发光。强盗一惊，有棱有角的下巴掉了下来。他轻轻吹了声口哨。

"真是漂亮货色！送给女人挂在小屋墙上岂不是很好？"

弗朗西斯心里一凉。

"金子！"强盗回头冲山上的同伴喊道。

"吃？吃？"嘎嘎的笑声从山头传来。

"咱们会吃的，不用担心！"强盗喊道，接着拉家常似的对弗朗西斯解释，"他们在这里等了几天，都饿啦！生意不好，这几天过往人少。"

弗朗西斯点点头。强盗继续抚摩着那幅修饰的副本。

上帝啊，如果您是派他来测试我，那请让我死得有个人样吧，只有跨过您仆人的尸体，他才能拿走蓝图。神圣的莱博维茨啊，请您睁眼看看这行径，保佑我吧……"这是什么？"强盗问，"一个符咒？"他拿着两份文件比来比去，"哦！一份是另一份的重影吗？其中有什么巫术？"他用满是怀疑的灰眼珠子盯着弗朗西斯修士。"这叫什么？"

"呃——6-B 部件晶体管控制系统。"修士结结巴巴地说。

强盗将两份文件拿反了，但依然看出一个图表的图案背景与另一个图表完全相对。这就像金叶子一样激发了他的兴趣。他用又粗又短满是脏泥的食指顺着两幅图相似的地方描来描去，在雪白的羊皮纸上留下淡淡的脏印子。弗朗西斯强忍着泪水。

"求您了！"修士喘息着乞求，"金子那么薄，一点儿都不值钱。您用手掂一掂就知道，这整幅图比空白纸重不了多少。求您了，先生，把我的衣服拿走代替吧。牵走驴子，拿走我的行李。拿走什么都行，只是把这些留给我吧。它们对您没有一丁点儿意义。"

强盗的灰眼珠子里不知在盘算什么。他盯着修士焦虑不安的脸，摩挲着自己的下巴。"我让你留着你的衣服、驴子，还有别的，就这件不行。"他说，"我只拿走这两张符咒。"

"看在上帝的分儿上，先生，您连我也杀死吧！"弗朗西斯修士恸哭起来。

强盗窃笑了一声。"再说吧。先告诉我，它们是做什么用的？"

"什么用都没有。一件是一位久故之人留下的纪念品，另一件只是个副本。"

"它们对你有什么好处？"

弗朗西斯闭了会儿眼睛，试着想办法解释。"您知道森林部落吧？知道他们是如何敬奉祖先的吧？"

强盗的灰色眼睛中刹那间燃起怒火。"我们鄙视我们的祖先，"他厉声咆哮，"诅咒那样生下我们的祖先！"

"诅咒，诅咒！"山顶的一个长袍射手随声附和。

"你知道我们是谁、从哪里来吗？"

弗朗西斯点了点头。"我无意冒犯。留下这份遗物的那位先人——他并非我们的祖先。他是我们旧时的一位老师。我们崇敬他的回忆。这仅仅是一件纪念品，没别的了。"

"那这份副本呢？"

"那是我亲手做的。求您了先生，这花了我十五年的时间完成。它对您来说什么也不是。求您了——您不会把一个人生命中的十五年拿走不是吗？"

"十五年？"强盗又仰头大笑，"你花了十五年工夫就做了这个？"

"哦，但——"弗朗西斯突然闭了嘴，眼睛看向强盗粗短的食指，那手指敲打的是原版蓝图。

"这玩意儿花了你十五年工夫？这比起另外一张简直丑死了。"他狂笑着拍了拍肚子，仍指着遗物叫嚣，"哈！十五年！你花了十五年就做出了这么个东西！为什么啊？这黑漆漆的鬼影图有什么好的？把十五年浪费在这么个东西上！呵，真是女人的活计！"

弗朗西斯看着他，震惊得哑口无言。强盗竟然把珍贵的遗物当成了副本，这让他惊呆了，说不出话来。

强盗抓起两份文件在手，依旧大笑着要把它们扯碎。

"耶稣啊，玛利亚，约瑟夫！"修士尖叫着双膝跪倒在地，"看在上帝的分儿上，先生，求您！"

强盗甩手把文件掷在地上。"我跟你摔跤，拿它们作赌注，"他豪爽地提议说，"用你的文件赌我的大刀。"

"好。"弗朗西斯冲动地一口应下，心想这比赛也是个机会，让上帝能不知不觉地干预一下，"哦，上帝，您曾赐力量于雅各布，让他于岩石上打败天使……"

他们摆好阵势。弗朗西斯修士在身上画着十字，强盗从腰间摘下大刀，一把扔在文件旁边。他们相互对峙、转圈。

三秒钟后，修士已呻吟着躺在地上，身上压着一座短粗的肌肉山。一块利石似乎正硌着他的脊骨。

"嘿——嘿！"强盗得意了，他起身提起大刀，卷起文件就要走。

弗朗西斯修士翻身跪下，跟在强盗身后匍匐膝行，十指相扣如同祈祷，他用尽气力大声恳求。"求您了，那就只拿一份，不要都拿走，求您了！"

"现在你得把它赎回去了。"强盗得意地高声笑道，"我可是堂堂正正赢到手的。"

"可我一无所有，我是穷人！"

"这无所谓，要是你真的很想要回它们，你就得弄到金子。两百克金子，什么时候带来什么时候赎回。我会把你的东西藏在我的木屋里。想要回去，就带金子来吧。"

"请听我说，它们对别人重要，对我并没有那么重要。我本来是要把它们送给教皇的。也许他们会愿意付您金子赎回重要的那张图，但请让我带回另一张图用来向他们展示，那份一点儿也不重要。"

强盗扭了扭头，哈哈大笑。"我相信，为了拿走它，让你亲靴子也不过分。"

　　弗朗西斯修士抱上去，炽吻着强盗的靴子。

　　结果像强盗这样的家伙也受不了修士。他把这修士一脚踢开，从两份文件里抓起一份，骂骂咧咧地扔到弗朗西斯脸上。他爬上修士的驴子开始向山坡上的埋伏点走去。弗朗西斯修士抓起珍贵的文件赶到强盗身旁，不住地感谢他、祝福他。强盗却自顾自地骑着驴子向穿长袍的射手们走去。

　　"十五年！"强盗轻蔑地冷哼，再次伸脚把弗朗西斯踢开，"滚！"他在阳光下高高挥舞着那份光彩亮丽的修饰版副本。"记住——用两百克金子来赎回你的纪念品。还有，告诉你们的教皇，我是公平赢得的。"

　　弗朗西斯停住脚步，看着强盗逐渐消失的背影，静静赞美上帝，为这世间还有这般无私的强盗，犯下这样无知的错误。他一边爱抚着原版蓝图，一边继续赶路。强盗骄傲地向山上的怪人同伴们展示着那件漂亮的纪念品。

　　"吃！吃！"其中一个抚摩着驴子嚷道。

　　"骑！骑！"强盗纠正他，"然后再吃。"

　　弗朗西斯修士离他们越来越远了，而此时悲伤的潮水却逐渐吞没了他，那辱骂声仍在耳边炸响："十五年！你就做了这么个东西！十五年！真是女人的活计！哈哈哈哈……"

　　强盗搞错了。但无论如何十五年都已经逝去，这十五年付出的所有挚爱、经历的一切折磨都凝聚在那份纪念品上。

　　与世隔绝这么久，弗朗西斯已经不习惯外面世界的行为方式了，那严酷的习惯和粗暴的态度都让他承受不住。他发现自己的心被强盗的嘲讽深深刺痛了。他回想起杰瑞斯修士早年间温和的讽刺，也许杰瑞斯修士是对的。

他缓缓走着，兜帽下的头低低地垂着。

至少保住了原版遗物，至少还有一件。

◇ 11 ◇

　　这一刻终于来临了。身着简陋修士服的弗朗西斯修士，从未如此刻这般，深觉自己的渺小。仪式开始前他就跪在庄严的大教堂中静静等待。看那庄重的举止，那色彩的盛宴，为仪式做准备的隆重序曲，已经充溢着礼拜的庄严氛围，让人不禁心生期待，重大之事即将发生。主教、大人、红衣主教、牧师和各层级神职人员都身着优雅复古的礼服，在大教堂中出入。他们如钟表一般优雅地走动，从不会停滞、磕绊或突然改变主意冲向另一方向。一位侍从步入大教堂，身着盛装，弗朗西斯最初将他错当作高级教士。这位侍从携带一只脚凳，举止随意，步态卓然。若非修士已跪倒，他可能在脚凳经过时拜倒在地。侍从走到圣坛前，单膝着地施礼，接着穿过圣坛坐到教皇圣座前，用新脚凳替换下似乎少了一条腿的旧脚凳，接着又原路返回。连做这些琐事之时都能如此优雅，这让弗朗西斯赞叹不已。在这古老的圣地，没有人急躁冒进，没有人装腔作势或笨拙失仪。每一个人举手投足都为这圣地增一份庄严高贵，增一份撼人的美感。静止不动的雕像和画作也默默为这圣地烘托神韵。甚至轻轻的呼吸声也好似微弱的回响，从大殿深处隐约传来。

　　多么伟大啊，上帝之室，天堂之门！[1]

1　原文为拉丁文。

一些雕像是活的！弗朗西斯观察了许久才发现这点。在他左侧几码远的地方，有一副铠甲靠墙挺立，披甲的手中握着寒光闪闪的战斧。弗朗西斯跪了那么久，也没察觉头盔顶部的羽毛动上一动。十二副相同的铠甲沿着墙壁立着，相互间隔一致。弗朗西斯是看见一只马蝇钻进了他左侧那副铠甲的面甲里，才怀疑这个战备外壳里有人。虽然看不出有什么动作，但马蝇在里面时，铠甲中传出一点儿金属摩擦的咔嚓声。那么这些着铠甲的人，一定属于因战斗英勇而声名远播的教皇护卫队——第一教皇的小型私人军队。

卫队长官庄重地检阅手下。雕像终于有了动作。他们拉起面甲向长官致敬。长官关怀地停了步伐，掏出方巾拂去一个卫兵前额的马蝇才继续检阅。那卫兵脸上没有一丝表情。接受检阅完毕，雕像们又拉下面甲，恢复纹丝不动的状态。

朝圣者的队伍走了进来，大教堂的庄严氛围被稍许打乱。队伍组织有力，引领得当，但显然他们对这圣地完全陌生。大部分朝圣者似乎踮着脚走到指定位置，尽量不出声、不挪动，不像侍从和新罗马修士那般自然，发出的声音、做出的动作都优美怡人。朝圣者中不时有人咳出声音或踉跄几步。

突然，更多卫兵列队进入，大教堂的气氛骤然一凛，变得有如大战将临。又一队身披铠甲的卫队步入教堂，单膝跪地，高举长枪，向圣坛致敬，然后才各就其位。其中两位分别立于教皇圣座两侧，一位双膝着地，跪于圣座右侧，真理之剑稳稳托在他双手掌心。这激动人心的场面再次凝固，只有圣坛上的烛焰不时跳动。

神圣的寂静中突然传来一阵号角声。

声音越来越亮，直到那搏动的音节像是砸在脸上，刺痛耳膜。这号角声并非音乐，而是预示仪式即将开始。开头的音节始自中音区，继而音调、音高、音频步步攀升，最后修士的头皮被震得发麻。大教堂里似乎空空荡荡，只余号角声回响。

接着，是死一般的寂静——然后男高音响彻教堂。

第一领唱："牧师前来喂养羔羊和绵羊。"

第二领唱："所有人都跪下吧。"

第一领唱："一次，耶稣命彼得放牧主之羊群。"

第二领唱："被尊为教皇。"

第一领唱："让耶稣的子民为之欢欣鼓舞，感谢主。"

第二领唱："因我们受圣灵感化。"

唱诗班："哈利路亚，哈利路亚——"

一位身着白衣的虚弱老人端坐椅中，被抬着缓缓进入。人群起立，随着椅子经过身旁，人群如波浪一般跪倒。老人抬手为大家赐福。身着金色、黑色、紫色和红色衣服的人们抬着老人慢慢走向圣座。来自边远沙漠小教堂的小修士激动得快要窒息了。他没办法看清眼前的一切，乐声回荡势不可当，人潮涌动撼人心扉，这音乐与人潮淹没了人的一切感觉，扫尽了一切思绪，只一心期待即将到来的高潮。

仪式简短，这样强度的仪式安排太久会让人无法承受。一位大人靠近圣座，跪倒在地。弗朗西斯修士留意到，那正是马尔弗雷多·阿格拉，圣人拥护者本人。短暂的沉默之后，他开口以圣歌诵唱自己的恳求。

"神圣的父啊，我们汇聚智慧，在此为受福之人莱博维茨请求，众人皆赞叹他的奇迹……"

这是请求利奥主教郑重宣告以启示世人，鉴于受福之人莱博维茨的虔诚信仰，确定他为圣徒，值得教堂尊崇，信徒膜拜。

"我们都满意这业绩，孩子。"白衣老人诵唱回应，解释说他内心也渴望庄严宣告，受福的殉教者得以位列圣人，这也是神的旨意，要受圣灵指引得以封圣。他将同意阿格拉的请求，他请所有人祈祷圣灵指引。

大教堂里再次响起雷鸣般的合唱，那是圣人的连祷文在回响："天父啊，上帝啊，怜悯我们吧；圣子啊，洗净这世界吧；圣父啊，怜悯我们吧；圣灵啊，上帝，怜悯我们吧；噢，神圣的三位一体，唯一之上帝，发发慈悲吧！圣洁的玛利亚，为我们祈祷吧；圣母，为我们祈祷吧；圣女，为我们祈祷吧……"连祷文的诵唱声如雷声连绵不绝。弗朗西斯抬头望向受福之人莱博维茨的画像，它刚被揭晓，大气磅礴，描绘的正是受福之人在暴徒前接受判决。这幅画脸上的表情不像福哥的雕像那般讽刺地苦笑。弗朗西斯想，这幅画实在是庄严宏伟，与大教堂整体和谐一致。

"所有神圣的殉教者，为我们祈祷吧……"

连祷文结束，马尔弗雷多·阿格拉大人再次诵唱，恳求教皇将艾萨克·爱德华·莱博维茨这个名字正式列入圣人名录。教皇诵唱起《来啊，神圣的造物主》，再次祈求圣灵指引。

接着马尔弗雷多·阿格拉大人第三次恳求宣布莱博维茨为圣人。

"让耶稣自己复活吧……"

这一刻终于来临了。利奥二十一世在圣灵指引下，吟诵了教堂的决定，宣布事实成立：有一位名叫莱博维茨的技师，古老而又鲜为人知，他确实是天堂的一位圣人。依他之名，将指定一个节日进行弥撒。

"神圣的莱博维茨为我们祈祷。"弗朗西斯修士和众人齐声低诵。

短暂的祈祷过后，唱诗班突然唱起了《您，上帝》。接着在纪念新晋圣人的弥撒之后，一切结束。

外廷的两位红衣侍从，护送这一小队朝圣者在无穷无尽的走廊和接待室间穿行，偶尔在某些新晋官员装饰华丽的桌子前暂停，等那位官员检查身份证明，并用鹅毛笔签名，递给引领侍从，以便下一位官员审查。队伍越向前行，所遇官员的头衔越长，越难发音。弗朗西斯修士颤抖个不停。他们这队朝圣者中，有两位身着貂皮、佩戴金饰的主教，一位森林部落酋长，虽然皈依上帝，但依然身穿豹皮长袍，头戴部族图腾的头饰。一个身着皮革外套的蠢货，手腕上站着一只戴眼罩的猎鹰——显然是献给教皇的礼物。此外，还有几个妇女，弗朗西斯通过她们的举止判断，她们看起来都像"皈依的"森林部落酋长的妻子或小妾。或许她们是因为教规被遣散的，而不是依照部落习俗被离弃的。

爬上圣梯后，一位穿深色服饰的管理官员迎接了朝圣者，将他们引入这宏伟教廷中一间窄小的候见室。

"教皇将在这里接待他们。"高级侍从轻声通知持有身份证明的引领侍从。前者扫视了一眼朝圣者，弗朗西斯见他脸色似有不悦。高级侍从对引领侍从匆匆耳语几声。引领侍从红了脸，又对部落酋长悄声耳语。部落酋长沉下脸，摘下了露齿咆哮的豹子头饰，让它摇晃着悬挂在肩上。接着他们又快速探讨了座位问题。那位高级侍从温文尔雅地指责着，语调那么温柔，用词却甚为不满。他按照似乎只有引领侍从才理解的秘传礼仪，将访客安排在房间里。

不久之后，身着白色法衣的老教皇在侍从簇拥下步履轻快地走进候见室。弗朗西斯修士突然感到一阵头晕目眩，但他记得阿克思大人的威胁，接见期间要是他敢晕倒，回去就活剥他的皮，他下定决心要挺住。

朝圣者们齐齐跪下。白衣老人和蔼地让他们免礼。弗朗西斯最后终于鼓起勇气，凝视老人的眼睛。在这大教堂里，教皇是这片五颜六色海洋中唯一的白色光点。慢慢地，弗朗西斯离教皇越来越近。这时他才发现，教皇并非如寓言中所说的那样，是身高九尺的牧羊人。而让修士惊讶的是，这位虚弱的老人，身为众王的神父、世界的架桥人、基督在尘世的代理人，竟远比阿克思大人和善得多。

教皇沿着朝圣者的列队缓缓前行，向每一个人问候。他拥抱了一位主教，通过自己的方言或翻译与每一个人交谈。他看着接过猎鹰的那位大人脸上的表情哈哈大笑。他用奇怪的手势向森林部落的酋长致意，还咕哝了一个森林部族的方言词汇，让豹皮酋长也突然咧嘴一笑。教皇留意到酋长悬在肩上的头饰，停下来为他戴在头上。酋长骄傲地前胸一挺，环视房间，显然是想给高级侍从使个眼色，但那位官员早已消失，不知埋头在哪里干什么修理活儿了。

教皇走近弗朗西斯修士。

"他孤身一人，受上帝指派，奔赴各国，摧枯拉朽，培植重建，维存一个有信仰的民族——"而在利奥脸上，修士看到了一种仁慈的谦和，使他作为"上帝奴仆的奴仆"实至名归，而这头衔比一切王公贵族都要高贵。

弗朗西斯立刻屈膝下跪，亲吻教皇的图章戒指。再次站起时，弗朗西斯不由自主地紧紧攥住圣人的遗物藏在身后，好像羞于展示。教皇琥珀色的眼睛温和地鼓励他。利奥柔和地用教廷的口吻讲话，教皇并不喜欢这样矫揉造作、啰里啰唆的话，但为尊重习俗必须练习，用以与相对森林部落酋长更文明开化的访客交谈。

"亲爱的孩子，我们听说你途中经历不幸，为此我们深感悲痛。是我们请你来访，然而在此途中，你却被绑匪所劫。这可是真的？"

"是的，圣父。但这实在微不足道。我是说——那个很重要，不过——"弗朗西斯又结结巴巴了。

白衣老人和蔼地笑了。"我们知道你为我们带来一份礼物，但在路上被人劫击。不过这不是问题。你能来到这里，对我们来说就是一份大礼。因为我们一直都希望能亲眼见到发现艾米丽·莱博维茨遗骨的人。我们也知道你在修道院的繁重工作。对于圣莱博维茨修道院的修士，我们一直心怀最热烈的敬仰。没有你们的辛勤工作，世界对历史也许一无所知。教堂作为基督奥秘之体，如同人之身体，而你们的修道院正是这个身体的记忆器官。我们对你们的庇护人和建立者亏欠太多，未来可能亏欠更多。可以跟我们讲讲你的旅途吗，亲爱的孩子？"

弗朗西斯修士献上了蓝图。"强盗好心地将这份蓝图留给我保管，圣父。他——他把我那份作为礼物的修饰副本当成了原本。"

"你没有纠正他的错误？"

弗朗西斯修士脸红了。"很惭愧，是的，圣父——"

"那么这份，就是你在地洞中发现的原版遗物了？"

"是的——"

教皇的笑容竟变得有些狡黠。"这么说——强盗把你的作品当成了宝物？啊——即使是绑匪也有发现艺术的眼光啊，不是吗？阿格拉大人向我们描述了你所做的美丽纪念品。多可惜啊，它被偷了。"

"这不值一提，圣父。我只是后悔自己浪费了十五年时间。"

"浪费？怎么能说'浪费'呢？如果强盗不是被你美丽的纪念品迷惑，他可能夺走这一份，不是吗？"

弗朗西斯认识到有这种可能。

利奥二十一世用枯瘦的双手托着这份古老的蓝图，小心展开。他默默研究了一会儿其中的设计，问道："告诉我们，你是否理解莱博维茨所用的符号？它们代表的是什么含义？"

"不，圣父，我对此一无所知。"

教皇向他靠过去，悄悄耳语："我们也一样。"他轻笑着，轻轻地将嘴唇压在遗物上，正如亲吻一块圣石，接着卷起蓝图，递给侍从。"我们从心底感谢你这十五年的劳作，亲爱的孩子。"他补充说道，"那些光阴都为保存这份原稿而花费，不要以为它们被浪费掉了。你把它们献给上帝。总有一天，原稿的意义会被发现，会被证实意义重大。"老人眨了一下眼——也可能是使了个眼色？弗朗西斯几乎完全确信，教皇的确冲他使眼色了。"我们为此感谢你。"

这个眼色，或眨眼，似乎让房间里的一切更清楚了。修士第一次注意到教皇法衣上的一个蛀虫洞，法衣本身也快开线了。接待室的地毯已磨坏，布满窟窿。天花板上有几处石膏剥落。然而高贵的光华让这些贫穷的痕迹黯然失色。只有一会儿，那个眼色让修士完全留意不到满目疮痍，但修士分心的时间只有短短一瞬。

"我们希望能请你，向你们修道院的所有成员以及院长带去我们最热烈的问候，"利奥说道，"我们希望能向他们、向你致以我们教廷的祝福。我们将给你一封信件来宣布这赐福。"他顿了顿，又使了个眼色，"顺便提一下，这封信将得到保护。我们将在信上注明'禁止骚扰，任何人胆敢抢劫送信者，将被逐出教会'。"

弗朗西斯修士为获得这种防止强盗的安全保证表示感谢。他想说强盗既读不懂警告，也不会理解这惩罚，但觉得还是不要说出来好。"我将尽力而为把信送到，圣父。"

利奥又一次靠近修士，耳语道："出于对你的喜爱，我还有一份特别的礼物。离开前去见阿格拉大人，他会代我们赠送与你。我本想亲手送给你，但时机不合适。按你所愿去使用它吧。"

"非常感谢您，圣父。"

"那么，再见吧，亲爱的孩子。"

教父继续前行，同每一位朝圣者交谈，直到最后的庄严祝福，接见结束。

朝圣者队伍再次穿越重门离开时，阿格拉大人碰了碰弗朗西斯修士的胳膊。他热情地拥抱修士。这位列圣申请人苍老了那么多，弗朗西斯靠到面前费力识别才认出了他。不过弗朗西斯也苍老了不少，头发灰白，因为在抄写台前眯着眼睛工作，眼睛的周围长了不少皱纹。离开圣地时，大人递给他一个包裹和一封信。弗朗西斯瞥了一眼信的地址，点点头。而包裹上有他自己的名字，还盖了外交图章。"给我的吗，大人？"

"是的，圣父送你的私人礼物。最好别在这里打开。现在趁你还在新罗马，咱们去做点儿什么吧？我将很高兴能带你转一转。"

弗朗西斯低头一想，这一天的行程已经让人筋疲力尽了。"我只想再看一次大教堂，大人。"他最后说道。

"为什么？当然没问题，但只是这样？"

弗朗西斯又没吭声。他们已经落在其他朝圣者后面了。"我想忏悔。"他轻轻补充说。

"这再容易不过了。"阿格拉说着轻声笑了起来，"要知道你可是找对地方了。在这里，你所烦心的一切事情都能得到解决。事情严重吗？必要的话可以请教皇来关注。"

弗朗西斯红着脸摇摇头。

"那请大法官如何？你若悔改，他能赦免你，不仅如此，还可以在探讨时用棒子敲你的头。"

"我的意思是——我想请您听我忏悔，大人。"修士喃喃地说。

"我？为什么是我？我不是什么大人物。你脚下的这个地方处处都有红衣大主教，而你却想向马尔弗雷多·阿格拉忏悔？"

"因为——因为你是我们圣人的拥护者。"修士解释说。

"哦，明白了。那我一定听你忏悔。但我无法以圣人的名义赦免你，你知道的。只能像平时一样以三位一体的名义赦免你。可以吗？"

弗朗西斯其实没什么要忏悔的，只是因为阿克思师的刺激，所以他的心一直被困扰着，他一直担忧自己发现的地下室可能阻碍封圣。莱博维茨的列圣申请人在这大教堂里倾听他、劝导他、赦免了他，接着大人带他游览了这座古老的教堂。在封圣仪式和弥撒期间，弗朗西斯修士只留意到这建筑的雄伟辉煌，而今才在这位年迈大人的指引下看到坍塌的石墙、待修的角落，还有一些古老壁画斑驳的惨状。弗朗西斯再次窥视到大教堂高贵荫庇下的贫穷。在这年月，教堂并不富有。

最后，弗朗西斯终于可以打开教皇赠予的包裹。包裹里面是一个钱包，钱包里面有两百克黄金。他惊愕地看了一眼马尔弗雷多·阿格拉，大人正微笑着看他。

"你确实说过强盗是通过摔跤从你手中赢得纪念品的，是吗？"阿格拉问。

"是的，大人。"

"那好，即使你是被迫参与，你也是自己做决定和他摔跤，不是吗？你接受了他的挑战。"

修士点点头。

"那我不认为如果你把它买回来，错误就能得到宽恕。"阿格拉拍了拍修士的肩膀为他赐福。是时候离开了。这位知识火种的小小保存者又要步行跋涉回修道院了。几天过去了，几周过去了，然而越靠近强盗的哨点，弗朗西斯的心越要轻盈地唱起歌。教皇不仅给了修士钱包，还给了他一个绝好的答案应对强盗轻蔑的问题。他想起接待室的那些书籍，它们也在等待被再次唤醒吧。

然而强盗没有像弗朗西斯期待的那样，在哨点前等待。附近的小路上又有了新的足迹，直至十字路口，也不见强盗踪影。阳光透过树，在地上投下斑驳的树影。树林并不稠密，但足以乘凉。他坐在路旁静静等待。

时值正午，远处沟壑幽深处，已有猫头鹰的叫声传来。树顶之上，黑压压的一群秃鹰正在盘旋。这一日，树林一片宁静。弗朗西斯困倦地听着附近树丛中麻雀扑棱翅膀的声响，他发现自己不是那么关心强盗到底今日来还是明日到。长路漫漫，等待时享受一天的休息也不是件坏事。他坐在那里仰望鹰群，偶尔扫一眼小路，这路将引领他回到沙漠深处遥远的家。强盗选了个绝好的藏身之处。从这里能看到方圆一英里外的角角落落，同时又有树林掩护，不易被发现。

远处有东西在小路上移动。

弗朗西斯修士戴着眼罩，仔细盯着远处那移动的痕迹。前方路段的阳光灼灼逼人，一场丛林大火清理出几公顷的空地，旁边一条小路直指西南。在那炎炎烈日下，腾起的热浪像一面镜子，照得小路闪烁发光。反光刺眼，修士无法看清，但热浪中间确实有一个小黑点儿在蠕动。有时看起来有头，有时完全模糊在这热浪里。但不管怎样，他还是能判断出有东西在缓缓靠近。突然，乌云的边缘挡住了太阳，那热浪的反光消失了几秒。修士疲劳又近视的眼睛终于勉强看出那个蠕动的黑点儿是一个人，但太远了，看不清那个人长什么样子。突然他开始战栗。这个黑点儿有些太熟悉了。

不，不可能是同一个人！

修士战栗着在身上画十字，开始拨起念珠，眼睛还紧紧盯着远处热浪中的黑点儿。

在弗朗西斯等待强盗的时候，山坡一侧，一场辩论正在进行。争论声低低的，都是由单音节词组成，持续了将近一个小时。现在辩论结束，两个兜帽人赞成一个兜帽人。三个"教皇的孩子"一起悄悄从藏身的树丛转移，顺着山坡往下爬。

他们行进到距弗朗西斯不足十码的地方。修士拨着念珠第三次念"万福玛利亚"，正抬头张望，只听石头咔嗒一声响。

一支箭正中修士眉心。

"吃！吃！吃！""教皇的孩子"叫嚷着。

通往西南方向的路上，老迈的流浪者在一根树干上坐下，合上双眼躲开刺目的阳光。他抓起破烂的草帽扇着风，嚼着香草叶子。他流浪了很久很久，搜寻似乎无止境，但希望一直都在。或许再爬过一个山丘，再拐一个弯，他就能找到自己一直寻觅的东西。坐在那里晒够了太阳，他把草帽扣回头上，抓了抓毛糙糙的胡子，看了一眼周围的地势。前面不远处的山坡上，有一片未被焚烧的树林，下面有宜人的树荫，但流浪者依然坐在太阳底下，望着那群好奇的秃鹰。它们聚集在一起，俯冲下来，在树林上方低低盘旋。一只秃鹰勇敢地下降至树丛，但很快又拍着翅膀飞了回来，费力地向上攀飞，直到找到一股上升气流才滑行上升。这一大群食腐动物用力拍打翅膀，似乎比平时费更多气力。通常它们都是高高翱翔，节省力量，而现在它们在山坡上方的逆气流里拍打着翅膀，好像急不可耐地要着陆。

鹰群依然兴致勃勃，和气流顽抗，流浪者也没有动。这里的山上有美洲狮出没，而山间隐藏着比美洲狮更可怕的东西，为了捕猎，有时它们会潜行很远。

流浪者耐心等待，直到秃鹰落在林间。流浪者又等了大约五分钟，然后站起身来，向那片林地一瘸一拐地走去，让跛腿和拐棍分担身体的重量。

过了一会儿，他进入林区。秃鹰们正围着一个人的遗骨忙碌。流浪者用拐棍驱走鹰群，端详起那人的遗体，大块的肢体都缺失了。一支箭穿过头骨，箭头自后脖颈穿出。老人紧张地扫视灌木丛，不见有人，路旁密密麻麻布满脚印。此处不安全，不宜久留。

但不管安不安全，该干的活儿还是要干完。老流浪者找了一块松软的土地，开始用手和拐棍挖坑。挖的时候，愤怒的秃鹰在树端低空盘旋，有时甚至俯冲下来碰到地面，紧接着又拍拍翅膀冲向天空。一个小时过去了，两个小时过去了，它们仍在这树林覆盖的山坡前徘徊。

一只秃鹰终于落下。遗体已不见，只有一个新的坟堆，上面有一块石头标记。秃鹰恼怒地围着坟堆昂首阔步，踱来踱去，最后失望地展翅飞走。这群黑压压的食腐动物借着上升气流冲入云霄，饥饿地注视大地。

在怪人谷旁有一头死猪。秃鹰们欢快地盯着，滑行下降去享用盛宴。不久，在一个远处的山口，一只美洲狮舔了舔它吃剩的排骨离开了。秃鹰看起来很感激这机遇，替美洲狮吃完这一顿大餐。

秃鹰依时节生产，充满爱意地喂养幼鹰：一条死蛇，还有野狗的内脏。

年轻一代的秃鹰渐渐长大，日趋强健，一对黑翼乘风飞翔，日益高远。它们盘旋于高空，等待富饶的土地带给它们丰富的腐肉。有时晚餐只是一只蟾蜍，有时是来自新罗马的信使。

它们飞过中西部大平原。游牧民向南迁徙途中留下丰富的美食，这让秃鹰们欢欣鼓舞。

时节又至，秃鹰们继续生产，继续充满爱意地喂养幼隼。大地慷慨地哺育了它们几个世纪，还会继续哺育它们更多个世纪……

红河流域留给秃鹰的油水一度不错，但经过大屠杀后，城邦开始崛起。秃鹰对崛起的城邦并无兴趣，但对它们的最终覆灭却颇为赞许。它们避开得克萨卡纳州，在辽阔的平原上方向西飞翔。正如所有生物一样，它们一次又一次归为尘土。

最后，到了公元3174年。

战争即将爆发的传言四散。

要有光

FIAT LUX

◇ 12 ◇

马库斯·阿波罗霎时判定，战争已千钧一发，因为他无意中听到汉尼根的第三房妻子对侍女讲，她的使者毫发无伤地完成了任务，从游牧部落的营地归来。使者能从游牧部落活着回来，意味着一场大战已在酝酿之中。据说使者的任务是向游牧部落宣告，文明国家已经达成《神罚协议》，从今以后，游牧部落和疯熊部落一旦再有抢劫行径，将会遭到坚决报复。然而所有去疯熊部落传达该消息的使者，无一幸免于难。因此，阿波罗得出结论，这次汉尼根的使者并未送达最后通牒，而是怀着别的隐秘目的去的大平原，但这目的已一目了然。

阿波罗礼貌地穿过众宾客，眼光锐利地搜寻克莱洛特修士。阿波罗身材高大，身着严肃的法袍，一块颜色绚丽的徽章挂在腰间，显示级别。在一群衣着五颜六色、像万花筒一般的宴会客人中间，他显得卓尔不群。不久，他就找到了克莱洛特的身影，和他对视一眼，点头示意他到点心桌旁。丰盛的点心桌如今只剩一堆残羹冷炙——油腻腻的杯子和几只看起来像烤焦了的幼鸟。阿波罗拿起长柄勺撇去大酒杯上漂浮的渣滓，发现撇去的香料中漂着一只死蟑螂，于是想了想，把第一杯递给走过来的克莱洛特修士。

"谢谢您，大人。"克莱洛特接过酒杯，没有发现那只蟑螂，"您有事找我？"

"招待会一结束，到我住处来。萨克尔活着回来了。"

"哦。"

"这是我听过的最不吉利的'哦'。我是不是可以理解为你明白其中有趣的内涵？"

"当然，大人。这意味着汉尼根这一方的协议有诈，他是想用它来对付——"

"嘘，等等再说。"阿波罗使了个眼色，暗示有客人走近。牧师转身从大酒杯里盛酒，倒满了自己的杯子。他的兴趣突然被这酒吸引，没注意到一位身着波纹绸服饰的清瘦男子从入口向他们走来。阿波罗挂上客套的笑容向来人施礼。他们敷衍地握了握手，态度明显冷淡。

"哦，是塔德奥先生。"神父寒暄道，"什么风把您给吹来了！我以为您会极力避开这种聚会呢。怎么这次的宴会如此特别，能吸引您这样的卓越学者大驾光临呢？"他假装困惑地抬了抬眉毛。

"当然是您吸引了我。"来者答道，回应阿波罗的讽刺，"而且您是我来这里的唯一原因。"

"我？"阿波罗装作莫名惊讶，但明白这话很可能不假。同父异母的妹妹的婚礼不至于引得塔德奥先生离开宁静的大学殿堂，一身华服地来到这里。

"事实上，我找了你一整天了。他们告诉我你在这里。"他扫视宴会厅，不耐烦地哼了一声。

克莱洛特修士不管多么依依不舍地盯着大酒杯，此时也被这声冷哼打断了。他转身看向学者。"要来一杯酒吗，塔德奥先生？"他递了满满一杯过去。

学者接过酒杯，一饮而尽。"我想问你一些关于莱博维茨文件的事，之前我们讨论过。"他对马库斯·阿波罗说，"我收到一封信，是修道院一位名叫科恩霍尔的修士写的。他向我保证他们拥有一些史前文献，时间可以追溯到欧美文明末年。"

几个月前，阿波罗本人也向学者下了同样的保证，现在这让阿波罗很恼火，但他依然不动声色。"是的。"他淡淡地说，"我听说这是真的。"

"如果是这样，那我很奇怪为何没人听说过——但不管啦。科恩霍尔列了一些文献和资料，他们声称拥有那些文件，还为我做了描述。如果这些文件确实存在，我要看看。"

"哦？"

"是的。如果这是骗局，应该被揭开；如果不是，那这些资料可能是无价之宝。"

大人皱了皱眉。"我向你保证这不是骗局。"他坚定地说。

"信中邀我访问他们的修道院，研究那些文献。他们显然听说过我。"

"不一定。"阿波罗不想放弃这个讽刺的机会，说道，"谁去拜读他们的书籍并不重要，只要把手洗干净，不违反他们的规矩就行。"

学者怒目相向。阿波罗言语间暗示，有读书人未听过学者大名，这让他很不悦。

"不过啊，"阿波罗殷勤地说，"你是没有问题的。接受他们的邀请，去修道院研究他们的遗物吧。你会受到欢迎的。"

学者听了火冒三丈。"在这个关头穿越平原？疯熊部落还在——"塔德奥突然打住了话头。

"你要说什么？"阿波罗敦促学者继续。他的眼睛热切地盯着塔德奥先生，脸上没有泄露出一丝警觉的神色，但太阳穴的血管却开始一蹦一蹦地跳动。

"我只是说，旅途遥远，太过危险，我没办法从学院获得六个月的假期。我想能不能派一支装备精良的卫队去取文献，拿回来研究？"

阿波罗气得说不出话，真想一脚踹向学者的小腿。"我恐怕，"他彬彬有礼地回答，"这不可能。但不管怎么说，这个问题也不在我管辖的范围内，我怕我帮不上忙。"

"为什么不能？"塔德奥先生急切地问，"你不是梵蒂冈教廷驻汉尼根宫廷的代表吗？"

"确切来讲，我代表的是新罗马教廷，而不是修道院。只有院长有权力管理修道院。"

"但只要新罗马施加一点儿压力……"

阿波罗想一脚踹过去的冲动迅速上升。"我们最好晚点儿再谈。"阿波罗大人匆匆说，"如果你愿意的话，今晚来我书房。"他身子微侧，回头看向学者，好像在说"可好"。

"我会去。"学者厉声回答，转身离开。

"您刚才为何不干脆跟他说不行？"一个小时后回到大使套房，只剩神父和修士两个人了，克莱洛特恼怒地抱怨，"在这关头运送无价的遗物穿越强盗的领地，这简直无法想象，大人。"

"的确。"

"那为什么——"

"有两个原因。第一，塔德奥是汉尼根的亲戚，而且极具影响力。不管我们愿不愿意，都得尊敬恺撒和他的亲戚。第二，他刚开始要说有关疯熊部落的事，结果又打住了话头。我想他知道即将发生什么，我不会去刺探，但一旦他提供任何消息，不管怎样，我们都要写进报告，由你亲自送往新罗马。"

"我？"牧师一脸震惊，"到新罗马？为什么？"

"不要这么大声。"大使扫了一眼门口，"我必须把对当前形势的估计送往教廷，越快越好，但这种事可不敢贸然写在纸上。一旦被汉尼根的人拦截这封信件，你我恐怕都会成为红河上的浮尸。要是这封信落到汉尼根的敌人手里，那我们更会被当成间谍吊死示众。殉教是件光荣的事，但我们得先干完活儿。"

"那我是要去梵蒂冈送口头情报了？"克莱洛特修士喃喃地说，明显对穿越敌国的前景忧心忡忡。

"必须如此。塔德奥先生可能，仅仅是有一点儿可能，给我们一个理由仓促离开，去莱博维茨修道院或新罗马，或者两地都去。为了防止教会受到任何怀疑，我必须留下控制局面。"

"那我要传达的内容是什么呢，大人？"

"就是汉尼根统一大洲、建立王朝的野心并不只是疯狂的梦想，我们估计错了。《神罚协议》很可能是汉尼根设的局，利用它，使丹佛和拉雷登两国陷入与大平原游牧部落之间的冲突。一旦拉雷登要全力对付疯熊部落，那花不了多少力气就能说服奇瓦瓦国从南面突袭拉雷登。毕竟两国是老对手了。汉尼根当然就能大摇大摆地进军里约拉雷登，将其控制于股掌之中。同时，他又能专心对付丹佛和密西西比共和国，无须担心有人从南面捅一刀。"

"你觉得汉尼根能做到吗，大人？"

马库斯·阿波罗正要回答，却慢慢闭上了嘴。他走到窗前，望着阳光下的这座城，这座城张牙舞爪，无序蔓延。这里的建筑物大部分是用另一个年代的石头堆建而成。井然有序的街道，缓慢地从一堆古老废墟上成长起来，正如某天，也会有别的城市从这堆废墟上建起。

"我不知道。"他轻轻地叹道，"在这兵荒马乱的年月，不管是谁想统一这个血流成河的大洲都不该受到指责。即使是通过这种手段——不，我不是这个意思。"他重重地叹了口气，"不过，我们所关心的不是政治利益。我们必须警惕新罗马可能发生什么，因为不管怎样，教堂必然会受影响。我们要提前预警，才能置身事外。"

"你真的这样以为？"

"当然不会！"神父无力地说。

时值黄昏，塔德奥·普法登卓特先生来到马库斯·阿波罗的书房。比起在接待室，他的行为举止明显大不一样。他嘴角设法保持一抹诚挚的笑容，讲话时有一种紧张的期待。阿波罗暗想，这家伙正追寻什么他极力想得到的东西，为了弄到手不惜强颜欢笑。看来莱博维茨修道院的修士所提供的资料单让他大为震撼，即使他不愿承认。大使早已准备好要较量一番，但如今学者明显的兴奋表现让他轻轻松松就占了上风。于是阿波罗放下戒备，不用为一番口舌之争而紧张了。

"今天下午，大学全体教员召开了会议。"塔德奥先生一落座就急不可耐地说，"我们讨论了科恩霍尔修士的那封信，以及随信附上的文献列表。"他顿了顿好像不确定该怎么说。黄昏灰暗的光线从他左侧的巨大拱形窗户射入，他的脸在这余晖中看起来苍白又满是焦急，灰色的双眸在神父身上打转，似乎在猜度他的想法。

"我猜一定是怀疑声一片吧？"

灰色的眼眸垂了下去，又很快抬起。"我能解释一下这件事吗？"

"请说。"阿波罗轻笑了一声。

"确实有怀疑，说'不可置信'可能更接近。我自己的感觉是，假如这种文件存在的话，它们可能是几百年前伪造的。我想修道院如今的僧侣大概不是存心欺骗。他们自己可能相信这些文件是真的。"

"您真是宽厚啊，这样赦免他们。"阿波罗嘲讽地说。

"我提议礼貌地讲这件事，可以吗？"

"应然可以。请继续。"

学者离开椅子，走到窗前坐下。他盯着西方云朵上的黄色光晕慢慢褪去，轻轻拍打着窗台说："那些文件，不管我们能否相信这样的文件依然未遭损毁，但哪怕有一点儿希望也是振奋人心的，我们必须立即调查。"

"非常好。"阿波罗有点儿愉快地说，"他们也邀请了您。但告诉我，您为什么觉得这些文献振奋人心？"

学者飞快地盯了他一眼。"您对我的著作有没有了解？"

阿波罗迟疑了。他对学者的著作确实有所了解，但承认这点就相当于被迫承认年仅三十出头的塔德奥先生与一千多年前逝世的自然科学家齐名。神父可不愿承认自己知道这位年轻科学家可能成为一两百年才出一位的人类天才中的佼佼者，而且将引起整个思想界的革命。他咳了一声以示歉意。

"我必须承认没有读过很多——"

"没什么。"塔德奥先生挥手表示不介意，"我的著作的大部分内容都很抽象，对外行人来说无聊得很。像电物质理论、行星运动、相引物体，都是这类问题。而科恩霍尔的列表上提到了一些名字，像拉普拉斯[1]、麦克斯韦[2]、爱因斯坦——你对他们有什么了解吗？"

"了解不多，史书上说他们是自然科学家，不是吗？是上次文明崩溃前的著名学者吧？我想他们的名字在一张异教圣徒名单中有提到，是这样吧？"

学者点了点头。"这就是所有人对他们的了解了。根据我们不太可靠的史学家记述，他们是物理学家。据历史记载，他们对欧美文化的快速发展有重要贡献。然而，史学家们记述的都很琐碎，我都快忘光了。而科恩霍尔在对古老文献的描述中称，他们所拥有的一些描述性文献可能正是来自某种物理课本。这简直不可置信！"

"但你必须去确认？"

"既然听说了，我们就必须确认。我情愿自己从未听说。"

"为什么？"

塔德奥正透过窗子窥视下面的街道。他示意神父靠近。"过来一下，我会告诉你为什么。"

阿波罗从桌子后面走过去，低头看向围墙外那布满车辙的泥泞道路。围墙内包围着皇宫、军营和学院建筑，将这高贵的殿堂与热火朝天的平民城市划分开来。学者此时正指着一个模糊的身影，那是一位农民在暮色中牵驴回家。他脚上缠的粗麻布外裹满了泥浆，

---

1 皮埃尔-西蒙·拉普拉斯（Pierre-Simon de Laplace，1749—1827），法国著名天文学家、数学家和物理学家，天体力学的集大成者，代表作有《天体力学》《宇宙系统论》。

2 詹姆斯·麦克斯韦（James L.Maxwell，1831—1879），英国理论物理学家和数学家。经典电磁理论的创始人，统计物理学的奠基人之一。麦克斯韦被普遍认为是对20世纪最有影响力的19世纪物理学家。他对基础自然科学的贡献仅次于艾萨克·牛顿、阿尔伯特·爱因斯坦。

这让他步履沉重。但他还是一步一步艰难地跋涉着，每迈一步都要稍事休息。他看起来筋疲力尽，甚至没有力气将泥浆抹去。

"他没有骑驴，"塔德奥先生说，"因为今天早晨驴背上驮着玉米。他就想不到现在包裹已经空了，还以为下午的情形和早晨的一样。"

"你认识他？"

"他也在我的窗前经过。每天早晚从不间断。你不曾注意过他吗？"

"像他这样的人成百上千。"

"看他啊，你能想象这个没有理性的人会是智者的后代吗？能相信他的祖先曾发明会飞的机器，曾到月球旅行，能驾驭自然的力量，建造能说话而且看起来能思考的机器？你能相信有那样的人吗？"

阿波罗不吭声。

"看看他！"学者坚持道，"不，现在太暗了。你看不见他脖子上的梅毒、他鼻梁上被腐蚀出的空洞、他的瘫痪，但无疑他天生就是低能儿，文盲、迷信、凶残，为了几个硬币他就可以杀死他的孩子们。孩子们一旦长大有用了，他就会卖掉他们。看看他，告诉我，你能看出他是一个古代强大文明的后裔吗？你看到了什么？"

"基督的影子。"大人咬牙切齿地说，惊讶于自己突如其来的愤怒，"你以为我看到什么？"

学者不耐烦地发火了。"是矛盾。像你这样的人通过任何一扇窗户都能观察到他们。历史学家要我们想象人类一度那样伟大，我无法接受。一个那样伟大而智慧的文明怎会彻底地自我毁灭？"

"或许，"阿波罗说，"只是物质上的伟大、物质上的智慧，其他都是空壳。"黄昏快速陷入黑暗，阿波罗点亮了一只兽脂灯。他敲击着火镰和燧石，直到灯芯捕获到火星，他轻轻吹了吹火绒。

"也许如此，"塔德奥先生说，"但我表示怀疑。"

"你拒绝一切历史，照你看来那都是神话？"

火星燃起火焰。

"并非'拒绝'，但不得不质疑。历史是谁写的呢？"

"当然是修道院。在那黑暗的几个世纪里，没有别人去记录这些。"他点亮了灯芯。

"对，你说得没错。在那个反对教皇的时期，有多少分裂的教派在捏造他们自己的历史版本，并将其作为史前人类的遗作推广？你无法知道，你无法确切知道。看看一堆堆碎石和锈蚀的金属就清楚了。挖开一片散沙，你就能找到它们碎裂的道路。但没有证据可以证明，你们这些历史学家宣称存在过的机器当真有过。那些自动化的大车残骸在哪里？飞行机器又在哪里？"

"被打成了耕犁和锄头。"

"要是它们存在过的话，也许。"

"要是你怀疑，干吗还要费心研究莱博维茨的文件呢？"

"因为怀疑并非否定。怀疑是一种有力的工具，该被应用于历史。"

阿波罗僵硬地一笑。"那你希望我为你做什么呢，无所不知的学者？"

塔德奥热切地靠上前。"写信去建议修道院将文件送往此地，向他保证文献将得到最小心的呵护。等我们完全判断清楚文献的权威性，研究完文献内容就立即归还。"

"你想给的是谁的保证——你的还是我的？"

“汉尼根的，你的，还有我的。”

“我只能向他转达你和汉尼根的保证。我自己没有军队。”

学者脸红了。

“告诉我，”大使匆忙补充道，“为什么——除了强盗的原因——为什么你坚持要在这里看那些文件，而不是去修道院看？”

“你可以给院长的理由就是，如果文件是真的，而我们又只能在修道院检查的话，就算确认了文件的真实性，没有其他世俗学者的确认，也没有多大意义。”

“你是说，你的其他同事会觉得修士们也骗过了你们？”

“嗯，可以这样理解。还有一点也很重要，如果文献能够被拿到这里，学院里有资格发表意见的成员，人人就都能查看。来自其他大学的访问学者也可以看到，但是我们无法把整所大学搬到西南沙漠里待上六个月。”

“我理解你的意见。”

“你可以将我的请求送往修道院吗？”

“是的。”

塔德奥先生看起来受宠若惊。

“但这将是你的请求，不是我的。而且我认为身为院长的保罗师不会同意，这样告诉你比较公平。”

然而学者看起来还是很满意。他一离开，大使就召来他的书记员。

“你明天就要出发去新罗马。”大使告诉他。

“顺路去莱博维茨修道院吗？”

“返程时再去，送往新罗马的报告非常紧急。”

“是，大人。”

"到了修道院，告诉保罗师，希巴女王[1]正等着所罗门携带礼物去见她。讲完你最好堵上耳朵，等他发完火再赶快回来，这样我就可以告诉塔德奥先生'不行'了。"

1　据《旧约全书·列王记》中记载，公元前10世纪中期，以色列王国在充满智慧的国王所罗门的治理下，国泰民安，十分兴盛。希巴女王闻悉所罗门的名声后，携带厚礼来到耶路撒冷拜会，提出难题让所罗门解答，试探他是否如盛传一样智慧无穷。谁知所罗门聪明绝顶，有问必答。

◇ 13 ◇

在沙漠里，时间过得很慢很慢，时光的流逝没留下任何痕迹。保罗师力拒大平原那头的请求已经有半年，可问题直到几周前才刚刚解决。或者根本就不算解决，得克萨卡纳显然对结果不满。

夕阳西下，院长沿着修道院围墙漫步，下巴倔强地向前突着，像古老的峭壁随时预备劈碎那事务巨海中跳出的浪头。他稀疏的头发在沙漠的风中飘荡，像一面三角旗。风卷起他的修士袍，袍子像绷带一样缠紧他佝偻的身躯，让他看起来像憔悴的以西结[1]，只是多了个奇怪的小圆肚子。他把枯树枝一般的手伸进袖子里，不时地扫视远处沙漠另一头的圣博维茨村，红色的夕阳将他的影子越拉越长，伸向院子里。路过这影子的修士都疑惑地望向老人。最近，这位管理人看起来郁郁寡欢，像是看到什么奇怪的不祥之兆。据传言讲，很快就会有另一位院长被派来管理莱博维茨修道院的修士们。听说院长的身体非常糟糕，还说若是院长听到这些，那传播流言的人就得火速爬到墙外。院长确实听说过，但并没有在意，因为他很清楚传言没错。

"再给我读一遍。"他突然对身旁一动不动的修士说。

修士的兜帽微微向院长那边抬了抬。"哪一篇，大人？"

---

1 以西结，希伯来先知，《圣经·旧约》中《以西结书》的作者。

"你知道是哪一篇。"

"是，大人。"修士伸手在一只袖子里摸索，仿佛里面装了足有半蒲式耳[1]的文件和书信，不过只一会儿，他就找到了。卷轴上贴有标签：

该文件享有教皇豁免权。

任何人胆敢伤害信使，

将被逐出教会。

致意：莱博维茨修道院院长，佩科斯的保罗师

（莱博维茨兄弟修道院，圣博维茨村庄郊区西南沙漠，丹佛王国）

来自：马库斯·阿波罗

驻得克萨卡纳教皇大使

"很好，就是这个，念吧。"院长不耐烦地说。

"带给他……"修士在身上画着十字，喃喃念叨着例行的祈祷文，赐福文献。这些在阅读或写作前的祷告和餐前祷告一样一丝不苟。因为保护文明和知识穿越那黑暗的千年，这一直是莱博维茨修士的使命，这种小小的仪式能帮助他们将这使命铭刻于心。

祷告结束，他高高举起卷轴伸向太阳，卷轴沐浴在夕阳下。"因

1　蒲式耳，谷物、蔬菜、水果的容量单位，在英国约等于36.368升，在美国约等于35.238升。

此，朋友，你必须举起十字架……"

他的声音微微有些单调，他的眼睛在砌满赘言的字林之中择取词句。院长靠着矮墙听着，看秃鹰在被称为"终址"的台地上盘旋。

"'又要扔一个十字架给你扛了，近视眼书虫的老朋友和牧羊人'，"阅读者的声音闷闷的，"'不过也许这个十字架有胜利的味道。看来希巴最后还是要去拜访所罗门啦，尽管可能是要跑去指责他是个虚伪的骗子'。"

"'这封信是为了通知您：塔德奥·普法登卓特先生，自然科学博士、哲人中的哲人、学者中的学者、一位国君的金发私生子、上帝赐予"醒来的一代"的礼物，对将你们的《大事记》运回自己美丽国度的期待彻底绝望后，最终决定亲自拜访你。如果途中能躲开强盗，他大概将于圣母升天日前后到达。他将满载犹疑和一小队武装骑兵、汉尼根二世的问候一同到达。国王那肥胖的身躯正在我身旁打转，为这几行字嘟嘟囔囔，闷闷不乐。是这位至高无上的君主命令我写的，还以至高无上的权力希冀我能为他的堂弟——学者，说点儿好话，让您能适当地尊敬他。但既然大王的秘书得了痛风卧病在床，那我就直说了：

"'首先，关于塔德奥阁下这个人，我得给你提点儿醒。你可以按照礼仪和善待他，但绝不可以诚相待。他是个聪明的学者，但也是位世俗的学者，和这个国家的政治有密切关系。在这里，汉尼根就是国家。另外，这个学者是比较反教会的，起码我是这么看——也可能只是有点儿反对修道院。他一降生就被丢弃到一家本笃会修道院，而且——不说了，你问问信使了解一下……'"

修士顿了顿，抬头看了一眼院长，他依然在望着"终址"上空的秃鹰。

"你听说过他童年的事吗，修士？"保罗师问道。

修士点了点头。

"继续读。"

嗡嗡的朗读声继续着，但院长已经不再听了。这封信他早已熟记于心，但仍觉得字里行间有些东西是马库斯·阿波罗想要暗示，而自己没能领会的。马库斯试图警告他——但要防备什么？书信的语气有些轻率，但看起来充满不祥的矛盾，可能是有意为之，叠加成一个可怕的结论，但怎样叠加才正确呢？让这个世俗学者来修道院研究会有什么危险呢？

据送信的信使讲述，塔德奥本人是在本笃会修道院接受的教育。他在那里只是被当作普通孩子对待，以此避免让他父亲的妻子感到尴尬。学者的父亲是汉尼根的叔叔——一名公爵，但他的母亲是一个女仆。公爵夫人，也就是公爵的合法妻子，从未反对过公爵玩弄女人。直到这个女仆怀了她自己渴望很久的儿子，公爵夫人这才大叫不公平。因为她只为公爵生过女儿，居然不如一个下人。盛怒之下，她送走了男婴，毒打了女仆并将她赶了出去，重新拴牢了公爵。她自己想方设法地希望为公爵诞下男婴，重树荣誉，结果又生了三个女儿。公爵耐心等待了十五年，等公爵夫人终于因小产死去——又是一个女孩，他急不可耐地跑到本笃会修道院认领了儿子，并立他为继承人。

但幼小的塔德奥，汉尼根·普法登卓特家族的一员，已经成了一个满腹怨恨的少年。在那个城市里，他从一个婴儿成长为一个少年，一直没有逃出这个城市的视线，要培养他的大堂兄继承王位的那个宫廷也没有放过他。假如他的家庭完全忽视他，那他可能健康地长大成人，不会憎恨自己作为弃子的身份。然而他的父亲和那位怀他的女仆却不时前来慰问，让他无法忘记，自己也是父母所生，不是从石头里蹦出来的。这让他模模糊糊地意识到，自己被剥夺了本应拥有的爱。也就是在那时，汉尼根王子也来到同一家修道院接受为期一年的教育。他不仅对自己的私生子堂弟作威作福，而且什么都比堂弟强，除了智商。幼小的塔德奥嫉恨这位王子，决心至少在学识上要把他远远甩开，然而这场比赛却无疾而终。王子在第二年就离开了修道院学校，去时和来时一样，还是大字不识一个，而且再也没考虑过继续读书。而此时，被逐出家门却孤独地继续着这场比赛的塔德奥，赢得了至高无上的荣誉。但这胜利也是徒劳，因为汉尼根完全不在乎。于是塔德奥先生蔑视整个得萨卡纳宫廷。然而出于年轻人的游离不定，他最终还是自愿返回宫廷，成为父亲的合法儿子，貌似原谅了所有人，除了将他逐出家门的公爵夫人和在流亡期间照料他的僧侣们。

院长觉得，也许他把修道院当成了监禁邪恶的因牢，那里可能有痛苦的回忆、模糊的回忆，也许还夹杂着一些想象出来的回忆。

"'……争论不休的新文化温床里成长起来的种子'，"阅读者继续念道，"'因此要留心，注意各种风吹草动。但是，另一方面，不仅仅是他的国君，宽容和正义也要求我将他作为一个好心的年轻人推荐给你，起码是一个没有恶意的孩子，就跟大部分读书人和有绅士风度的异教徒一样——不管本质是什么，他们都会把自己扮作异教徒。只要你坚持原则，他也会老老实实的。不过要小心啊，朋友。他的脑袋就像一支上了膛的枪，不知道会朝什么方向射击。但我相信，以你的足智多谋和热情好客，对付他一阵子应该不是个太棘手的问题'。"

"'保罗，请为我斟满圣杯吧，替我向上帝祈祷，让我更强悍，我怕自己会死去。希望你和修士们能经常为马库斯·阿波罗祈祷，让他免于惊吓。朋友，再见。'

"'彼得保罗节第八日，于得克萨卡纳……'"

"再看看那个印章。"院长说。

修士将卷轴递给他。保罗师拿到眼前，仔细看羊皮纸末端那模糊的字母，一看就是用涂墨过多的木质图章印上去的：

由汉尼根二世认可、承上帝恩典的

得克萨卡纳长官、信仰守卫、

大平原最高牧者

他的签名：X

"不知道国王以后会不会找人把这封信念给他听呢？"院长忧虑地说。

"如果会的话，大人，这封信还会被送来吗？"

"我想不会。但是凭着城主不识字，就在他的眼皮子底下这样轻率地写这种信不像马库斯·阿波罗的作风，除非在这字里行间中，有什么信息要透露给我——但又想不出一个安全的方法来说。最后一部分——关于什么圣杯，他害怕死去那段，明显说明他在担忧着什么事情，可到底是什么呢？这不像马库斯的风格，一点儿也不像他。"

这封信送到已经有几周了，在这几周里，保罗师睡得很不踏实，他胃痛的老毛病又犯了。他陷入对往事的沉思中，想知道哪一件事得到改变，就能够扭转未来。但未来是什么样的呢？他逼问着自己。硬要预测未来有问题，好像没有理性的理由：修士和村民之间的纷争早已烟消云散；游牧部落也没有要自北向南扫荡的迹象；丹佛帝国也没有强行对修道院集会征税；附近也没有军队徘徊；绿洲依然提供着水源；人畜似乎都没有遭到瘟疫侵袭；今年玉米在灌溉农田里长得很好；世界有了进步的迹象，圣博维茨村的扫盲率达到了百分之八，成果斐然——村民本应该感谢莱博维茨修道院，但他们并没有。

尽管如此，他还是预感有什么不祥之兆。有些不知名的威胁隐藏在世界一角，等太阳再次升起，它们就会被释放。这种感觉一直在折磨他，恼人至极，就像在沙漠烈日下，一只饥饿的虫子在人的脸上蠕动。总觉得有什么危险迫在眉睫，冷酷、愚蠢像热疯了的响尾蛇一样盘在一角，随时准备攻击翻卷而来的风滚草。

院长认定，这就是他要抓住的魔鬼，但魔鬼总是躲躲闪闪，难以捕获。院长心中的魔鬼其实很小，就跟所有魔鬼一样：只到膝盖那么高，但重达十吨，力气有五百头牛加起来那么大。他并不像自己想的那样心存恶念，只是像疯狗一样为暴怒所迫。他啃食肉、骨头和指甲，只是因为他诅咒自己，而这诅咒造就了可恶的胃口，贪得无厌。成为魔鬼仅仅是因为他否定一切善，而这种否定已经成为他本质的一部分，或者成为其中的一个空洞。保罗师想，他一定是在穿过人海的途中，不知在什么地方，留下了深深的伤痕。

真是荒谬，你这死老头子！他咒骂自己。当你厌倦了生活，变化本身就像是邪恶，不是吗？因为到那时，任何变化都会打扰生活中那死一般的让人厌倦的平静。哦，那就是魔鬼，好了，让我们不要对他苛责过多，大限到了，他会为自己的所作所为受到谴责。你是那个厌倦生活的老头子吗？

可那不祥的预感依然挥之不去。

"你觉得秃鹰有没有吃掉老以利亚撒[1]？"手肘旁传来一个安静的声音。

保罗师瞥向暮色，回首望去，原来是高尔特神父，这是他的副手，也会成为他的后继者。他静静站着，捻转着一枝玫瑰，看起来有些尴尬，因为打扰了老人的独处。

"以利亚撒？你是说本杰明？为什么这么问，最近你有听人说起过他吗？"

"哦，没有，院长大人。"他不自在地笑了，"但您好像一直望着台地那边，我猜您是不是在想着，那个老犹太人怎么样了。"他扫了一眼那座铁砧一样的山，它在西方灰色天空下轮廓尽显，"那边尚有一缕青烟，所以我猜他还活着。"

"我们不用猜，"保罗师打断说，"我会去那里拜访他。"

"听起来好像你今晚就要走。"高尔特轻笑了一声。

"就这一两天。"

"最好小心。有人说他朝爬山的人扔石头。"

"我有五年没看望他了。"院长忏悔道，"太惭愧了，他那么孤独，我一定要去。"

"要是他孤独，为什么还坚持过那样的隐士生活？"

"为了逃避孤独——一个老人在年轻世界里的孤独。"

年轻的神父大笑。"这也许是他的意愿，大人，但我看不出来。"

---

1 以利亚撒（Eleazar），字义为"神帮助过的"，在《希伯来圣经》中，他继承父亲亚伦之位成为第二位大祭司，同时也是摩西的侄子。

"你会的，等你到我这把年纪，或到他的岁数就懂了。"

"我可不会变得那么老。他曾打赌说自己有几千岁了。"

院长默默回想了一下，也笑了。"你要知道，连我也没办法怀疑他。我还只是个见习修十时就见过他，那是五十多年前了，我敢发誓，那时候他就跟现在一样老。"

"三千二百零九岁，他是这么说的。有时候还说得更老。我想他是真的相信这些。这疯得有趣。"

"我不确定他是真疯，神父。他只是想法有点儿怪异。你来找我是有什么事吗？"

"有三件事。第一，我们该怎样把诗人赶出皇家客房，提前为塔德奥先生空出来？他再过几天就到了，可诗人已经安顿下来了。"

"我来处理诗人。还有什么事？"

"晚祷。你会在教堂吗？"

"最后几个钟头我才到。还有什么事？"

"地下室论战——关于科恩霍尔修士的实验。"

"是谁，为什么？"

"唉，这愚蠢的论点好像是安布鲁斯特修士认为末日降临，而科恩霍尔修士觉得这是未来之始。科恩霍尔修士挪了一些东西为一件设备让出空间。安布鲁斯特大叫'毁灭'，而科恩霍尔修士大喊'进步'，于是他们俩争执起来。他们跑来对我发火让我解决，我训斥他们乱发脾气。他们自觉羞愧，互相奉承了十分钟。结果六小时后，安布鲁斯特修士又在地下图书馆怒吼'毁灭'，连楼板都震颤了。我倒是能处理他们时不时地发火，但解决不了根本问题。"

"要我说，这根本是行为不端。你叫我怎么处理？把他们逐出修道院？"

"不至于，但需要你警告他们。"

"这好办，我会追查到底的，没别的事了吗？"

"是的，院长大人。"他举步离开，又停住了，"哦，顺便问一句——您觉得科恩霍尔的玩意儿能好使吗？"

"但愿不会。"院长愤怒地轻哼。

高尔特神父面露惊讶。"那您为什么允许他……"

"因为最开始我也好奇。但现在这项工作造成这么多骚乱，我后悔让他干了这个活儿。"

"那为什么不阻止他呢？"

"因为我希望，不用我插手，他就能意识到自己做的事情有多荒谬。一旦失败了，刚好又让塔德奥先生看到，这对科恩霍尔修士来说是足以铭记的屈辱——这可以提醒他，自己的职责究竟是什么，别让他以为自己受到感召，献身宗教就是为了在地下室制造发电机。"

"但是，院长大人，您不得不承认，一旦成功，这可是了不起的成就。"

"我用不着承认。"保罗师粗率地说。

高尔特一离开，院长就进行了一番自我辩论，最后决定先去处理诗人老兄的问题，然后再解决"毁灭"对"进步"的论战。最简单的解决方案就是把诗人赶出皇家客房，最好也能赶出修道院，赶出修道院周边，让他从自己的视觉、听觉和大脑中消失。但要赶走诗人老兄，对任何人来说都没有"最简方案"。

院长离开围墙，穿过庭院，走向客房。他凭感觉摸索着，因为建筑物庞大的身影挡住了星光，什么也看不见，只有几扇窗户透出点点烛光。皇家客房的窗户正黑着，但诗人的作息时间一直很古怪，此刻说不定正在房中。

院长来到客房前，摸索着找房门，找到以后就敲门。虽然没有应答，但隐约听到微弱的咩咩声，可又不确定是不是从客房里传出的。他又敲了敲门，然后试着推门，结果推开了。

炭火发出的微弱红光让这一室黑暗变得柔和，房间里散发着陈腐食物的臭味。

"诗人？"

微弱的咩咩声又响了起来，这次更近了。他走到炭火旁，把过一块炽热的煤炭，点着了一根引火柴。他环顾四周，看到房间里的褥草垫时不禁一颤，那里是空的。他点燃油灯继续搜索。这个房间里里外外都要彻底擦洗、熏香——说不定还得驱魔，然后才能让塔德奥先生住进来。他很想让诗人老兄干擦洗这种活儿，但心知机会渺茫。

走进第二个房间，保罗师突然感到有人在盯着他。他紧张地停了下来，缓缓转身。

架子上的一瓶水里，有一只眼球凝视着他。院长熟悉它，朝它点了点头，然后继续摸索。

走到第三个房间，他看到一只山羊。这是他们第一次会面。

山羊站在一个高高的柜子顶部，津津有味地嚼着青萝卜。这只山羊看起来是一只小型的野山羊，但光秃秃的头顶在油灯下泛着浅蓝色的光泽，无疑是天生畸形。

"诗人？"他轻声问，摸着胸前的十字架直直地盯着山羊。

"这里。"第四个房间里传来充满睡意的声音。

保罗师这才长舒一口气，放下心来。山羊继续嚼着青萝卜。刚刚的想法实在是可怕。

诗人四仰八叉地横在床上，一瓶红酒放在旁边，伸手就能够到。唯一正常的那只眼睛在灯光的刺激下恼怒地眨个不停。"我在睡觉！"他抱怨道，一面调整黑眼罩，一面伸手拿酒。

"那也要起床。你要马上离开，今晚就走。把你的东西扔出去，好让套间换换空气。早晨再回来，把这地方刷干净。"

一时间，诗人看起来像一朵受伤的百合。过了一会儿，他突然伸手到毯子下，抓了一把什么东西。他打开拳头，若有所思地盯着掌心看。"上次是谁住在这里？"他问。

"龙吉大人。你问这个做什么？"

"我在想是谁带来的这些跳蚤。"诗人伸开手掌，从掌心捏出什么东西，用指甲掐碎，然后扔掉，"塔德奥先生可以拥有它们啦，我可不想要。自从我搬进来，就快被这些家伙活吃了，我很高兴——"

"我不是说——"

"——接受您的盛情多待一阵子，当然要先等我的书完成。"

"什么书？不管啦，赶紧收拾东西离开这里。"

"现在？"

"现在。"

"好极了。我忍不了这些臭虫了，一晚也不行。"诗人滚下床，又喝了口酒。

"把酒给我。"院长命令道。

"当然可以，您也来点儿，真是好酒。"

"谢谢，你是从我们地窖偷的吧？这刚好是圣餐酒，你有想过吗？"

"可还没经过祝圣呢。"

"你居然想到了这种程度，真让我吃惊。"保罗师夺去酒瓶。

"我并没有偷它，我只是——"

"别管酒了。你从哪里偷的山羊？"

"我没有偷。"诗人委屈地抱怨。

"那它是——凭空出现的？"

"是件礼物，神父大人。"

"谁送的？"

"一位亲密的友人，大人。"

"谁的亲密友人？"

"我的，长官。"

"荒谬。现在回答我，你从哪里——"

"本杰明，长官。"

保罗师脸上浮现一丝惊讶的神色："你从老本杰明那里偷了它？"

诗人听了那个词禁不住龇牙。"求您了，不是偷。"

"那是什么？"

"我为他作了一首十四行诗，本杰明坚持要我留着它作为礼物。"

"说实话！"

诗人老兄怯懦地吞了吞口水。"我是通过飞刀游戏赢来的。"

"我明白了。"

"这是真的！那个老浑蛋差点儿把我的家底都赢走了，还不让我赊账。我不得不用玻璃眼睛赌他的山羊，结果我又翻盘啦！"

"把山羊赶出修道院。"

"但这可是非同一般的山羊。羊奶可是琼浆一般的美味，而且营养丰富。事实上，它还是老犹太人长寿的秘方。"

"他有多大岁数？"

"五千四百零八岁。"

"我原以为他才三千二百……"保罗师顿了一下，"你去'终址'做什么？"

"和老本杰明玩飞刀游戏。"

"我是说……"院长压制自己的火气，"别管了，反正赶紧搬出去，明天把山羊还给本杰明。"

"但我是公平赢来的。"

"我们不讨论这个问题。如果你不愿意的话，就把山羊赶进牛棚，我亲自还给他。"

"为什么？"

"我们要山羊没用，对你也没用。"

"哦，哦。"诗人狡黠地叹道。

"你在干吗，祈祷吗？"

"塔德奥先生要来了，结束之前会用得着羊的。这点你可以确信。"他得意地咯咯笑着。

院长恼怒地拂袖而去。"赶紧离开。"他又吼了一声。接着要去全力对付地下室的争执了，《大事记》的工作都因此暂停了。

◇ 14 ◇

地下保险库的挖掘正值游牧部落自北方渗入时期。那时贝林游牧部落已经统治了大部分平原和沙漠，扩张途中所遇的一切村庄，都遭到他们的趁乱洗劫、肆意摧毁。修道院保存下的这一小部分古代知识遗产——《大事记》，被小心地藏在地下保险库。这道保护使这无价的记录免于游牧部落和分裂教会十字军的摧毁。十字军的建立，本来是要对抗游牧部落，结果却假仁义之名不时抢掠，还卷入宗派冲突。不管是游牧部落还是圣潘克莱茨的军事修道院都不会珍惜修道院的书籍。游牧部落以烧毁书籍为乐，而十字军的骑士修士则会遵从他们的伪教皇维萨里昂的教义，将大部分书籍视作"异端邪说"，烧毁以绝后患。

那个黑暗年代如今看来一去不返。在过去的一千两百多年里，一小簇知识的火种在修道院得到守护，直到如今才有望复燃。很久以前，在上一个理性时代，一些思想家曾骄傲地宣称，正确的知识是不可毁灭的——思想不灭，真理不朽。但这只是在最微妙的层面才成立，院长认为，就表面意义而言，毫无道理。世界确有其客观意义，这毋庸置疑：那是与道德无关的逻各斯，或是造物主的设计；但这种意义被上帝掌握，并非人类所能理解，直到人类发现了不完美的化身，或识别了黑暗的表现。在特定人类社会中，在人们的思考、言论和文化中，这种价值才得以描摹成形，其中的意义在这个文化背景里才真正对人类产生效用。因为人是文化的载体，也是灵魂的载体，但其文化并非不朽，会随着一个种族或一个时代而消亡。接着人类对意义的映像和对真理的描绘也会随之淡出、消失——只存在于自然的客观逻各斯，还有上帝那难以言喻的标志里。真理是能够被钉死在十字架上的，但也许不久，便将迎来复苏。

《大事记》中载满了古代的文字、公式以及古人对意义的映像。随着那个非同寻常的社会逐渐湮没，所有这一切也早就从人们脑海中剥离、消亡。书中能被人们看懂的部分太少。一些书页上的内容看起来没有任何意义，就像游牧部落的巫师看祈祷书一样。其他章节保持着一定的装饰美感，或暗示什么意义的有序性，就像一串念珠可能让游牧族人想起项链一样。最早的莱博维茨修道院修士所做的，如同将某种圣颜巾[1]按在惨遭钉死的文明的脸上，于是得到了这庄严宏伟的面容。然而这形象太过浅淡，不够完整，难以理解。一代又一代修士们保存着这形象，使之幸存到今日，等待有一天世界准备好了，再前来查看、解读。《大事记》本身无法复兴古代科学或高端文明，因为文化是由人类部落生成的，而不是从发霉的坟堆里发育的。但这些书能够起作用，保罗师希望这些书能指引方向，提供线索，促进科学的新一轮进化。"这曾一度发生过。"受人敬仰的博杜拉斯在他的著作《论史前文明遗迹》中有此断言。

这一次，保罗师暗想，我们将提醒他们，是谁在世界沉睡之时保存了这闪闪发光的火种。他停下来向后看，一度想象着又听到了诗人的山羊在叫，它发出的咩咩声有说不出的诡异。

---

1 圣颜巾（Veronica's Veil），也称维罗妮卡的汗巾。传说圣人维罗妮卡路遇经苦伤路前往骷髅地的耶稣，她停下来用面巾为他擦汗，耶稣的面容便印在了面巾上。

保罗师顺着楼梯爬到地下室混乱的中心，不久就听到了喧闹声。有人在将钢钉钉进石头。汗味和书卷味混杂在一起。热火朝天的忙乱活动充斥了图书馆。这群见习修士拿着工具跑过去，那群见习修士分成小组研究楼层格局，还有的见习修士在搬桌子，抬临时机器，摇摇晃晃地把它们搬到合适的位置。烛光照得人头昏眼花。安布鲁斯特修士远远地站在书架隔间处，他是图书馆馆长和《大事记》的负责人。此刻这名修士紧紧抱着双臂，面色狰狞。保罗师赶紧避开他愤怒的眼神。

科恩霍尔修士走了过来，脸上挂着兴奋的笑容。"哈，院长大人，我们不久就会拥有一盏电灯了，那可是世人从未见过的啊！"

"修士，你这是一种虚荣。"保罗师回答。

"虚荣？院长大人，将我们所知所学用于有益的实践，这也算虚荣？"

"给我的感觉是，我们急不可耐地赶制，是为了给某位访问学者留下深刻印象。但无所谓，让我们看看这个工程师的杰出才能吧。"

他们走向临时机器。院长不觉得它有任何用处，作为折磨犯人的刑具可能还有点儿用。一根车轴，在这里当轮轴用，通过滑轮和皮带与一个齐腰高的"十"字转门相连。四个车轮隔了几寸分别安在车轴上。厚重的铁轮上刻着沟槽，沟槽里面缠了无数圈铜线，绕成鸟巢一样的形状。这些都是在圣博维茨打铁场里用硬币锻造的。这些轮子看起来还能在半空自由转动，保罗师注意到，这是因为这些轮子没有碰触任何表面。而面向轮子的铁块是固定的，看起来像制动器，没有碰到轮子。制动器也缠了无数圈铁丝——"激磁线圈"，科恩霍尔是这样叫它们的。保罗师一脸严肃地摇了摇头。

"这将是自我们一百年前发明印刷机以来，修道院最大的物理学进步。"科恩霍尔充满自豪地大胆推测。

"会好用吗？"保罗师问。

"我敢打赌，不能用的话，我就多做一个月的杂活儿，大人。"

你的赌注可远不止这些，牧师暗想，但没声张。"光从哪里放出来？"他问，又瞪了一眼这奇怪的装置。

修士大笑。"哦，我们有一种特殊的灯。您在这里看到的只是'发电机'，它能产出令灯发光的电物质。"

保罗师估算这台"发电机"占的空间，后悔不迭。"这种电物质，"他喃喃地问，"能从羊脂里提炼吗，有没有可能？"

"不，不——电力质素是，嗯——您想要我解释吗？"

"最好别，自然科学不是我的长项，留给你们年轻的脑袋瓜吧。"他快速退了几步，避免被两个木匠匆匆抬着走过的大木头砸出脑浆。"告诉我，"他说，"既然通过研究莱博维茨时期的记录，你能学会制造这个东西，那你觉得为什么我们的先人没制造呢？"

修士沉默了一会儿。"这可不好解释。"最后他说，"事实上，保存下来的记录里并没有直接提供建造发电机的信息。您可能会说，信息是暗藏在整个残缺的记录中。确实暗藏了一部分，需要逻辑推理才能提炼出来。但要想做到，还需要一些理论来指导——这些理论信息是我们先人所没有的。"

"但我们有？"

"嗯，是的——如今世上有了一些智者，例如……"他的声音变了，充满深深的敬意，顿了一下才念出那个名字，"塔德奥先生……"

"有话不能说囫囵吗？"院长不快地问。

"直到如今，关心物理学新理论的哲学家依然不多。事实上，正是塔德奥先生的著作，"修士的语调又变得充满敬意，保罗师留意到这一点，"为我们提供了必要的工作原理。比方说他的《电物质流动性》《守恒原理》……"

"那他应该会高兴看到自己的著作得到应用，但我想知道灯在哪儿，我希望它不要比发电机大。"

"这个就是，大人。"修士说着，从桌子上拿起一个小东西。它看起来只是一个托架，托着一对黑棒和用来调间距的旋转螺丝。"这些是碳。"科恩霍尔解释道，"古人会称它为'弧光灯'。还有另一种灯，但我们没有材料，做不出来。"

"神奇啊，那光从哪里来？"

"这里。"修士指了指碳棒中间的空隙。

"那火焰一定非常弱。"院长说。

"哦，很亮！我猜比一百支蜡烛还要亮。"

"不可能！"

"很惊人吧？"

"很可笑才是真的，"看到科恩霍尔修士受伤的表情，院长赶紧补充，"想到我们一直以来用的都是蜂蜡和羊脂，多可笑。"

"我一直在想，"修士羞涩地说，"古人有没有可能在祭坛用的是这个而不是蜡烛。"

"胡说。"院长厉声说，"绝对不是。我可以确定地告诉你。请把那种念头尽快抛掉，想都不许再想。"

"是，院长大人。"

"那你打算把这东西挂在哪里？"

"嗯……"科恩霍尔修士顿了顿，怀疑地瞪了一眼地下室幽暗的一角，"我还没有主意。我想灯应该放在桌子上方，塔德奥先生……"怎么一说起这个名字他都得顿一顿，保罗师郁闷地想，"将工作的地方。"

"关于这点我们最好问问安布鲁斯特修士。"院长决定了，接着留意到修士突然不安起来，"什么情况？你和安布鲁斯特修士之前……"

科恩霍尔的脸充满歉意地扭曲着。"说真的，院长大人，我一次都没有冲他发脾气。哦，我们确实争论过，但……"他耸耸肩，"他不想看到任何东西被移动，还喋喋不休地念叨着巫术什么的，和他讲道理实在不容易。因为在昏暗的烛光下阅读，他的眼睛已经半瞎了——可他还声称我们做的是魔鬼的工作。我不知道该说什么好。"

穿过房间走向隔间，保罗师一路微皱眉头。安布鲁斯特修士依然站在角落，怒视图书馆里的一切活动。

"好啦，现在你随心所欲了。"两人一走近，图书馆馆长就对科恩霍尔说道，"什么时候你再装一个图书管理机器人啊，修士？"

"我们找到了些线索，修士，过去确实曾有那样的东西，"发明家大声答道，"据《机械分析》描述，你可以找到索引来——"

"够了，够了。"院长打断他，接着对图书馆馆长说，"塔德奥先生需要工作的地方，你建议安排在哪里？"

安布鲁斯特拇指一伸，指了指自然科学的隔间。"让他跟其他人一样在那边的诵经台工作。"

"为他在开放的楼层上搭一个书房怎么样，院长大人？"科恩霍尔赶紧提出反对意见。

"除了书桌，他还需要一个算盘、一块黑板以及一块画板。我们可以用隔板将书房临时隔开。"

"我想他需要的不是我们的莱博维茨索引和早期记录吧？"图书馆馆长怀疑地问。

"他的确需要。"

"那样的话，如果你让他在中间工作，他需要来回走很多趟。稀有文本是锁在链子上的，链子可不能拖那么远。"

"这不是问题。"发明家说，"把链子取下不就行了，拴着链子看起来太愚蠢了。分裂教会的门徒早就灭绝了，或者有小部分聚在别的地方。一百多年来也没有人听说过潘克莱茨武装修道院。"

安布鲁斯特气得脸通红。"不行，你敢！"他厉声说道，"这些链子必须留着。"

"为什么？"

"现在的威胁已经不是焚书者了。我们必须防备的是村民。链子必须留着。"

科恩霍尔转向院长，无奈地伸了伸手。"您看，大人，怎么办？"

"他是对的。"保罗师说，"最近村子里有太多骚乱。别忘了，市政厅还征用了我们的学校。如今他们建了村图书馆，希望我们填满那些书架。当然更想要一整本书。不仅如此，我们去年还遭到了窃贼侵扰。安布鲁斯特修士是对的，珍本必须上锁。"

"好吧。"科恩霍尔叹了口气，"那他只能在隔间工作了。"

"那我们要把神奇的灯挂在哪里呢？"

修士向隔间扫视。那是图书馆里十四个隔间中的一个，所有隔间都是按照主题划分的，都面向中央大厅。每个隔间都有自己的拱门，每个拱顶的楔石上都有一个铁钩，沉重的耶稣受难像就挂在上面。

"哦，要是他将在这个隔间工作，"科恩霍尔说，"我们可以暂时取下十字架，把灯悬在这里。没有其他……"

"异教徒！"图书馆馆长的话从牙缝里挤了出来，"没有信仰的家伙！亵渎上帝！"安布鲁斯特举起颤抖的双手伸向天空，"上帝帮帮我，阻止我用这双手将他撕裂！什么时候他才会停下？把他带走，带走！"他背向院长和修士，双手仍战栗不止，伸向高处。

保罗师对发明者的建议也有所抵触，但图书馆馆长更让他恼火，他对着安布鲁斯特的背影狠狠地皱起眉。他从不敢指望安布鲁斯特能假装和善一些，这与图书馆馆长的本性完全相背，但这位年老修士的暴脾气实在越发过分了。

"安布鲁斯特修士，请转过来。"

图书馆馆长慢慢转身。

"放下胳膊吧，讲话平静些，等你……"

"但是，院长大人，您听到他……"

"安布鲁斯特修士，请你搬来书架梯，将受难像取下。"

图书馆馆长的脸色瞬间变得惨白。他盯着保罗师，说不出话。

"这不是教堂，"院长说，"不一定非要放基督像。鉴于眼前的情况，请你取下来。因为当下看来这是唯一适合挂灯的地方，过一段时间我们可能还会换回来。我明白这整件事打搅了你们图书馆，也许还妨碍了你们的研究，但我希望这一切都对进步有益。不然的话，那……"

"您让我们的主搬家，给进步让地方？"

"安布鲁斯特修士！"

"为什么不把这巫术灯直接挂在耶稣脖子上呢？"

院长面色冷淡。"我不强求你服从，修士。晚祷后到我书房见我。"

图书馆馆长畏缩了。"我去搬梯子，院长大人。"他低声应道，踉踉跄跄拖着步子离开了。

保罗师抬头望了一眼拱门上方的耶稣受难像。您会介意吗？他想。

他胃里很不舒服。他知道这种不舒服早晚会让他付出代价。趁没人注意到他的不适，保罗师离开了地下室。这些天来，像这样琐碎的不愉快竟能让他疲于应付，让修道院里的僧众知道可不好。

第二天电灯安装完成，但测试期间保罗师依然待在自己的书房里。他已经被迫两次私下警告安布鲁斯特修士，还在礼堂当众指责了他。其实院长对图书馆馆长的立场更为同情。他疲惫地瘫在书桌前，等待从地下室传来的新消息。他对测试成败其实并不在意。一只手紧紧揽着外袍前面，一只手拍着腹部像试图安抚一个歇斯底里的孩子。

胃部又开始痉挛了。似乎一有烦心事逼近，胃痛即至。而那些不快一旦浮出水面，院长可以全力对付时，胃痛又悄然离去。但现在，它却纠缠不休。

这是警告，他心里明白。不管这警告是来自天使、魔鬼，还是他自己的意识，都是在警示他留意自身，还有尚未临头的事实。

这次会是什么？他正想着，不禁放任自己轻轻打了个嗝儿。接着又默默面向莱博维茨雕像请求原谅。那座雕像位于他书房的一个角落，置于类似神祠的壁龛里。

一只苍蝇在圣莱博维茨的鼻子上爬来爬去。圣人的眼睛似乎在斜视苍蝇，催促院长赶紧把它扫走。院长越来越喜欢这座二十六世纪的木雕。它的脸上有一抹好奇的笑容，让这座神像与众不同。那抹微笑向一侧咧开，眉毛微微拉低，似皱非皱，而眼角还有淡淡的笑纹。由于绞吏的绳子搭在一侧肩上，圣人的表情看起来常常让人捉摸不透。可能是因为木材纹理有些不规则吧。那种不规则要归功于木匠，他们有时为更好地利用木材，表现细节，会特意制造这种不规则。保罗师不确定这雕塑是不是在雕刻之前就被修整过。有时候，那个时代耐心的雕刻大师会先找一棵橡树或杉木，花费数年做冗长而乏味的工作：修剪、去皮、扭曲、捆绑，迫使枝干长至合适的位置——使那树木成长为惊人的树妖般的形状。之后才是砍树、加工、精雕细刻这些工序。这样完成的雕像，常常不易裂开或折断，因为作品的大部分线条都是顺着树木的纹理自然雕琢而成。

保罗师常常对这座莱博维茨雕塑感到惊异，这座雕塑在过去几个世纪跟那么多前任院长气场不合——而保罗师惊异的是圣人脸上那抹诡异至极的微笑。那抹不经意的微笑不知什么时候会毁了你，保罗师警告雕像道……圣人在天堂一定要笑，这是天经地义的。赞美诗作者说上帝本身也纵声欢笑，但麦默迪院长一定会反对——上帝保佑他灵魂安息。那个一本正经的蠢货。我真不知道，你是怎么应付他的？对很多院长来说你可不够道貌岸然。那抹微笑——我认识的人里，谁是那样咧嘴笑的？我是喜欢，但是……总有一天，其他冷冰冰的家伙会坐这把椅子。你得小心，他会换掉你，用更持久、更严肃的石膏像代替，它绝对不会看起来像在斜眼瞥苍蝇。到那时候，你就会被扔进储藏室，被白蚁蚕食。要想在教堂对艺术品的缓慢筛选中生存下去，你必须有过得去的外表能取悦一本正经的傻子，还需要内在深度来吸引目光敏锐的先人。筛选过程是缓慢的，但时不时也会由筛选变成处理——比如，某个高级教士来查看属于他的房间，咕哝一句"有些垃圾该扔掉了"。筛子里面总是装满了精致漂亮的物件。旧的物件清空了，新的物件补充进来。但珍宝永远不会被清出去，会一直留存。如果一个教堂在祭司那样古板糟糕的品位下残喘了五个世纪，偶尔还是会有品位高的人来坐镇，到那时，大部分经不起时间考验的渣滓会被清除殆尽，让教堂再次成为守护美的庄严殿堂，由后世景仰。

院长用鹰羽扇为自己扇着风，可依然没有丝毫凉意。炙热沙漠的滚滚热浪从窗户涌入，好像烤箱扑出的热气。院长本来就非常难过，不知是魔鬼还是无情的天使让他的胃翻搅个不停。此刻他尤感难熬。

"求您了！"院长对着圣人大声呻吟祈求，心里极力渴望凉爽的天气、聪敏的头脑和探知威胁的洞察力。也许是奶酪作怪，他反思着。这时节的奶酪又黏糊又发绿。我不能再吃那些了——饮食要更容易消化些。

但不是这样的，我们又逃避了。勇敢面对吧，保罗，不是胃里的食物在作怪，而是你脑子里的食物在作怪，那里面有什么东西让你无法消化。

"但那是什么呢？"

木雕圣人没有给他现成的答案。这破玩意儿，该扔掉的绣花枕头。有时候，他的头脑运转得时断时续，有时清醒，有时迷糊。这样最好，胃部痉挛的时候，整个世界都重重地压在他身上。世界有多重？它称量着一切，却从未被称量过。有时候，它用金银来衡量生命和劳动，这样天平永远也不会平衡。尽管草率而又残忍，它依然继续称量。有时要泼出很多很多生命，有时只要撤去一点儿金子。恍惚中，一个国王骑马跨过沙漠，带着扭曲的天平，还有一副灌了铅的色子。旗帜上写的是——"国王军旗"。

"不！"院长痛苦地哼着，压制这一幻象。

但当然！圣人脸上那抹笑容似乎在坚持。

保罗师微微发抖，将目光从木雕上移开。有时他觉得，圣人嘲笑的是他。他们在天堂嘲笑我们吗？他想。约克的圣徒梅斯[1]——记得她吗，老家伙？她就是狂笑致死的。但这不一样，她是嘲笑自己而死的。不，这也没什么不一样。哦噗！又打了一个暗嗝儿。星期二的圣梅斯节日，确实够嘲讽的。唱诗班一片虔诚地笑她："哈利路亚，哈哈！哈利路亚，嗬嗬！"

"圣梅斯，为我开怀大笑吧！"

国王带着他那扭曲的天平走进地下室称书。为何怨天平"扭曲"，保罗？你凭什么认为《大事记》里没有一点儿华而不实的糟粕？受人敬仰的天才博杜拉斯还曾不屑地指出，书中有一半内容简直都可以被称为哑谜。它们确实是从死去的文明那里保存下的碎片——可中间有多少已经退化成了胡言乱语？它们被无知的修士们用橄榄叶和天使装饰了四十代，成人将一则不完整的信息交托给许多黑暗世纪的孩子，让他们记住并传达给其他成人。

是我使他穿过处处隐患的国家，从得克萨卡纳远道而来。而到现在，我却才想起担心，我们的宝贝可能对他没有任何价值。

但不会就这么结束。他又看向微笑的圣徒。又一次听到警示："地狱之王，旗帜来临。"这句来自古代《神曲》中的邪恶台词像扰人的曲调，在他脑海中低回。

拳头握得更紧了。他丢下扇子，咬着牙，喘着气，不敢再看圣

1　梅斯（Maisie Ward，1889—1975），一个英国天主教家庭的子孙，也是著名作家、出版人和演说家。

徒。残酷的天使正用烧红的烙铁折磨他肉体的核心。他紧紧靠到书桌前，刚刚那一下感觉像滚烫的铁丝穿破了他的腹部。他粗重的呼吸在覆满沙漠尘埃的书桌上吹出一小块干净的地方。尘土飞扬，令他窒息。房间变得粉红，到处是黑色的虫子在上下扑飞。

我不敢打嗝儿，胸膛里有什么东西会松开，掉下来……但圣人啊！保护我！我抑制不住。疼痛愈烈了。主啊！耶稣！上帝啊！接我去吧！他想。

他的嘴里涌出一股咸味，一头栽到书桌上。

主啊，圣餐杯一定要在这一刻准备好吗？还是我能再挨一会儿？但钉上十字架总是在这一刻。始自亚伯拉罕之前，就是在此刻；即便到普法登卓特之前，也是此刻。不管是谁，无论如何，一旦被钉上，都要死死扛住。一旦你掉下来，他们将用铁锹拍死你，所以要挺住，保持尊严啊，老头子。既然你能保持尊严地打嗝儿，要是你能对弄乱上帝的地毯表示足够歉意，你应该能进天堂。

他等了很久很久，小虫子死了一些，房间褪去了粉红，变得模糊又灰暗。

好啦，保罗，我们要开始内出血了吗，还是又被耍了一次？

他抬头查探这模糊一片的房间，又找到了圣人的脸。那抹微笑原来是那样浅——充满悲伤、理解，还有别的什么。是在嘲笑绞吏吗？不，是替绞吏悲哀而笑。嘲笑的是那最高傻瓜，是撒旦本身。他头一次看得如此清楚。最后的圣餐杯里，可能有胜利的笑声。

突然，他感到很困，圣人的脸慢慢暗去，但院长仍微微咧嘴回应着。

快要开始唱《申初经》了，高尔特副院长才找到保罗，发现他倒在书桌前。牙齿间渗出血来。年轻神父赶紧探了探他的脉搏，保罗院长马上醒了，在椅子里坐正，好似仍在梦中，盛气凌人地咆哮道："我告诉你，这一切都荒谬至极！愚蠢至极！可笑至极！"

"什么可笑，大人？"

院长晃晃头，眨了眨眼。"什么？"

"我马上去叫安布鲁斯特修士。"

"哦？这才可笑。回来。你有什么事？"

"没事，院长大人。我找到修士马上就回来——"

"哦，要找医师！你不可能没什么事跑到这里来。我的门原本是关着的。现在把它关上，坐下，告诉我你有什么事。"

"测试成功了。我说的是科恩霍尔修士的灯。"

"好，让我们听听看吧。坐下，开始讲吧，告诉我整个过程。"他理了理修士服，用亚麻布一角擦了擦嘴。他依然晕头晕脑的，但胃里的拳头已经放过他了。他对副院长记录的测试过程毫不在意，但努力装出关注的样子——要把他留住，直到我彻底清醒，能思考为止。不能让他去找医师——现在不行，消息会泄露：老头子要完蛋了。完蛋不要紧，要确定这个离去的时机是否安全。

◇ 15 ◇

　　洪甘·奥斯本质上是一个公正仁慈的人。他看到手下的一帮战士在逗弄拉雷登的俘虏时，自己也驻足旁观。但当看到他们把三个战俘的脚踝绑在马匹中间，并抽打马匹让其狂奔时，洪甘决定插手了。他命人把这帮战士拿下，当场鞭打。因为洪甘·奥斯——疯熊——作为仁义酋长闻名于世，他甚至从未虐待过一匹马。

　　"杀死俘虏是婊子才干的事。"他轻蔑地朝被鞭打的犯人咆哮道，"自己回去反省，免得跟婊子一样下贱，滚出军营，新月时再回来，流放十二天。"受刑的战士呻吟着抗议，疯熊吼了回去，"要是马驮着战俘经过我们营地，那怎么办？草食人头领是我们的客人，你不知道他们容易被血吓到吗？尤其是他们自己人的血。留点儿神！"

　　"但是这些草食人是南方来的。"一个战士一面反对一面指向那几个俘虏，"我们的客人是来自东方的草食人。我们这些真正的人不是和东方达成协议，一起对付南方的吗？"

　　"你敢再说一遍，我就割了你的舌头喂狗！"疯熊狠狠地警告，"不管你从哪儿听到的这些，全部给我忘掉！"

　　"那些草食人要和我们待好多天吗？神之子啊！"

　　"谁能知道那些农民是怎么计划的？"疯熊反过来问，"他们的想法跟我们的不一样。他们说，他们中有几个人要从这里出发，穿过旱地，到草食人牧师的地盘，那里的人都穿着黑袍。其他人会留下来讨论——但不是你们这些贼耳朵能听的。现在快滚，这十二天够你们丢人的。"

他背过身不再看，由他们自己溜走。最近纪律松懈，各部落都躁动不安。整个大平原的人都知道，洪甘·奥斯与一个得克萨卡纳的使者在火焰前握手宣誓，建立盟约。萨满祭司削下洪甘与使者的头发和指甲，做了一个人偶为信物以防任意一方违约。各部落的人都知道他们签了契约。人和草食者之间订立契约一直被大平原部落视为耻辱。疯熊能感觉到年轻战士在暗暗轻蔑自己，但时机未到，不能解释。

疯熊也想聆听好的计策，即使是狗说的，只要是好的，他也愿意听。虽然草食人没有什么好点子，但来自东方的草食人国王的信使确实让他印象深刻。他解释了保密的价值，谴责口无遮拦，大肆吹嘘。要是让拉雷登人知道了部落得到了汉尼根的武装，那这计划就彻底失败了。疯熊仔细琢磨了一阵子这个计策，这和他的本性冲突——要是开战之前，能正大光明地宣告，他们打算怎么对付敌人，这样就会令自己更满足、更威风。可是，琢磨得越久，他越察觉此中的智慧。要是这个草食人国王不是一个畏首畏尾的懦夫，那他就几乎跟人一样明智了。保密确实是必要的，即使一段时间要被蔑视为缺少男人气概也要忍耐。要是疯熊手下的人知道手中的武器不是抢劫边境的战利品，而是汉尼根送的礼物，那拉雷登人就可能从抓到的疯熊俘虏口中探知这一计划。因此，有必要让部落发出牢骚，抱怨他们与东部农民和谈是多么大的耻辱。

但其实密谈并非为了和平。谈判收获不错，而且得到了战利品。

几周前，疯熊亲自率领一支"远征队"跑到东方，凯旋时带回一百匹马、四十八条长枪、几桶火药、充足的子弹，还有一名俘虏。随行战士没有一人知道，那些窖藏的武器其实是汉尼根手下人埋藏的，而那名俘虏其实是得克萨卡纳的骑兵军官，未来交战时将为疯熊献计献策，对付拉雷登人。草食人的计策总是那么无耻，但那个骑兵军官能猜到南部草食人的想法。而洪甘·奥斯的想法，他可怎么也猜不到。

疯熊为自己是个谈判好手而扬扬自得，这也确实无可厚非。他同意了避免与得克萨卡纳冲突，不再从东部边境偷牛，但前提是要汉尼根供给他们武器和装备。对拉雷登作战这一项，双方心照不宣，虽然并未写入契约，但这正合疯熊本意，不需要正式列入契约。与一个敌人结盟，让他能够放心对付另一个对手，最终，他可能重新占领上个世纪被农民蚕食霸占的牧地。

部落酋长骑马回到营地，夜幕已降临，一股寒流覆盖了平原。来自东方的客人们裹着毯子，围着炉火挤成一团，旁边还有三位老人。而常常围坐在炉火旁的孩子们此时却好奇地藏在阴影里向外张望，或者躲到帐篷外沿，探着脑袋偷看这些陌生来客。这里总共有十二个陌生人，但看起来彼此不怎么关心。这群人的头领显然是个疯子。疯熊并不反对疯狂（事实上，疯狂被巫医们称颂为洞察超自然事物的最强能力），他还从没听说疯狂也被农民奉为头领的品质。但这个家伙一半时间都在干涸的河床旁边挖土，另一半时间在一个小本子上神秘地写写画画。他显然是一个巫师，还是个可疑人物。

疯熊停了停，披上了他的正式狼袍礼服，让一位萨满在他前额画上图腾，才靠近篝火，坐在众人旁边。

"畏惧吧！"部落酋长步入火光，一位老战士便遵从仪式长啸起来，"畏惧吧！为这强者走来，靠近他的孩子。族人们，拜倒吧！因为他的名字是疯熊——这搏命赢得的美名，他年少时赤手空拳制伏一头疯熊，徒手将其掐死，这在北方大地真实上演……"

洪甘·奥斯不理会这颂词，从在篝火旁侍奉的老妇手中接过一杯血。这是从刚刚屠宰的阉牛身上放出来的，尚有余温。他一口饮尽，然后才向身旁的东方人点头致意。那些草食人眼睁睁看他喝干牛血，满脸惊慌不安。

"啊——"部落酋长一声长啸。

"啊——"三位老人应和着，还掺杂了一个胆大妄为的草食人的声音。老人厌恶地瞪了这个草食人好久。

疯子想为他同伴的冒失打掩护。"告诉我，"趁酋长落座，疯子问道，"为什么你们的人不喝水？是你们的神不让吗？"

"谁知道神喝什么？"疯熊沉声说，"常言说水是给牛和农民喝的，牛奶是给孩子的，而血才是人喝的。不然能怎样？"

疯子并没觉得被侮辱。他那双锐利的灰色眼睛打量了酋长一会儿，接着冲他的一个手下点头。"'水是给牛喝的'解释得通，"他说，"这里常年干旱。牧人会把最后一滴水留给动物。我原想他们是不是服从什么宗教禁忌才不喝的。"

他的同伴一脸苦大仇深，用得克萨卡纳话叫嚷着。"水！上帝啊，为什么我们不能喝水呢，塔德奥先生？这是多么高的要求吗！"他口干舌燥地空吐口水，"血！呸！黏在喉咙里根本不解渴。为什么不能嘬一口——"

"离开前不行！"

"但是，先生——"

"不行。"学者厉声喝道，抬头发现部落里的人正对他们怒目相向，他赶紧又用大平原的方言对疯熊说，"我刚刚听我的同伴赞赏你们族人的男子气概和健康体格，这可能跟你们的饮食有关系。"

"哈！"酋长爽朗地喊了一声，接着近乎兴高采烈地对老妇喊，"给那个异乡人来杯红的。"

塔德奥的同伴打了一个激灵，但一声都没敢吭。

"伟大的酋长，我有一个请求，"学者说，"明天我们将继续西行，要是您能派一些战士和我们一起走，我们将无比荣幸。"

"为什么？"

塔德奥先生顿了顿。"为了，呃——做我们的向导……"他停住了，突然一笑，"不是的，我跟您开诚布公吧。你们有些人并不欢迎我留在这里，而您的盛情又……"

洪甘·奥斯仰天大笑。"他们是害怕其他小部落。"他对老者们说，"他们害怕一离开我的营房，就会遭到伏击。他们吃的是草，所以害怕打仗。"

学者脸颊微红。

"什么都不用怕，异乡人！"部落酋长得意地高声笑道，"真正的人会护送你们。"

塔德奥先生低了低头假装领情。

"告诉我们，"疯熊说，"你们要去西方旱地寻找什么？种植庄稼的新田地吗？告诉你吧，那里可没有。也就靠近几个水坑的地方有一点儿，可那里长出的东西连牛都不吃。"

"我们并不是去找新农田。"客人回答，"您知道，并非我们所有人都是农民。我们要找的是——"他顿了顿。用牧民的语言没法解释清楚他们此行的目的——为何去莱博维茨修道院。"——是去寻求古代巫术。"

一位身为萨满的老者支棱起耳朵。"西方有古代巫术？我没听说过那里有巫师。难道你指的是那帮穿黑袍的？"

"就是他们。"

"哈！他们有什么巫术值得关注？他们的信使太容易被抓到了，简直是手到擒来，不费吹灰之力——不过他们确实很能挨得住折磨。你能从他们那里学到什么巫术？"

"嗯，我本人也同意你的说法，"塔德奥先生说，"但据说在他们的某个房间里，囤积着珍贵的资料，上面记录的咒语拥有强大的力量。如果确有其事，那黑袍人显然不知道怎么运用这种力量，但我们希望能够掌握并运用。"

"黑袍人会让你查看他们的秘密吗？"

塔德奥先生微笑着说："我想是的。他们不敢再藏下去了。不得已的话我们会强行拿走。"

"真是勇敢的说辞。"疯熊嘲讽道，"看来这些农民比他们的同类要勇敢些——不过他们跟真正的人比起来还是孬种。"

学者受够了游牧人的羞辱，憋了一肚子的气，早早回去休息了。

留在篝火旁的战士还在和洪甘·奥斯探讨必将来临的大战，但是战争毕竟跟塔德奥没有一点儿关系。他对自己那无知堂兄的政治抱负毫无兴趣，还是黑暗世界的文化复兴更让他着迷。不过国王的庇护还是有用的，好几次都让他化险为夷。但那是另一码事了。

◇ 16 ◇

老隐士站在台地边缘，看着一柱烟尘正穿过沙漠靠过来。隐士迎着风，嘴里嚼着什么，不时咕哝几声，咧嘴轻笑。他那身干瘪的皮囊被太阳烤成了陈旧皮革的颜色，下巴上那一圈毛糙糙的胡子成了脏兮兮的黄色。他戴着一顶草帽，围着粗糙土布做成的束腰，看起来像个麻袋——除了凉鞋和一只羊皮睡袋，束腰就是他唯一的衣服了。

他紧紧盯着那柱烟尘不放，直到它穿过圣博维茨村庄，接着再次出发，沿着经过台地的那条路逼近。

"啊！"隐士怒气冲冲地一哼，鼻子似乎开始喷火，眼睛似乎开始燃烧，"坐镇于自己国家的王者，他的领土将会倍增，他的和平将永不终结。"

突然，他猛地一蹿，跳下河谷，像一只三脚猫，借着拐棍在石头上跳来跳去，快速下滑腾起的烟尘升得老高，被风一吹，缓缓散开。

抵达台地的下面，他藏身于一片结满豆荚的灌木丛，静静等待。不久，他就听到马儿慢跑靠近的声音，于是开始在灌木掩护下向公路潜行，不时透过灌木向外窥视。小马在转弯处出现，激起一层尘埃。隐士像离弦的箭一样冲上小路，张开双臂。

"祝你好运！"他大喊，骑手一停下，他一个箭步冲上前，一把抓住缰绳，急切地眯着眼睛抬头凝视马鞍上的人。

他的双眼闪闪发光。"一个孩子降生于我们中间，一个男孩被赠予我们……"然而那焦虑的凝眉转眼就松开了，那双眼睛陷入了深深的忧伤，"你不是他！"他愤怒地举目望天，沉声抱怨。

骑手拨开兜帽大笑起来。隐士怒气冲冲地朝他翻了一阵白眼，好一会儿才认出来者。

"哦。"他哼了一声，"你！我还以为你已经死了。来这里干吗？"

"我来送还你的浪子，本杰明。"保罗师说着拽了拽皮带，那只蓝顶山羊从小马身后小跑着出来。一见隐士，山羊急切地咩咩叫着，拉直了皮带。"而且……我也想来看看你。"

"这动物是诗人的。"隐士咕哝着说，"他是在赌运气的游戏里公平赢得的——虽说他还是卑鄙地作了弊。牵走还给他吧，我建议你不要瞎掺和，世俗的骗局跟你没关系。再见。"他转身向河谷走去。

"等等，本杰明。牵走山羊吧，不然我就要送给农民。我们不会让它在修道院附近晃来晃去，冲着教堂叫个不停。"

"这不是一只山羊。"隐士蛮横地说，"这是你们先知见到的那头野兽，是被造出来供女人骑的。我建议你诅咒它，把它赶进沙漠里。何况你也看到了，它是蹄分两瓣，倒嚼的走兽[1]。"说完又要离开。

院长脸上的笑容渐渐退去。"本杰明，你真的连声'你好'都不向老朋友道一声，就要回山上去？"

1　《利未记》第十一章第三节，"唯蹄分两瓣，倒嚼的走兽，你们可以吃"。

"你好。"隐士朝后喊了一声，继续愤慨地朝前走。走了几步，他停了下来，越过肩膀向后望。"你不用摆出一副这么受伤的面孔。"他怒吼道，"是你已经五年都没有走这条路了，还'老朋友'？哼！"

　　"原来是为这个！"院长喃喃自语。他跳下马，急急地跟在老犹太人身后。"本杰明，本杰明，我一直想来的，但实在没有空闲。"

　　隐士停住了脚步。"好吧，保罗，既然你到这里了……"

　　"哈哈哈哈——"突然他们不约而同齐声大笑，热烈拥抱。

　　"太好了，你这个老炮仗。"隐士说。

　　"我是老炮仗？"

　　"不过，我猜我也有点儿暴躁。上个世纪对我来说可真是不易。"

　　"我听说你曾扔石头砸这一带沙漠里进行大斋节禁食的见习修士。这是不是真的？"他装作责备，瞅着隐者。

　　"只扔过卵石。"

　　"卑鄙的老家伙！"

　　"好啦，好啦，保罗。其中一个还把我当成了我的一个远房亲戚——叫莱博维茨的。他以为我是去给他传达什么消息——要不就是你们其他的无聊家伙想的。我可不希望这种事再发生，于是我就时不时扔石子赶他们。哈！我再也不会被错当成那个亲戚了，因为他早就不是我的什么亲戚了。"

　　牧师面带疑惑。"把你误认作谁？圣莱博维茨？好了，本杰明！玩笑开得过了。"

　　本杰明像唱数来宝似的重复着："错把我当成一个远亲——名字叫作莱博维茨，所以我扔石子砸他们。"

保罗师看起来完全糊涂了。"圣莱博维茨十二个世纪前就死了。怎么可能——"他顿住了，生气地瞪了老隐士一眼，"好了，本杰明，不要再编故事了。你不可能活过一千二百年——"

"瞎扯！"隐士打断他，"我没说那是十二个世纪前的事。那是你们的圣人死去很久以后的事了，所以我才觉得荒谬。当然，你们的见习修士如今不像那些年那么虔诚而容易受骗了。我想弗朗西斯就是那个修士的名字。可怜的家伙。后来我亲手埋了他，告诉了新罗马的人在哪里能挖到他。所以你才能找回他的尸骸。"

在穿过灌木丛通往水坑的路上，院长目瞪口呆地看着老人。弗朗西斯？他回想，弗朗西斯。难道说是来自犹他州的尊敬修士弗朗西斯·杰德勒？他受一位朝圣者指点，发现了村子里那个古老地下室的位置，故事是这样讲的——但是当时村子还不存在。那是大约六世纪前，没错，而且——现在这个老头儿竟声称他就是那个朝圣者？他有时不禁怀疑，本杰明到底是从哪里了解到这么多修道院的历史信息，让他能编出这样的故事来。有可能是诗人告诉他的。

"当然啦，那时还处在我的早期事业，"老犹太人继续瞎掰着，"大概这样的错误也可以理解。"

"早期事业？"

"流浪者。"

"你要我怎么相信这些瞎话？"

"嗯——诗人相信我。"

"这毫无疑问！诗人当然不会相信可敬的弗朗西斯遇到了一位圣人。那是迷信。诗人宁愿相信他遇到的是你——在六个世纪前。这个解释很自然，是吧？"

本杰明咧嘴笑了几声。保罗看着他将一只有裂纹的树皮水杯伸进井里，盛了水倒进水囊，又伸了下去盛了更多。水质混浊，里面蠕动着活生生的不明生物。这水流恰如老犹太人的记忆之流。是他的记忆模糊不清，还是他在和我们所有人玩游戏？牧师沉思着。即使他不幻想自己年长于玛士撒拉[1]，老本杰明·以利亚撒看起来也已经够疯癫的了，以他本人古怪的方式疯癫着。

"喝吗？"隐士递过杯子问。

院长强压下一阵战栗，不愿冒犯老人，接过杯子，大口喝干了这黑乎乎的液体。

"你也不是太讲究嘛。"本杰明目光锐利地看着院长说，"我自己都不想碰它，"他拍了拍水袋，"那是给动物喝的。"

院长微微作呕。

"你变了。"本杰明说，目光仍然没有移开，"你脸色苍白得像奶酪一样，而且消瘦了。"

"我病了。"

"你看起来就是病人。要是爬山累不坏你，那到我小屋里去吧。"

"我会没事的。前几天有点儿小问题，我的医师告诉我要休息。要不是一位重要客人快来了，我才不理会呢。但他正赶来，所以我要休息一下。这件事太累人了。"

两人一前一后在河谷爬着，本杰明看了一眼身后的院长，脸上带了一丝苦笑。他摇了摇灰色的小脑袋。"在沙漠骑马跋涉十英里

1　玛士撒拉（Methuselah），据《圣经》记载为以诺之子，他的寿命是《圣经》中所有的人中最长的，享年九百六十九岁。

算休息？"

"对我来说是休息。而且，我一直想见你，本杰明。"

"村民会怎么说？"老犹太人嘲讽地问，"他们会以为我们和好啦，这会毁了我俩的名声。"

"我们的名声在市场上本来就值不了几个钱，不是吗？"

"确实。"他承认，但又意义不明地加了一句，"当前不值钱。"

"还在等吗，老犹太？"

"当然！"隐士猛地蹦出一句。

院长爬山爬得筋疲力尽，停下休息了两次。等他们终于抵达台地顶端时，他已经头晕眼花，倚靠在瘦瘦高高的隐士身上。一股暗火在他胸膛里燃烧，警告他不能继续前行了，然而肚子里那怒气冲冲的锤子已不再捣来捣去。

看见陌生人靠近，一群蓝顶的变种山羊四下散开，躲避到疯长的豆科灌木丛后。奇怪的是，尽管没有一点儿湿气，但台地看起来比周围的沙漠更为青翠。

"这边，保罗。到我的府邸去。"

老犹太人的茅屋只有一个房间，没有窗户，也没砌石墙，只是将石头松松地叠堆围住，中间宽大的缝隙容风畅行无阻。屋顶脆弱不堪，由木杆拼堆在一起，大部分还都弯了，上面覆了一层灌木枝、茅草和羊皮。门边的矮墩子上有一块大石头，平坦的表面有一些希伯来文的标记。

标记字体的大小像要广而告之什么，院长不禁一笑，问道："这上面写的是什么，本杰明？有没有带来更多买卖？"

"哈——能写什么？还不是：此处修理帐篷。"

牧师哼了一声，表示不信。

"没关系，尽管怀疑吧。不过既然你不相信这里写的是这意思，你也不可能相信另一面标记的意思。"

"冲着墙那边？"

"可不就是冲着墙那边。"

石墩紧挨着门槛放着，弄得石头和墙壁之间只有几寸的间隙。保罗哈下腰，斜着眼朝那窄窄的缝隙里瞥，花了好久才确定，石头背面确实写了一行小字。

"你从没把石头转过来看吗？"

"把它转过来？你以为我疯了吗？在这种时候转过来？"

"背面写的是什么？"

"嗯嗯嗯……哦哦哦……"隐士哼起了小调，不理会这个问题，"试一试吧，你没法认清那些字？"

"那面墙有点儿碍事。"

"一直如此，不是吗？"

牧师叹了口气。"好啦，本杰明，我知道有人命令你在房子里写上'入口处和门上面'。但只有你会想到把它面朝下放。"

"是面朝里。"隐士纠正说，"只要以色列还有帐篷可以修——不过先别互相取笑了，你还是先坐下休息吧。我去给你拿些牛奶，你再跟我讲讲让你烦心的那个访客。"

"要是你想来点儿喝的，我口袋里有酒。"院长说着，像卸了千斤重担，惬意地陷进一堆羊皮里，"不过，我真不愿谈起塔德奥先生。"

"哦？那家伙。"

"你听说过塔德奥先生？告诉我，在这山上与世隔绝的你，怎

181

么会做到无所不知？"

"我听，我看。"隐士神秘地说。

"跟我说说，你怎么看他？"

"我还没见过他，但我估计他是痛苦的化身。也许是生来即背负了痛苦，总之就是痛苦。"

"生来即背负了痛苦？你真的以为我们将经历一次文艺复兴，像某些人说的那样？"

"嗯！"

"不要假装神秘了，你这个老犹太，告诉我你的看法。你肯定有见解，你总是这样，要从你口中套到秘密怎么就这么费劲！我们不是朋友吗？"

"在某些层面上是。可我们也有不同，你是你，我是我。"

"我们之间的不同跟塔德奥先生的问题有什么关系？跟咱们都期待的文艺复兴有什么关系？塔德奥是个世俗的学者，跟他比起来，我们两人的差异微不足道。"

本杰明双肩一耸。"差异，世俗学者。"他狠狠地重复这几个词，好像吐出苹果核一样，"我也曾在各个时代被一些人称作'世俗学者'，但有时候我也因此被捆在木桩上，被人用石头砸，被人点火烧。"

"为什么？你从来没——"牧师顿住了，深深皱眉——这家伙又疯了。本杰明此刻正猜疑地盯着他，脸上的笑容冷冰冰的。糟了，院长想，他现在看我的眼神，好像我是他们中的一员——不一定以什么形式出现的"他们"，把他赶到了这荒僻地与世隔绝。是他们绑他、砸他，还烧过他？还是说他的"我"指的是"我们"，一如"我，我的人民"，指代是一样的？

"本杰明——我是保罗。托克马达早就死了。我生于七十多年前，不久也要死了。我爱你，老头子，当你看我的时候，我希望你看到的是佩科斯的保罗，不是别的什么人。"

本杰明一愣，晃了晃身子，缓了好一会儿。他眼睛湿润了。"有时候——我会忘记——"

"而且有的时候你忘了本杰明只是本杰明，不是整个犹太民族。"

"不是！"隐士厉声吼道，眼里又闪烁着泪光，"三十二个世纪了，我——"他战栗地停住，紧紧闭上了嘴。

"为什么？"院长低声沉吟着，语气接近敬畏，"为什么你要把整个民族的重负和过往，压在自己一个人身上？"

隐士怒视院长，似在警告，然而他使劲咽下那嘶哑的悲鸣，将脸埋入双手。"你这是在深水里钓鱼。"

"原谅我。"

"这负担——是别人强压在我头上的。"他缓缓抬起头来，"我能拒绝吗？"

牧师不吭声。棚屋里除了呼呼的风声没有一点儿动静。这疯狂里带着一点儿神性！保罗师想。犹太部落在那时分崩离析，四处飘零，本杰明的子孙可能早已不在人世，他不知不觉成了无家可归的浪人。妻离子散的老犹太人可能流浪了一年又一年，也没有遇到一个族人。也许在这无尽的孤独中，他逐渐认定，他是最后一个，唯一的一个。于是，最终他不再只是本杰明，而成了犹太民族。五千年的历史在他心中生了根，不再是久远的过去，而成了他自己生命的历史。他的"我"和君主口中的"我们"截然相反。

但是，我也是一个特殊群体中的一员，保罗师想，是一个集合的一部分，也是一种连续的一部分。而这，也一样被世界所唾弃。只是，于我，自身和民族的界限是清晰的；于你，老朋友，它却模糊难辨。重负被众人强加于你，而你就接受了？那该有多重啊！对我来说又该有多重呢？他将双肩置于重担之下，试着扛起，测试这重量：我是一个基督教修士，也是牧师，因此在上帝面前，我要对救世主降临以来，在地球上呼吸过、行走过的每一位修士和牧师的所作所为担负责任，还要对我自己的行为负责。

他不禁浑身战栗，猛地摇头。

不，不。脊柱要被压断了，这负担啊，不管对谁来说都担负不起，除了基督。因为信仰受到诅咒已经是重负。承受这些诅咒不是不可能，然而，除此之外——还要接受诅咒背后的悖论，这悖论呼吁一个人不仅要对自己负责，还要对其种族或持共同信仰的每一个成员负责，除了背负自己的行为，也要背负他们的行为。这也要接受吗？——就像本杰明努力做的那样？

不，不。

然而，保罗师的信仰告诉他，负担一直在那里，自亚当的时代就在——这负担是被一只魔鬼强加于人类的，是它用嘲笑的口吻对人喊着："人类啊！人类啊！"自人类伊始，魔鬼就呼唤每一个人为全人类的行为负责。子宫尚未打开时，重负就压在了一代又一代人的身上，这是原罪的重负。让蠢货们去抗拒吧。蠢货兴高采烈地接受了其他遗产——祖先的荣耀、美德、胜利和尊严，致使其带着"与生俱来的勇敢和高贵"而决不会抗议，其个人毫无建树就继承了这份遗产，只因生于这个种族。抗议只会留给那些延传下的重负，使其"生来有罪恶、被放逐"的重负；他对那些说他生来即受玷污的言辞避而不听。这负担确实很重。但他自己的信仰也告知他，这重负已除去，祭坛上十字架上的那人已替他承受。虽然重负仍留有印记，但比起原罪的沉重，这束缚已然微不足道。保罗师无法将这些告诉老隐士，因为老隐士早已知道这是他所相信的。这最后的一个老希伯来人孤零零地待在山上，为犹太民族赎罪，并等待着弥赛亚，等啊，等啊，等——"上帝保佑你，你这勇敢的傻瓜，智慧的傻瓜。"

"嗯——呃！智慧的傻瓜！"隐士重复着，"不过你总是偏好悖论和神秘，是不是，保罗？如果一个事物自身不矛盾，那就不会引起你的兴趣，没错吧？你是一定要在一体中寻找三位，在愚蠢中寻找智慧，否则就太过一般了。"

"能觉知责任是智慧，本杰明。但认为你自己一个人能担负得起就是愚蠢。"

"不是疯狂？"

"也许有一点儿。但也是勇敢的疯狂。"

"那我要告诉你一个小秘密。自从他将我召至跟前，我就一直知道我担负不起。不过我们说的是一回事吗？"

牧师耸耸肩。"你会称其为被拣选的负担，我会叫它原罪的重负。不管怎么说，它们暗示的责任都是一样的，虽然我们讲的可能是不同的版本，还会激烈争论我们所说的某些词其实是什么意思，而这些意思根本就和原来的词义风马牛不相及——因为那些东西的意义，来自那死寂的心。"

本杰明咯咯笑了。"很好，我很高兴最后听你承认这么一句，哪怕你所说的一切都是空话。"

"别笑了，你这老无赖。"

"但你总是精巧地堆砌一大堆名词来维护你的三位一体，虽然你们把他从我这里拿走前，一元一体论中的他根本就不需要这样的维护，呃？"

牧师脸红了，什么也没说。

"哈！"本杰明上蹿下跳地大叫，"我终于让你没话说了一次！哈！不过没关系。我自己也用了几个宏大名词，而我从不确定那些词跟我的意思是不是一致。你也没什么好被指责的，三个比一个肯定更容易糊涂。"

"亵渎上帝的老仙人掌！我真的想听听你对塔德奥以及现世蠢蠢欲动的一切的看法。"

"为什么要问一个可怜的老隐士的意见？"

"因为，本杰明·以利亚撒，约书亚[1]的孩子啊，如果用这么多年来等待一个永远都不会来的人还没有教会你明智，那也至少能将你折腾一番。"

老隐士合上双眼，仰脸向天，露出狡猾的笑容。"侮辱我，"他装出庄严的语调说，"指责我，引诱我，迫害我——但你知道我将怎么说吗？"

"你会说：'嗯——呃！'"

"错！我会说他已在这里。我见过他一次。"

"什么？你说的是谁？塔德奥先生吗？"

"当然不是！而且，我不怎么愿意预言，除非你原原本本地告诉我，到底是什么困扰着你，保罗。"

"好吧，这得从科恩霍尔修士的灯说起。"

"灯？哦，对，诗人提起过。他预言那肯定不会好用。"

---

1 约书亚（Joshua），摩西的继承人、以色列人的首领。

"诗人又错了，一如平常。他们告诉我成功了。我没有去观看测试。"

"那就是好用了？棒极了！不过这引出什么事了？"

"我的困惑。我们离某个东西的边缘该有多近？电物质离我们这样近，就存放在地下室。你有没有意识到，过去两个世纪里，有多少事情已经变化了？"

然后，牧师就将自己的恐惧——道来，而隐士，这位帐篷修理师在一旁耐心地听着，直到夕阳的光辉开始从西墙的裂缝里漏进来，在肮脏的空气里画出灿烂光线。

"自上个文明灭亡开始，保存《大事记》就是我们的特殊使命，本杰明。我们一直保存着它。但如今呢？我觉得这窘况就像一个鞋匠来到满是鞋匠的村子里卖鞋。"

隐士笑了。"要是他做的是一种更特别更好的鞋，那就卖得出去。"

"我害怕世俗学者已经开始要做这种鞋了。"

"那就趁你还没一败涂地之前，赶紧离开这行当。"

"不是没有可能。"院长承认，"不过一想到这点就黯然神伤。十二个世纪以来，我们都像一个小小的岛屿，身处一片黑透了的海洋里。保存《大事记》不是一个讨好的工作，而是一个神圣的使命，我们都这样坚持着。这只是我们在这世界的工作，我们一直都是运书者和记忆者，很难想象这些工作很快将消失——很快将没有必要存在下去。这实在让我有些难以置信。"

"所以你就想通过在地下室建造奇怪的装置来打败其他'鞋匠'？"

"我必须承认，看起来好像——"

"下一步呢？你会做什么来领先于那些世俗学者？造飞行器，还是复活分析机器？或者在玄学上把他们死死踩在脚下？"

"你在侮辱我，老犹太。你明知道我们首先是基督教修士，这种事情不该是我们来干。"

"我没有羞辱你。我可没觉得基督教修士造飞行器有什么不合适，虽然他们去造祈祷机器更合适。"

"你这浑蛋！把我的秘密告诉你，真是给我们修道院帮了倒忙！"

本杰明得意地笑了。"我一点儿也不同情你。你收藏的那些书可能年代久远，但本来就是世人所写，世人必将从你手中夺回去，你从一开始就不应该瞎掺和。"

"哈，现在你倒愿意预言了！"

"才不是。'太阳很快要下山了'这种常识算预言吗？不是，这只是对事件一贯性的一种断言。世人也是有一贯性的——所以要我说，他们会吸收你能提供的所有一切，从你肩头拿下你的工作，然后还指责你是个老废物。最后，他们将完完全全无视你。这都要怪你自己。我给你的书已经足够，现在你只能吞下自己种下的苦果了。"

他在胡说八道，但不幸的是，这些预言竟和保罗师的恐惧不谋而合。牧师表情悲怆。

"不用放在心上。"隐士说，"我不会冒险做任何预言，等我看了你们的装备，或者瞅一瞅这位塔德奥先生才行——他确实让我感兴趣。想让我给建议，就得先等我细细研究一下这个新时代。"

"好吧，可是你没法看到灯了，因为你从不去修道院。"

"那是因为你们的伙食糟透了，我吃不来。"

"你也不会看到塔德奥先生，因为他从另一个方向前来。要是你等到一个新时代开始之后再去研究，那就太晚了，来不及预测它的未来了。"

"胡扯。对孕育未来的子宫探来探去才不利于孩子出生呢。我要等——而到那时，我可能会预言未来出生了，跟我期待的不一样。"

"多么让人欢欣鼓舞的未来啊！那你在找的又是什么？"

"曾对我喊叫过的那个人。"

"喊叫什么？"

"'出来吧！'[1]

"胡说八道！"

"嗯——呃！告诉你实话吧，我不太想要他来，但我被告知要等下去，于是——"他耸了耸肩，"我等。"过了一会儿，他闪亮的双眼眯成了两条缝，他突然向保罗师靠过来，一脸期待地看着他，"保罗，带这个塔德奥先生从台地脚下经过吧。"

院长佯作恐惧，向后一缩。"引诱朝圣者！骚扰见习修士！我应该把诗人老兄送来！让他附在你身上，永远分不开。要我把那位先生带到你的窝前！太过分了。"

本杰明无可奈何地又耸了耸肩。"好办，就当我没说。那让我们希望那个先生站在我们这一边吧，不要在这个时候站在另一边。"

"另一边是谁，本杰明？"

1　暗指《圣经》中的人物拉撒路，被耶稣从坟墓中唤醒复活，见《圣经·约翰福音》第12章。

"玛拿西[1]、居鲁士[2]、尼布甲尼撒二世[3]、法老、恺撒、汉尼拔二世——还要我继续吗？撒母耳警告过我们要抵抗他们，接着却让他们一个个出现。当他们有了几个智者从旁协助，他们会变得比以往更危险。这就是我要给你的所有意见。"

"好了，本杰明，我受够你了，今后五年我恐怕都不愿见你，所以——"

"侮辱我，指责我，引诱我——"

"好啦。我要走了，老头子，天色很晚了。"

"那？你那神圣的胃好了吗，可以骑马了吗？"

"我的胃——"保罗师停下来摸了摸，发现这是自己近几周来最舒畅的时候，"里面当然一团糟。"他故作抱怨，"听完你胡扯，它能有什么好结果？"

"没错——全能的上帝是仁慈的，但也是公正的。"

"祝你好运，老头子。等科恩霍尔修士重新发明飞行器时，我会派见习修士来冲你扔石头的。"

他们紧紧拥抱。老隐士将保罗师送至台地边缘。本杰明裹着祈祷方巾站在那里，优质的布料和围作束腰的粗糙土布对比鲜明。院长沿着小路走下山去，返回修道院。回头时依然能看见老隐士沐浴

1　玛拿西（Manasses）行耶和华眼中为恶的事，使犹太人陷在罪里，又令许多无辜人的血，充满了耶路撒冷，从这边直到那边。玛拿西其余的事，凡他所行的和他所犯的罪，都写在《犹大列王记》中。

2　居鲁士（Cyrus，约前600—前529），前550年建立波斯帝国，前538年灭新巴比伦王国，释巴比伦囚房——犹太人重返巴勒斯坦。

3　尼布甲尼撒二世（Nebuchadnezzar Ⅱ，约前634—约前562），新巴比伦王国国王。前586年攻陷耶路撒冷，灭犹太王国。

在夕阳的余晖下，在台地边缘静静伫立。他面朝沙漠虔诚地鞠躬、喃喃祈祷，黄昏的天空下，映着他瘦长的剪影。

　　"上帝啊，记住您所有的仆人吧。"院长低声祈祷回应老人，接着补充道，"愿他在飞刀游戏中最终赢得诗人的眼球吧。阿门。"

◇ 17 ◇

"我可以确切告诉你：战争要爆发了。"来自新罗马的信使郑重地说，"拉雷登的军队全部集中到了大平原。疯熊已开拔迎战。整个大平原处处得见骑兵交战，打游击。同时，奇瓦瓦国也正从南方威胁拉雷登。这时汉尼根准备派遣得克萨卡纳军队到格兰德河——协助'保卫'前线。拉雷登当然满口答应。"

"葛拉迪国王真是个老蠢货！"保罗师说，"没人警告过他要小心汉尼根背叛盟约吗？"

信使苦笑。"即使我们碰巧察觉到一些国家机密，梵蒂冈外交部也总是不漏风声，以免我们被指为间谍，我们总是小心处理——"

"他有没有得到警告？"院长再次问道。

"当然，但葛拉迪迁怒于教皇使节对他撒谎。他指责教廷在《神罚协议》联盟国之间挑拨离间、图谋不轨，妄想扩张教皇的世俗权力。那个白痴甚至还跟汉尼根说了那位使者的警告。"

保罗师身子一颤，音调拔高："那汉尼根是怎么处理的？"

使者迟迟不愿启齿。"我想我可以告诉你：阿波罗大人已被逮捕。汉尼根宣布扣押他的外交文件。新罗马那边议论纷纷，讨论要不要将整个得克萨卡纳逐出教会。当然，汉尼根早已自愿退出教会，而大部分得克萨卡纳人对此无动于衷。因为你知道，那里百分之八十的人都是信徒，而统治阶级中只有一小部分人信天主。"

"那马库斯如今危险了。"院长伤感地喃喃自语，"塔德奥先生如何了？"

"我看要想穿过大平原，他身上可少不了几个枪眼了，难怪他当时不愿起程。但我对他目前的情况一无所知，院长大人。"

保罗师痛苦地皱眉。"是我们拒绝送文件到他的大学，要是因此让他送了命……"

"不要为此不安了，院长大人。汉尼根会照顾好自己人的。虽然我不知道途中情况，但我确定先生会抵达这里。"

"我听说要是没了他，世界就会有问题。算啦——不过告诉我，为什么你要将汉尼根的计划报告给我们？我们身处丹佛帝国，据我看，这个地区不会卷入纷争。"

"唉，我告诉你的只是个开头。汉尼根的野心是最终统一大陆。等拉雷登被两头夹击，紧紧束缚，汉尼根就免了后顾之忧，那下一步就要对付丹佛了。"

"但那样的话，岂不是需要通过游牧部落运输物资？这根本不可能。"

"这确实难上加难，因此下一步棋势在必行。大平原是天然屏障，如果没有人烟，那汉尼根也许能确定西方边境高枕无忧。然而游牧部落的存在迫使周边所有国家持续驻军，联合围控牧民。征服大平原的唯一方法，就是控制东西两片富饶地带。"

"但即便如此，"院长迟疑了，"游牧部落也……"

"汉尼根对付他们的计划恶毒至极。疯熊的战士很容易就能制伏拉雷登的骑兵，但他们无法抵御牛瘟。大平原的部落们还不知道，拉雷登为了惩戒游牧部落骚扰边境，驱赶了几百头病牛，和游牧部落的牛群混在一处——这就是汉尼根出的主意。结果会导致饥荒，到那时很容易就能挑拨他们部落之间自相残杀。当然，我们并不了解所有内情，但目标是扶持一个傀儡酋长统领所有牧民军队。这支军队将拥有得克萨卡纳的军备，向汉尼根效忠，终将扫荡西方，战火燃至山脉。如果真的实现了，丹佛将是第一只待宰的羔羊。"

"但怎么可能？汉尼根别想指望那些野蛮人会乖乖听话。而且就算他统一了大陆，被铁蹄这样践踏过，别想维持稳固的政权！"

"确实不能，大人。但游牧部落将土崩瓦解，丹佛也会满目疮痍，到时候汉尼根就能坐收残局了。"

"那又如何？那时即便帝国统一，也不会富有。"

"是不富裕，但起码没有敌手，可以高枕无忧了。到时候，他要想横扫东方或侵略东北就占尽地利。当然也有另一种可能，说不定没等他走到那一步，计划就先崩盘了。但是，不管计划最终会不会失败，丹佛在不久的未来还是可能陷入危险。未来几个月里就需要未雨绸缪，保护修道院。关于如何保证《大事记》的安全，我带来一些指示，要和你好好讨论。"

保罗师感到黑暗越聚越浓。十二个世纪之后，世界刚有了一点儿小小的希望——就冲出一位目不识丁的国君，驱使游牧部落粗暴地撕扯这世界，还……

他一拳砸向桌子。"一千多年了，我们把他们拦在围墙之外。"他咆哮着，"如今我们还能再挡他们一千年。这所修道院，历经了贝林涌入时的三次围攻，熬过了维萨利分裂教会时的抢掠。我们会保证书的安全，就像我们这一千多年来所做的一样。"

"但最近这些日子，又多了一种危险，大人。"

"那会是什么？"

"充裕的弹药。"

圣母升天日来了又过去，然而塔德奥先生一行依然没有一点儿消息。修道院修士做完为朝圣者和旅行者提供的私人祈愿弥撒。保罗师一点儿早饭也不吃，修士们悄悄议论说他正因为自己邀请了学者而苦修忏悔，大平原险情丛生，学者生死未卜。

瞭望塔时时有人驻扎观望，院长自己也常爬上围墙，瞭望东方。

圣伯纳日，晚祷正要开始，一个见习修士匆匆报告说，看见一小队人马卷着烟尘从远处靠近，但夜色越来越浓，没人能够认出来者。过了一会儿，晚祷开始，《圣母颂》响起，可还是没有人出现在门前。

"可能是他们的前哨。"高尔特神父猜测着。

"可能是守望修士的想象。"保罗师说。

"也可能是他们在距我们十里左右处扎营。"

"那从瞭望塔应该能看见火光。今晚天气晴朗。"

"不管怎样，大人，等月亮出来了，我们可以派人骑马去……"

"这可不行，这样最容易被误射。如果真是他们，恐怕他们整个行程都时刻把手指扣在枪栓上。等到黎明再去不迟。"

次日早晨已无须探查，等待许久的马队已然在东方出现。院长站在围墙顶部望向那炎热干燥的沙漠，他不时地眨眼，左右斜视，试图让一双近视的老眼看得更远。那一队人马停了下来，聚在一处交谈。

"我怎么看见二三十个人。"院长抱怨着，恼怒地揉了揉眼，"真有这么多吗？"

"差不多。"高尔特说。

"我们怎么照管得了这么多人？"

"我觉得我们应该不需要照管披狼皮的那些人，院长大人。"

年轻牧师确定地说。

"狼皮？"

"是游牧民，大人。"

"驻守围墙！关紧大门！放下障碍！打开——"

"等一等，他们并不都是游牧民，大人。"

"哦？"保罗师转过头，又凝神盯了起来。

会谈结束了。人们在摆手，一群人兵分两路。大群的人马回头向东疾驰。剩下的人目送了一小会儿，接着掉头向修道院跑来。

"有六七个人——有些穿着制服。"看着他们越来越近，院长喃喃地说着。

"是先生和他的陪同，我确定。"

"但他们怎么会跟游牧民混在一起？幸亏昨晚我没让你派人去接。他们跟游牧民在一起干吗？"

"看来游牧民好像是向导。"高尔特神父皱着眉头说。

"狮子怎么会愿意与绵羊为伍呢？"

那队人快到门口了，保罗师干咽了口唾沫。"好了，我们最好预备迎接他们吧，神父。"他长叹一声。

等牧师们从围墙顶下去，旅行者已经到了围墙门外，一个骑手离开队伍，骑马小跑上前，下马递上文书。

"是佩克斯的保罗师吗？"

院长鞠了个躬。"愿意为您效劳，塔德奥先生。我们以圣莱博维茨的名义欢迎您，以其修道院的名义欢迎您，以第四十代传承人的名义欢迎您的到来。请随意，我们将为您服务。"这些话都是掏心掏肺的，多年之前就预备好了，等的就是这一刻的到来。听到一两声随口答复，保罗师缓缓抬起头来。

这一刻，他和学者的目光纠缠在了一起。他感到心中的热忱刹那间熄灭。那双冰冷的灰色眼睛，满是怀疑、贪婪和傲慢。那双眼睛打量着他，如同打量一件没有生命的古董。

这一刻，有可能成为桥梁，跨越整整十二个世纪的深渊。保罗曾一次又一次地热诚祈祷，期待通过他，历史上最后一位殉难的科学家能与未来握起手。深渊确实存在，这点很清楚。院长刹那间觉得，自己根本就不属于这个年代，他被时间的长河冲到了某个沙洲，搁浅在那里，而桥，根本不存在。

"来吧。"他温和地说，"维斯克莱修士会照料你们的马。"

他看着客人们在各自的房间安顿妥当，独自疲惫地回到书房，木雕修士脸上的微笑竟莫名其妙地让他想起老本杰明·以利亚撒那抹狡猾的笑容，说着"世人也是有一贯性的"。

◇ 18 ◇

"现在正如约伯时代。"朗读修士在餐厅的诵经台开始诵读，"当上帝的子民站在主的面前，撒旦也混迹其中。"

"主问他：'你从何处来，撒旦？'

"撒旦回答，一如旧时：'我在地球环游，从地心穿过。'

"主对他说：'那你认为那纯朴而正直的国君，我的某个仆人，是否憎恶邪恶，热爱和平？'

"撒旦答道：'某人平白无故为何要停止敬畏上帝？您不是赐予了他肥沃的土地，使他的国家最为强盛吗？然而您只要稍稍伸手，减少他的财富，壮大他的敌人，那时才能看出他是否会当面亵渎您。'

"主对撒旦说：'去看看他现在拥有什么，让它减少。由你去办吧。'

"于是撒旦离开上帝，回到人间。

"现在某某国君和圣洁的约伯并不相同，看到他的土地受到灾祸折磨，他的人民不如以往富足，而他的敌人日益强盛，他心生恐惧，不再信仰上帝，他暗自思量：趁敌人仍不及我富足，尚未刀剑相向，我必须先发制人。"

"于是，在那些岁月，"朗读修士继续念道，"地球上的国君铁了心肠，违背主之教条，他们的傲慢失去了底线。每一位君主都暗自思量：为其他君主的意志战胜，不如同归于尽。因为地球上每位国君都想拥有最强的力量，利用诡计、背叛和骗术，不择手段地妄图扩大统治。他们畏惧战争，确实为此日夜不安。上帝容许那个时代的智者学习一切可以毁灭世界的方法，他们手中被赐予大天使之剑，这剑有打败撒旦的力量，能让人和国君敬畏上帝，在主的面前保持恭顺。然而他们依旧傲慢。"

"撒旦对一些国君说：'不要害怕，用那把剑吧，智者们欺骗了你，说什么世界会因此而毁灭。不要听从怯懦者的建议，因为他们太过怕你。而且他们佯装为你服务反对你的敌人，背后在为你的敌人效劳。出击吧，你会发现，你是万王之王。'

"国君对撒旦的话字字留心，他召集国内所有智者征求意见，想知道如何毁灭敌人又不致殃及国内。但大部分智者都称：'王啊，这不可能，因为您的敌人手中也拥有我们给您的利器，一旦点燃，温度如同地狱之火，如同烈日暴怒。'

"'那你们为我另制一利器，比地狱之火还要灼热七倍。'国君命令道，他的傲慢已经盖过了法老。

"许多智者力谏：'不要啊，王，不要让我们做这种事。因为一旦为您点燃，单是这烈火之浓烟，也将毁灭无数。'

"这些回答激怒了国君，他怀疑智者们背叛了他。他派间谍潜入智者中间，引诱他们，威胁他们，智者们畏惧了。一些智者改变了答案，避开国君的怒火。国君又问了智者们三次，三次他们都回答：'不，王，如果这样做，您自己的子民也会消亡。'但是其中一位魔术师背叛了他的同伴们，他正如叛徒犹大，巧言辞令，欺骗所有人，告诉他们不必害怕辐射魔鬼。国君听信了这个名叫黑化的虚假智者的谎言，他派间谍在世人面前指责了许多魔术师。出于畏

惧，又有一些不那么明智的魔术师应和国君，声称：'可以使用武器，只是不能逾越这样或那样的限制，否则一切都将毁于一旦。'

"国君用新型烈焰痛击敌人的城市，三天三夜，他那巨大的投射器和铁鸟不停地在倾泻着愤怒。每个城市都被一轮太阳笼罩，那太阳比真正的太阳更明亮，城市顷刻萎缩，像蜡在火焰下熔化。街道上的人们定住了，像扔在煤堆上的一把柴，皮肤冒着烟。烈焰之怒慢慢褪尽，城市里处处都是火焰，惊雷响彻天宇，如同 PIK-A-DON 大锤[1]，一下一下地重重锤击，将城市完全摧毁。毒烟笼罩大地，夜里被烈火焚炙过的地面发着红光，烈焰留下的诅咒致使人脱皮、掉发，血液在血管中坏死。

"恶臭从地面冲上天空。地球满目疮痍，处处断壁残垣，如同罪恶之城索多玛和蛾摩拉。国君自己的领土也未能幸免，因为敌人没有克制怒火，以彼之道还施彼身。敌人点燃的烈焰吞没了国君的城市，和他们的国家一样，领土化为灰烬。大屠杀的恶臭让上帝憎恶无比，他对某国君说：'你在我跟前焚烧的是什么祭品？屠宰地里升起的是什么味道？你为我牺牲的是一只绵羊、山羊，还是一头牛？'

"国君没有回答，上帝说：'你牺牲的是我的孩子。'

"于是上帝将他和叛徒黑化一同处死，地球上瘟疫盛行，人类陷入疯狂，他们用石头砸死幸存下来的智者和权贵。

"而此时，有一个名叫莱博维茨的人，他年轻的时候热爱世俗的智慧，超过对上帝智慧的爱，可如今，眼见这样伟大而有益的知识无法拯救世界，他转而向上帝忏悔道……"

1　广岛原子弹受害者给原子弹起的名字，在日语中意为"电光轰鸣"。

院长突然急急地轻拍桌子，正朗读古代记录的修士立即不作声了。

"那是你们对此唯一的记录吗？"塔德奥先生浅笑着询问院长，目光穿过书房。

"哦，有几个不同版本。在细节上有所出入。没人确定是哪个国家先开的火——不过这不重要了。朗读修士所读的是圣莱博维茨死后几十年的记录——很有可能是最早的版本之一——那时刚刚可以安全写作。作者是一位经历过那次毁灭的年轻修士。他从莱博维茨的信徒那里得到了二手资料，就是当时最早的运书者和记忆者，他喜欢模仿《圣经》记录历史。我怀疑到底有没有一个关于烈焰灭世的完整准确的记录。那辐射范围如此之广，任何人也没法看到整体。"

"那个名叫某某的国君是哪片土地上的王？还有那个叫黑化的，又是谁？"

保罗院长摇摇头。"就连这个记录的作者也不确定是何许人。我们汇集了支离破碎的信息，足以知晓一点，即大屠杀前，当时有些比较小的头目也拥有这种武器。这现象不单单在一个国家出现，某某和黑化也可能是某个团体的统称。"

"是啊，我也听说过类似的传说，显然发生过什么可怕的事情。"学者沉声说道，突然他扬起了声音，"那我什么时候可以开始检查呢——您叫它什么来着？"

"《大事记》。"

"是啊。"他叹了口气，接着对着角落里的圣人雕像心不在焉地笑了笑，"明天可以吗？是不是太早了？"

"您愿意的话，现在就可以开始。"院长说，"请不必客气。"

地下室里烛光朦胧，只有几个穿黑袍的修士在隔间里来回踱步。安布鲁斯特修士在石梯脚下的小房间里，燃着快熄灭的蜡烛，阴着脸研读他的记录。伦理神学的隔间里，影影绰绰亮着灯，一位黑袍修士抱着古代手稿缩在一角。此时刚过晨祷，修士们大都回到自己的岗位履行职务，图书馆几乎空无一人。得到晚上圣言诵读时，人才会到。而这天早晨，地下室要拥挤一些。

三位修士在新机器背后的阴影里无聊地晃来晃去。他们双手拢在袖子里，盯着站在楼梯脚下的第四位修士。第四位修士则耐心地站在楼梯平台上，仰头向楼梯入口处的第五位修士示意。

科恩霍尔修士则像一个焦虑的家长，不停地摆弄他的装置。可等他再找不到可以扭的金属线，看不出哪里还要调整或需重调时，他终于走到自然神学的隔间歇息下来，边读书边等待。本来可以利用这段时间对他的帮手们再说一遍最后的注意事项，但他还是决定静静等待。不知此时，这位发明家的头脑里，是否自然而然地意识到：他个人的巅峰即将到来。发明家脸上不露一丝痕迹。既然院长都懒得来观看机器的展示，科恩霍尔修士也不指望从别处得到掌声，他甚至已经克服了自己的幽怨，不再想以责怪的眼神去瞥保罗师。

楼梯口的嘘声让地下室的修士们再次紧张起来，虽然之前几次这样的提醒都没准过。显然没人通知这位杰出的学者，地下室有一项非凡的发明等待他查看。不过如果对他走漏了风声，那这项展示的重要性也被降到了最低。显然院长大人会留心这件事，他们都不再焦躁。这些都是他们在等待时，用眼神交换的信息。

这一次提醒的嘘声没有白搭。站在楼梯口等待的修士庄重地转过身，向楼梯平台的第五位修士坚定地颔首。

"起初，神——"他沉声吟道。

第五位修士转过身，对楼梯脚下第四位修士点头。"创造天地。"他低声续道。

第四位修士转身面向机器后的三位修士。"但地是空虚混沌。"他述说着。

"渊面黑暗……"三位修士齐声说。

"神之灵行于水面……"科恩霍尔修士喊道，将手中的书放回书架，链子哗哗作响。

"感谢造物者神灵。"整个小组齐声回应。

"于是神说：'要有光。'"发明者声音中透着命令。

楼梯上的守望人一一下来，各就各位。四位修士站到踏车旁，第五位修士候于发电机旁，第六位修士爬上书架梯子，坐到梯子顶端，脑袋砰地撞到拱门。他拿过饱经烟熏火燎、满是油污的面具，扣在脸上保护双目，然后摸索灯架和翼状螺丝。科恩霍尔修士站在下面紧张地望着他。

"于是就有了光。"终于找到了螺丝，他吟诵出来。

"神看光是好的。"发明者朝第五位修士喊。

第五位修士拿着蜡烛，俯身检查发电机，特意留心查看接触器。"他把光与暗分开了。"他最后接着。

"神称光为'昼'，"踏车的四人齐声念道，"暗为'夜'。"紧接着，他们用肩膀扛起转梁。

轮轴先是咯吱咯吱勉强开动，接着嘎吱嘎吱慢慢加速。车轮发电机开始旋转，修士们一边嘴里念念有词，一边用尽力气驱动转轮。发电机的转声从缓慢的呼呼呼呼，变成了嗡嗡嗡嗡，最后呜呜呜呜地急速旋转。看守发电机的修士在一旁急切地盯着，车轮越转越快，渐渐模糊成一片。"夜幕降临。"他开始念，接着停下来舔了舔两个手指，用它们碰触连线头。火花猛地一闪。

"魔鬼啊！"他大叫，向后一蹦，然后才惊魂未定地说完，"有了早晨，这是第一天。"

保罗院长、塔德奥先生和他的助手开始走下楼梯，科恩霍尔修士喊道："连接！"

坐在书架梯顶端的修士头撞到拱门，发出一声尖叫——刺目的光芒洒满地下室，这般灿烂的光辉十二个世纪以来从未出现过。

院长等三人在楼梯上愣住了。塔德奥先生用方言骂了一句，向后猛退一步。院长因为从未亲见过发电机测试，也不曾相信那些信口开河的说法，此刻脸色刷白，话说到一半再也说不下去。助手惊慌失措，僵立了一会儿，突然飞奔离去，大喊："着火啦！"

院长画着十字。"我不知道，竟是这样！"他喃喃自语。

学者从那一刹那的震惊中恢复，开始在地下室细细查看。他留意到了发电机，还有全力推动横梁的修士们。他的目光沿着被包裹的线路移动，看到了梯子顶的修士。他默默评估着车轮发电机的意义。一名修士站在楼梯脚下，目光低垂，沉静地等待。

"不可思议！"他叹道。

楼梯脚下的修士微微鞠躬回应，带着些许轻视。蓝白色的强光在房间里投下刀刃一样的影子，烛焰在强光的大潮里几不可见。

"比一千个火把照得还要亮，"学者继续叹道，"这肯定是一个古代的——但不对！绝不可能！"

他像一个失了魂的人，从楼梯上缓缓走下。在科恩霍尔修士身边站定，好奇地盯着他，看了好一会儿，接着步入地下室。他什么也没摸，什么也没问，只是盯着每件东西。他琢磨着这装置，研究着发电机——线路和灯本身。

"这简直不可能，但……"

院长缓过神了，走下楼梯。"你可以说话啦！"他悄声对科恩霍尔说，"跟他聊聊，我……我有点儿头晕。"

修士眼睛一亮。"您喜欢它，院长大人？"

"太恐怖了。"保罗师喘息着说。

发明家黯然神伤。

"这样待客会吓死客人的！学者的助理怕是已经吓疯了，我真是惭愧啊！"

"好吧，但确实很亮啊！"

"简直亮得令人毛骨悚然！你去和他聊聊，我想个办法致歉。"

而学者这边通过观察显然已有了判断。只见他快步走近发电机，表情严肃认真，举止干净利落。

"一盏用电的灯。"他说，"你们是怎么做到的？把它藏了这么多个世纪！这么多年我努力想研究出理论解决……"他有点儿呛住了，看样子在和自己的自制力猛烈交战，好像他是一个荒谬恶作剧的受害者，"你们为什么要掩藏它？这有什么重要的宗教意义吗？那是什么呢……"迎头而来的困惑让他说不出话。他摇摇头，环顾四周，好像要找个老鼠洞钻进去。

"您误解了。"院长颤巍巍地说，他紧紧抓住科恩霍尔修士的胳膊，"看在上帝的分儿上，修士，赶快解释！"

然而专家的骄傲已经被冒犯，没有镇痛剂可以安抚——当时如此，任何年代都一样。

◦ 19 ◦

经历那次不幸的地下室事件后，院长想方设法要弥补那一刻的不快。塔德奥先生并未流露出怨恨的迹象，听发明家讲完机器设计和生产的全过程，先生甚至还为自己对事情的草率判断向主人道了歉。然而道歉却让院长更加确信，大错已铸成。学者如同一位登山者，辛辛苦苦爬上山，达到"前所未有"的高度，结果却发现对手名字的缩写已经刻到了山顶的石头上——而且对手之前从未透露。保罗师想，这整件事的经过，对他来讲一定是个巨大打击。

保罗师原想马上把灯从地下室搬走，可学者坚持（也许是由尴尬而产生的坚定）灯光质量一流，那些年代久远、脆弱模糊、在烛光下无法辨识的文件，如今因为灯光明亮也能够细细阅览。学者还坚持要把它留下，因为他喜欢。但后来发现至少需要四位见习修士或候补见习修士才能保持发电机运转，调整好电弧间距，塔德奥这才请求将灯移走——然而这次轮到保罗师坚持将灯留在原处了。

于是学者在修道院展开了研究工作，其间不时会留意三位见习修士费力地转动发电机，而另一位修士端坐书架梯顶端不断调整，维持电灯不灭，尽管强光的照射让他晕眩——这种情形刺激诗人作诗一首，露骨地批判了名叫尴尬的魔鬼，以及他以赎罪和安抚为名犯下的暴行。

几天来，学者和他的助手一直忙于研究图书馆、文件的档案，还有《大事记》之外的修道院记录——比如确定了牡蛎的存在，这就为证实珍珠的存在提供了前提。科恩霍尔修士发现学者的助手跪在餐厅门口，一时间他自娱自乐地想，这家伙是不是在对着门上方的圣玛利亚像进行什么特别的仪式，然而幻想被工具的叮当声打断。助手正将木匠的校平仪置于入口处，测量几世纪以来修士们的凉鞋在石头地板上磨出的凹陷。

科恩霍尔走上前询问，助手答道："我们正试着找到方法测定日期。这个位置不错，适合确定磨损率标准。自从石头被安放在这里，每人每天要吃三顿饭，这样进出人数很容易估计。"

科恩霍尔不禁对他们的认真肃然起敬，但这个行为让他不解。"修道院的建筑记录非常完整。"他说，"他们能确切告诉你，每座建筑都是什么时候建的，厢房是什么时候添的。为什么不直接查呢？节省时间。"

助手无辜地抬头瞥了他一眼。"我们先生有句话叫：'纳约不说话，因此不说谎。'"

"纳约？"

"红河人信仰的一位自然之神。当然这里只是作为象征意义，即客观证据是最终权威。记录也许会说谎，但大自然不可能。"他留意到修士的表情有些黯然，赶紧补充，"不是暗指你们。这只是先生的一个信条，一切都必须以客观事实为参照。"

"很精彩的见解。"科恩霍尔喃喃地说道，接着弯腰查看这人绘制的地板凹陷处的剖面图，"真奇怪，这形状好像马耶克修士所称的正态分布曲线。为什么呢？"

"这不奇怪，脚印偏离中心线的可能性也遵循正常误差函数。"

科恩霍尔被迷住了。"我去喊马耶克修士。"他说。

院长实在不理解客人们检查房屋的行为。"为什么？"他问高尔特，"他们为何要对我们的工事详细绘图呢？"

副院长吃了一惊。"我从未听说过这件事。您指的是塔德奥先生？"

"不是，是陪同他前来的军官。他们正在系统地画工事图。"

"您是怎么发现的？"

"诗人告诉我的。"

"诗人！哈！"

"不幸的是，这次他说的是真话。他偷了一张他们的草图。"

"在您手里吗？"

"不，我让他还回去了，但我觉得此事不妥，不是好兆头。"

"我怀疑诗人一定为这条消息开了价。"

"古怪透了，他这次没有。他打一开始就讨厌学者。自从他们一来，他就走来走去自言自语。"

"诗人总是在嘟嘟囔囔。"

"但这次是认真的。"

"你怎么看？他们为什么画那些草图？"

保罗师抿着嘴说："除非别有苦衷，不然他们一定另有目的，而且极其专业。在围墙城堡里，修道院是成功的典范。经历了多少次围困和进攻，从未被拿下。也许正是这点唤起了他们的专业兴趣。"

高尔特神父沉思着越过沙漠向东望去。"想想看，若有一支军队要穿越大平原向西扫荡，那进军丹佛之前，他们很可能要在这地区的某个位置建筑要塞。"他默想了一会儿，突然像听见炸雷一样一脸惊恐，"而这里就有现成的堡垒。"

"恐怕他们也想到了。"

"你觉得他们是作为间谍被派遣来的吗？"

"不，不会！我怀疑汉尼根本人都没听说过我们。但是他们都是军官，既然到了这里，就会忍不住四处查探，获取情报。他们很有可能向汉尼根提起我们。"

"你打算怎么办？"

"我还不知道。"

"为什么不和塔德奥先生聊聊这件事呢？"

"这些军官不是他的仆人，他们只是陪同和保护他的护卫队。他又能起什么作用呢？"

"不管怎样，他是汉尼根的亲戚，也有些影响力。"

院长点了点头。"我会想办法就这个问题找他接触。不过我们先耐心观察，不要轻举妄动。"

接下来几天，塔德奥先生已经完成了他对牡蛎的研究，显然很满意，关于牡蛎的传说并非空穴来风，接下来他就可以专心研究珍珠的存在了。这个任务可不轻松。

塔德奥审查了大量摹本。那些更为珍贵的书籍从书架上取下时，锁链留恋地叮当作响。由于原稿本身存在部分缺失或模糊不清，因此完全信任抄写人的理解和视力并不明智。于是自莱博维茨时期以后的手稿也被郑重取了出来。它们被存于密封的桶中，锁在专门安置这类资料的储藏室中，不知被尘封了多久。

"太了不起了！"他在两种情绪之间游离不定，欢喜雀跃，又有可笑的怀疑，"来自二十世纪物理学家的论文片段！等式居然还具有一贯性！"

科恩霍尔扭过头看了看。"我见过。"他屏住呼吸轻轻叹道，"我一点儿也摸不着头脑，这个主题关系重大吗？"

"我还不确定。这数学公式美极了，真是美极了！看这里——这个表达式——注意它简洁到极致的形式。看根号下的符号——看起来像两个导数的推算结果，然而却代表了整整一系列的导数。"

"怎么可能？"

"指数排列开是一个展开的表达式，不然，它不可能表示直线积分，那就和作者说的不相符了。这真妙！再看这里——这个看起来是简单的表达，实则具有欺骗性。显然它代表的不是一个，而是整整一个体系的等式，形式极简。我花了两三天才意识到，这位作者所思考的关系——并不只是数量对数量，而是整个系统对其他系统。我还不能弄清楚这公式中涉及的一切物理量，但其中数学的精妙简直……简直无与伦比！就算这是个作伪的骗局，那也极具启发性！而若这是真的，我们简直幸运得无以复加。不管怎样，这都很了不起。我一定要看看所能找到的最早版本。"

又一个铅封的木桶从储藏室滚了出来，马上就要被打开，图书馆馆长不禁深深叹息。安布鲁斯特仍然对塔德奥先生充满戒备，尽管这位世俗学者在过去两天里就揭开了谜团的一角，让尘封了十二个世纪的奥秘有望被一一发掘，可图书馆馆长依然不屑一顾。对《大事记》的保管员来说，每打开一次封桶，就意味着桶中收藏的生命被缩短了一次，因此他毫不掩饰自己对整个进程的反对。作为图书馆馆长，他一生的使命就是保存书本，书籍存在的重要理由就是要被永远地保存下去，使用是第二位的。如果使用会缩短书籍寿命，那就应该避免。

时间一天天过去，塔德奥先生对工作的热情也日益高涨。学者查阅的灭世前的科学文本资料越来越多，早前抱定的疑虑也随之慢慢烟消云散，院长见状舒了一口气。学者之前的调查并没有清晰的研究范围。可能刚开始时，他的目标相当模糊。而如今，他显然胸有成竹，工作起来干净利落、精心准确。觉察到有什么东西正要见到曙光，保罗师决定要为报晓公鸡准备一方栖木，免得它无处宣布黎明的到来。

"大家对您的工作很感兴趣，"他对学者说，"我们希望能了解一下。要是您不介意的话不妨谈谈。当然，我们很多人都听说过您在大学里的理论著作，可这对我们大多数人来说都太过晦涩。您是否可以用——呃，大众化一些的名词给我们讲讲，让非专业人士也听得懂？大家在我跟前抱怨了很久，怪我不曾邀请您讲课，但我想您可能更愿意先熟悉一下这里的环境。当然要是您不愿意……"

学者一直盯着院长的头顶，好像要为他夹上卡尺，进行全面测量。学者疑惑地笑了笑。"您想让我用尽可能简单的语言解释我们的工作？"

"是这样的，如果可能的话。"

"就是这个问题。"学者笑了起来，"未经过科学训练的人读完一份自然科学的报告就会想：'真不明白为什么他不能用简单的语言解释呢？'他不可能想到，他刚刚读过却摸不着头脑的语言正是最简单的——对于这种主题来说就是这样。事实上，自然哲学很大程度上就是一个语言简化的过程——是致力于发明一种语言，用占半页纸的等式，表达用一千页纸的所谓的'简单'语言也说不清的道理。您清楚我的意思吗？"

"我想我能理解。您既然这么说，那可否跟我们聊聊您跟《大事记》相关的研究工作？——要是研究方向还没成熟那就算啦。"

"哦，没有。我们现在非常清楚我们的研究目标和研究途径，只是离完成还需要很长时间。很多碎片必须一一拼凑完整，它们不属于同一幅拼图。我们还不能预知从中能整理出什么，但起码已经确认了无法获得什么。可以说这项工作充满希望。我不拒绝解释大体的工作范围，但……"他又犹疑地耸了耸肩。

"什么问题？"

学者看起来有些尴尬。"只是对受众的接受能力有些不确定，我可不想冒犯任何人的宗教信仰。"

"怎么可能？谈的难道不是自然哲学的问题吗？要不就是物理科学？这并不冲突。"

"没错，但很多人对世界的看法都蒙上了宗教色彩……呃，我是说……"

"但如果您的主题是关于客观世界，那怎么可能冒犯到呢？何况在我们中间，大家等待了十几个世纪才看到世界重新对自身感兴趣。也许听起来像自夸，但我不得不说，我们修道院里也有一些非常聪明的自然科学爱好者，像马耶克修士、科恩霍尔修士……"

"科恩霍尔！"学者眯着眼睛抬头看了看弧光灯，又眨着眼望向别处，"我不明白这东西！"

"灯吗？但您一定……"

"不，不，不是灯。看见它确实能用当然会令我震惊，可一旦缓过神，就会发现它的构造其实很简单。在纸上假设一些不定因素，再猜测一些不可知数据，很容易推导出工作原理。但从不确定的假设猛地跳到能工作的模型……"学者紧张地咳了一下，"是科恩霍尔这个人让我想不透。做这个小玩意儿，"他指了指发电机，"需要从理解原理开始，经过二十年的前期试验。可科恩霍尔避开了前期实验，一个跳跃就到了终点。您相信真的有上帝保佑吗？我不相信，那这真是奇迹，竟用车轮子！"他大笑，"他要是有个机器铺子，那得整出什么来？我不明白把这样的人关在修道院里做什么。"

"也许科恩霍尔修士能向您解释。"保罗师尽量不动声色地说。

"也许，好吧——"塔德奥先生的视觉卡尺又开始检测老牧师了，"要是您真的觉得听了非传统观点，没人会觉得被冒犯，我倒很乐意探讨我们的工作。但这可能跟一些既定偏……呃……既定看法相冲突。"

"好！那将会很精彩。"

确定了时间，保罗师放心了。通过这样的自由交流，天主教修士和世俗自然调查员之间的鸿沟一定会被缩小，他想。科恩霍尔不是已经缩小了些许差距吗？更多交流可能是缓解紧张的最佳处方。只要学者看到主人并非他所想的不可理喻的反智分子，那疑虑和踌躇不就烟消云散了吗？保罗对自己先前的担忧感到有些羞耻。他默默忏悔：主啊，请您对这个好心的蠢货耐心一些吧！

"但您还是不能忽视军官和他们的草图。"高尔特提醒道。

◇ 20 ◇

在餐厅诵经台上，朗诵者正在吟诵通告。烛光通明，众多长袍修士的脸被照得发白，他们一动不动地站在凳子后面，等待晚餐开始。朗诵者的声音在餐厅高高的圆顶下回响。天花板在深沉的黑暗中不见踪影，下方的木质餐桌上烛光闪耀。

"尊敬的院长大人命我宣布，"朗诵者扬声念道，"今夜斋戒暂免，有客人同席，你们或已有所耳闻。今晚设宴款待塔德奥先生一行，所有修士可共享盛宴。可以吃肉，可以交谈——但不得大声喧哗。"

见习修士中爆出一阵声音，像是压抑的欢呼声。餐桌布置好了，食物还没端上，但巨大的晚餐托盘代替了以往盛粥的小碗，可见盛宴即将开始，引得人胃口大开。熟悉的牛奶杯留在餐橱里，最好的酒杯取而代之。长席上还处处点缀着玫瑰花。

院长在走廊停下，等待朗诵者读完。他扫了一眼餐桌上的席位，自己的、高尔特神父的、尊敬客人的，还有他的陪同人员的。厨房又算错了，他想。一共预备了八个席位，三位军官、学者和助手，再加上两位牧师，一共七位——除非——可能高尔特神父邀请了科恩霍尔修士同席。朗读者宣读完通告，保罗师就步入大厅。

"跪下。"朗读者扬声喊道。

长袍修士们如军人一般整齐地跪下，由院长为他们祈福。

"起身。"

众人起立。保罗师在特设长席上就座，回头扫了一眼入口。高尔特应该引其他人过来。之前他们一直都在客房用餐，而不是在餐厅，免得他们要遵守修士们饮食清淡的苦行。

客人走了进来，他用目光寻找科恩霍尔修士，但修士并没有和他们一起。

"为什么设了八个座位？"等众人落座后，他低声询问高尔特神父。

高尔特一脸茫然，耸了耸肩。

学者在院长右边落座，其他人一一挨着落座，只剩院长左边的位置空着。他转身召唤科恩霍尔加入他们，但还没等搜寻到修士，朗读者就继续吟诵起序祷来。

"祈祷吧。"院长应声说，于是众人埋首祷告。

祷告时，有人悄悄溜到了院长左边的座位上坐下。院长皱了皱眉，但没有抬头看这个胆大妄为的罪人。

"……和圣灵，阿门。"

"落座。"朗诵人喊完，众人各自就座。

院长狠狠盯了一眼左边那个不速之客。

"诗人！"

受伤的诗人深深鞠了一躬，微笑着说："晚上好，大人们，博学的先生，卓越的主人。"他开始发表演说了，"今夜我们吃什么？用烤鱼和蜂巢来庆祝我们即将迎来的短暂复兴吗？或者是您，院长大人，终于烧了村长的那只鹅？"

"我想烧的是……"

"哈！"诗人长啸，接着殷勤地转向学者，"在这里能享用此等佳肴，哦，塔德奥先生啊！您应常常加入我们。我猜在客房您吃到的只有烧野鸡和见怪不怪的牛肉。耻辱啊！这里的餐食居然更好。我希望厨师修士一如往常，能尽兴发挥，燃起小宇宙，点石成金。啊……"诗人搓手傻笑，一脸馋相，"也许我们今晚有幸能吃到他那受过神灵指点的'素猪肉烧约翰修士玉米'，呃？"

"听起来很有趣。"学者说，"那是什么？"

"驴奶炖肥狳和玉米，周日常备特色菜。"

"诗人！"院长厉声喝止，接着对学者说，"我为他的出现深感抱歉，他并不在受邀之列。"

学者似乎毫不介意，颇有兴致地打量诗人。"我们的汉尼根大人也留了些宫廷小丑在身边。"他告诉保罗，"我对这类人很熟悉。您不必为他道歉。"

诗人从凳子上起身，在学者跟前深深鞠躬。"请让我代院长致歉，阁下！"他深情地喊道。

好一会儿都没人吱声，冷眼看他在那里鞠躬，等着他收起愚蠢的举动。然而，他突然耸了耸肩，旁若无人地坐了下来，瞥见候补见习修士桌上有一盘熏鸡，于是用刀一捅，扯下一条鸡腿，兴高采烈地啃了起来。他们都莫名其妙地看着他。

"我想您是对的，选择不接受我代院长致歉。"他最后对学者说。

学者脸色微红。

"趁我还没把你扔出去，你这可怜虫，"高尔特说，"让我们看看你到底有多邪恶。"

诗人轻晃着头，沉思着大声咀嚼。"非常邪恶，没错。"他自己承认。

总有一天高尔特要被他气得上吊，保罗师暗想着。

年轻的神父气恼极了，想借这件事让诗人在大庭广众之下丢人，然后再狠狠收拾这蠢货。"那诗人，为你的主人道歉吧，说详尽些。"他命令道，"解释清楚你为什么这么做。"

"好啦，神父，好啦。"保罗师赶紧阻止。

诗人宽厚地冲院长笑笑。"没关系，大人。"他说，"我一点儿也不介意为您道歉。您为我道歉，我替您道歉，这不是展示慈爱和善意的最好策略吗？没人愿意为自己道歉——那总是很屈辱。依我看，其实大家都该让别人来帮忙道歉，而不需要亲自道歉。"

只有几个军官觉得诗人的回答有趣。显然对幽默的期待足以制造幽默的幻觉，喜剧演员一个手势、一个表情都能引来哄堂大笑，说了些什么并不重要。塔德奥先生干巴巴地咧了咧嘴，但那表情像是受训的动物在笨拙表演时才摆出来的。

"所以呢，"诗人继续道，"如果您允许我做您卑微的助手，大人，那您将永远也不会因为亲自道歉而丢脸。我来做您的道歉代表，比方说，我可以代表您向贵宾道歉，因为房间里有臭虫；同时向臭虫道歉，因为突然换了伙食。"

院长怒目而视，强忍下冲动，没有用鞋跟去踩诗人光着的脚趾。他踢了这家伙的膝盖一脚，但这蠢货还不住口。

"我愿为您承担一切指责，这理所当然。"他边说边大嚼肥肉，发出刺耳的噪声，"这项制度很好，我本来为您预备了一套，无与伦比的学者。我确信您会发现它的方便之处。我明白科学在进步之前，逻辑和方法论体系必须更多样、更完善。而我的可协商可转移道歉对您将有重大价值，塔德奥先生。"

"'本来'是什么意思？"

"是的，很可惜。有人偷了我的蓝顶山羊。"

"蓝顶山羊？"

"它的脑袋像汉尼根一样秃，颜色跟安布鲁斯特的鼻尖一样蓝。那本来是我为您准备的礼物，但在您来之前被哪个懦夫盗走了。"

院长气得咬牙切齿，鞋跟正悬在诗人的脚趾上方。塔德奥先生微微皱眉，但看起来是决心要弄清楚诗人这一连串话中有话的言语里隐藏了什么含义。

"我们需要一只蓝顶山羊吗？"他问助手。

"我看没有这方面的紧迫需求，先生。"助手回答。

"需求很明显！"诗人反驳道，"他们说您在写一些方程式，有朝一日能颠覆世界。他们说新的曙光已经出现。如果有了光，那一定要有人为过去的黑暗受千夫所指。"

"啊，是替罪羊啊！"塔德奥先生瞥了一眼院长，"无趣的笑话，他就这点儿本事吗？"

"他并不是我们的人。咱们还是谈些有意义的事——"

"不，不，不，不！"诗人厉声反对，"你误解我了，智者。这只山羊不应横遭指责，而当得到供奉和景仰！当用圣莱博维茨赠予您的王冠为它加冕，感谢它让光明重归大地。然后指责莱博维茨，将他逐入沙漠。那样你就不用戴上第二顶王冠了，那顶由荆棘编成的责任之冠。"

诗人的敌意毕现，他已经不用幽默打掩护了。学者目光冰冷地盯着他。院长的鞋跟再次挪到诗人脚趾上方，再次和踩下去的意念对抗。

"什么时候，"诗人说，"等您的赞助人的军队占领这所修道院，这只山羊就可以被拉到院子里，一有陌生人路过，就教它叫'除了我没人，除了我没人'。"

一位军官从凳子上猛地站起，嘴里愤怒地骂骂咧咧，反身去拔军刀。寒光出鞘，足有六寸，军官虎视眈眈地威胁诗人。学者抓住军官的手腕，想将刀送回刀鞘，然而却像拉大理石雕像的手臂一样，使不上力。

"啊！军人大画家！"诗人不要命地讥讽道，"您所画的修道院守卫图真是展示了艺术……"

军官怒骂一声，钢刀完全出鞘。幸而他的同伴拉住了他，阻止他一刀戳出。修士们惊愕地匆忙站起，人群一片骚动。而诗人仍泰然自若，保持微笑。

"……艺术前途，"他继续道，"我想总有一天，您所绘的那些防卫工事草图将被挂于博物馆，作为佳……"

一声干脆的"咔嚓"从桌子底下传来。诗人顿了一下，吐出叉骨，脸色刷白。他又用力嚼了几口，咽了下去，脸色愈加惨白。他直愣愣地仰头望着。

"您快把它踢下来啦！"他用没嚼东西的半张嘴呜呜地说。

"说够了？"院长问，脚下仍在暗暗使劲。

"我想我被骨头卡住了。"诗人承认。

"你想离席吗？"

"恐怕必须离开了。"

"真可惜。我们会想念你的。"保罗最后踢了一脚，"那你可以走了。"

诗人猛地呼出一口气，抹了抹嘴巴，站起身来。他仰头喝干杯中的酒，将酒杯扣于托盘中央，一气呵成的动作迫使众人目不转睛地关注他。他用拇指拉下眼皮，把头低向弯成杯状的掌心，向下一压。眼球跳出，落入手心，得克萨卡纳一方传出一片抽气声，他们显然不曾注意到诗人的假眼球。

"小心看好他。"诗人对玻璃眼球嘱托道，接着放在倒置酒杯的杯底，让它狠狠地盯着塔德奥先生，"今晚愉快，大人们。"他愉悦地对这群人说完，转身就离开了。

愤怒的长官低声咒骂一句，挣脱了他同伴的束缚。

"把他带回自己的房间，让他坐着直到平静下来。"学者对他们说，"最好看着他，别让他借机去找那个疯子算账。"

等怒气冲冲的军官被护卫拽走，学者对院长说："我很抱歉，他们并非我的仆人，我无法给他们下达命令。但我向您保证，那名军官会老实。要是他胆敢拒绝道歉，不马上离开，明日中午前，他就得拔剑和我较量。"

"不要杀戮！"牧师请求，"这没什么，我们都忘了刚才的事吧。"他的手抖个不停，面色灰暗。

"他必须先道歉，再被放逐。"塔德奥先生坚持道，"或者我该提议处死他。不用担心，他不敢跟我动手，因为就算他赢了，汉尼根也会把他钉到柱子上示众，还会逼迫他的妻子……请别担心，他会道歉然后离开的。同样，我很羞愧会发生这样的事。"

"诗人一出现，我就该把他扔出去。是他惹出这么多祸事，我未能及时阻止，明显是他故意挑衅。"

"挑衅？那个无赖蠢货只是编造了一堆谎言，可乔瑟德的反应就像被戳中，好像诗人的控诉是真的一样。"

"这么说您不知道他们准备了一份完整的报告，报告里综合评价了我们修道院作为军事要塞的价值？"

学者惊得下巴像要掉了。他不可置信地盯着一位牧师，又看向另一位。

"这是真的吗？"沉默许久之后，他问道。

院长点点头。

"可你们还允许我们继续留下。"

"我们不保守秘密。你的同伴们想了解这里，我们就欢迎他们做那些研究。我不会擅自询问他们需要这些信息的理由。诗人的假设，当然只是一种假设。"

"当然。"学者没有底气地应声道，不敢抬头看东道主。

"你们的国君肯定不会像诗人暗示的那样，对这个地区有军事野心吧？"

学者并不答话，院长继续自顾自地说话。

"肯定不会。就算他有这种想法，我相信他身边一定有智囊——起码会有顾问引导他——让他明白我们修道院作为存储古代智慧的宝库，比作为军事据点要重要很多倍。"

学者察觉到院长言辞中的恳求之意，他是在暗暗乞求帮助。学者埋头思索，轻轻拨弄着食物，一时间什么也说不出。

"返回大学前，我们会再谈这个问题。"他沉静地许诺。

盛宴的幕布已经拉上了。餐后，庭院里歌声响起，幕布又渐渐拉开。等到学者做好准备到大厅演讲时，幕布已然完全消失，新的一幕开始上演。尴尬场面似乎告终了，大厅里看起来又是一片和睦。

保罗将学者引上诵经台，高尔特与学者的助手跟在后面走上讲坛。院长介绍完学者，下面响起热烈的掌声。接下来大厅一片安静，如同即将裁决的法庭。学者没有演讲天赋，但他的裁决足以让修道院的众人心满意足。

"我很惊讶，在此地找到了这么多宝藏。"他告诉他们，"几周前，我无论如何也不愿相信，也不曾相信，你们的《大事记》中所保存的记录，从上一个伟大文明覆灭至今依然幸存，甚至到现在也难以置信。但证据迫使我们接受这个假想：文件确实是真的。它们的幸存本身就是个奇迹。但对我来说，更不可思议的是它们在过去一个世纪都默默无闻，直到如今才重见天日。本世纪早已有人能够欣赏它们的价值——不仅仅是我自己。若能早些现世，卡施勒先生在世时也许就能着手研究——七十年前就能开始。"

听到像学者这样的天才如此赞美《大事记》，台下众修士都喜气洋洋。保罗师不懂为何他们就察觉不出演讲者言语背后隐藏的憎恨——或者仅是怀疑？"要是十年前我就得知这些资源，"学者说，"我在光学领域的很多工作就不必做了。"啊哈！院长想，原来是为这个，或者部分是因为这个。他发现了他的很多发明只是重新发掘，这让他心里不是滋味。而且他肯定意识到，他这一生，也只能做众多著作的发掘人了。纵有天赋奇才，他也只能做前人做过的工作，直到世界发展到烈焰灭世前的文明高度，他才可能摆脱这个命运。

不管怎样，显然塔德奥先生还是被震撼了。"我在此地的时间有限，"他继续说，"据我观察，估计需要二十位专家花费几十年才能完全将《大事记》提炼成可以理解的信息。物理科学的发展通常需要归纳推理，再经过实验测试，但在这里纯靠演绎推断。从一堆普遍原理的碎片里抓住核心，这常常是不可能的。比方说——"他停下来掏出一摞笔记，快速翻找，"这是我从地下室找到的一段记录。源自一本貌似高等物理课本的书，第四页节选。你们有些人可能看过。"

"'如果以空间术语表示事件节点彼此的间隔，这间隔可以说成类空间，这样就可以选择一个坐标系——由观察者选定，速率要在可接受范围内——在这里，事件同时发生，因而只有空间不同。然而如果间隔是类时间的，那在任何坐标系中，事件都无法同时发生。但若存在一个空间概念完全消失的坐标系，事件间的间隔将纯依靠时间，即发生于相同地点，但时间不同。现在通过调查真实间隔的极值……'"

他奇怪地笑了笑，抬头看："近来有人读过这段引文吗？"

底下满是茫然的表情。

"有人记得曾看过吗？"

科恩霍尔和其他两位修士迟疑地举起了手。

"有人知道这是什么意思吗？"

举起的手又快速缩了回去。

学者笑了笑："后面跟了一页半的数学公式，我也弄不懂，但它看待我们熟知的基本概念的方式好像一点儿也不基本，而是会随着观察人的观点不断变化的虚像。最后一页到'因此'就没了，之后的几页被烧毁了，那里面包含了结论。推理没有任何缺陷，公式相当优雅，我自己都可以据此推出结论，看起来就像是疯子才会得出的结论。它始于假设，而且看起来也很疯狂。这是恶作剧吗？如果不是，那它在古代科学庞大的体系中占什么位置呢？要理解它需要什么先决条件？接下来又将怎样？如何验证？这些问题我无法回答。这仅仅是你们常年保存的文档里，众多谜团中的一个。天使学家和神学家的推理从不涉及经验和实验，物理学家则不会。然而对于这些文档中所描述的体系，我们闻所未闻。它们得到古人的实验验证了吗？一些参考似乎暗示了这一点。一篇文章中提到元素蜕变——我们最近才确定，这在理论上不可行——然而它却提到'经实验证明'。是怎么做到的？"

"要想评估并理解这一切，可能需要几代人的努力。不幸的是，它们必须待在这个外界无法接触的地方，而这项工作需要无数学者的一致努力。我确信你们也意识到了，你们当前的设施并不完善——对外界'不可接触'又是更大的障碍。"

院长坐在学者的身后，开始对他吹胡子瞪眼，等着还有什么更糟的话要说，然而塔德奥先生并没有提及。可他的讲话却继续替他表明心意，即这样的遗产应该属于更有实力的人，不应该属于莱博维茨阿尔伯特修道院的一群修士，而当前的状况却反了过来，这荒谬至极。大概是察觉到大厅里越来越浓的不安情绪，他很快将话题转移到最近的课题上——对光的特性进行更深入的研究。修道院里的一些珍本被证明很有帮助，他希望能很快设计出实验方法来测试它的理论。针对光的折射现象进行一番讨论之后，他顿了顿，带着歉意说："我希望这不会冒犯任何人的宗教信仰。"接着犹疑地环视一周，看到人海里的面孔仍是一片好奇和茫然，他又继续讲了一会儿，接着进入提问环节。

"您介意台下的人提问吗？"院长问。"当然不会。"学者表情犹疑地答道，像是在说："还有你，布鲁图？[1]"

"我是想知道，关于光的折射性，您觉得哪一点可能会冒犯到

---

1 "Et tu, Brute？"是一句拉丁语名言，后世普遍认为是恺撒临死前所说的最后一句话。这句话被广泛用于西方文学作品中关于背叛的概括描写。恺撒遭到反对君主制的罗马元老院议员刺杀时，行刺者包括他最宠爱的助手、挚友和养子布鲁图。见布鲁图持刀刺来，恺撒绝望地说出了这句遗言，掩面放弃了抵抗。

宗教呢？"

"呃……"学者不自在地顿了一下，"阿波罗大人，您知道吧？他对这个主题深恶痛绝。他说洪水灭世前，光是不可能折射的，因为彩虹本是……"

整个礼堂笑声一片，淹没了学者的回答声。等院长挥手示意他们静下来，塔德奥先生已经面红耳赤了，保罗师强忍着笑容，保持严肃形象。

"阿波罗大人是个好人，好牧师，但只要是人，难免有时会犯傻，作为门外汉时尤其如此。我很抱歉我问了这个问题。"

"这个回答让我松了口气。"学者说，"我不想引起冲突。"其他人不再提问，学者便继续进入第二个主题：其大学的发展和当前活动。他描绘的是一幅欣欣向荣的画面。学院既有教育功能，又有研究功能，识字的世俗之人对自然哲学和科学的兴趣也与日俱增。学院得到大量捐赠，这都是文化复兴的征兆。

"我想介绍一下我们最近所做的一些调查和研究。"他继续讲道，"布莱特研究气体的变化和气候；由维奇·莫拓恩先生正在钻研人造冰的可行性；弗里德·阿尔伯先生正探索一种切实有效的方法，在电线上通过电物质传递信息……"列表很长，修士们为之震撼。这些研究跨越了多个领域——医学、天文学、地质学、数学、机械学等等。有些听起来不切实际且考虑不周，但大部分都能对理论知识和实际应用做出巨大贡献。从耶伊内对万能药的探索到波道克对传统几何学的猛烈抨击，大学里热火朝天的活动无不表明，人们执着于开启自然的秘密档案。这档案已被封锁了一千多年，当时人类系统烧毁了一切记忆，判处自我患上了文化健忘症。

"除却这些研究，马霍·马赫先生正在主持一个项目，旨在搜寻有关人类起源的更多信息。因为这主要是一项考古任务，他嘱托我完成自己的研究后，在你们图书馆里搜寻与此相关的一切资料。但我最好不要对此多说什么，因为这可能引起神学家的反对，不过要是有什么问题……"

一位年轻修士站了起来，学者认出他是个教士研习生。

"先生，我想请问您是否知道圣奥古斯丁[1]对这个主题的看法？"

"我不知道。"

"他是一位四世纪的主教和哲人。他曾提出万物之始，上帝以胚种的形式创造了一切，也包括人的生理系统。而这胚种以自己的方式受精，这方式是多种多样的——接着逐渐进化形成了更加复杂的形状，最终成为人。请问你们考虑过这种设想吗？"

学者没有直说这提议幼稚，但挂在脸上的笑容一看就是讥笑。"恐怕还没有，不过我会查清楚的。"他嘴里说着，但一听就知道那只是敷衍。

"谢谢。"年轻的修士说完，毕恭毕敬地坐下了。

"不过呢，大概最大胆的研究，"这位贤人继续讲道，"要数我的朋友伊瑟·肖恩先生的课题。他想动手合成生物。伊瑟先生希望只用六种基本元素合成活的原生质。这项工作将能够……什么？您有问题？"

坐在第三排的修士站了起来，向演讲者鞠了个躬。院长探头凝视，吃了一惊，那是图书馆馆长安布鲁斯特修士。

1　圣奥古斯丁（Saint Augustine，354—430），其著作《忏悔录》被称为"西方历史上第一部自传"，至今仍被传诵。

"请您帮老人家一个忙，告诉我，"修士缓慢地拖着粗哑的嗓音说，"这个伊瑟·肖恩先生把自己限制在六种元素里，真是有意思。我在想他们允许他双手一起上吗？"

"什么意思？我……"学者愣住了，皱了皱眉头。

"我可不可以再问一句，"安布鲁斯特那干巴巴的声音又刺耳地响起，"这个精彩的把戏是要坐着表演还是站着？是要趴着还是要骑在马上吹俩喇叭？"

见习修士们扑哧笑出声来。院长立刻站起身。

"安布鲁斯特修士，我正式警告你，赎罪之前不得再到公共餐桌。到圣母堂等着吧。"

图书馆馆长又鞠了个躬，轻手轻脚地走出大厅，一副谦卑的样子，可眼神里却透着得意。院长低声向学者道歉，但学者的目光瞬间冰冷如剑。

"总之，"他说，"在我看来，这是即将开始的知识革命的一个大纲，人们将从中获得这些成果。"他的双眼好似燃起了熊熊火焰，环视大厅，声音由波澜不惊变得慷慨激昂："无知一直统治着我们。自从帝国灭亡，它就霸占了人类王座，无可动摇。它的王朝历时久远，它的统治绵延至今。过去有学者确认了这一点，但他们未采取任何行动推翻它。"

他继续说道："明日，世界将迎来一位新的国君。有理解力、通晓科学的人将随侍左右，宇宙将见证其伟大。它的名字就叫真理，它的国土将覆盖地球。人类对地球的统治将登上新台阶。再过一个世纪，人类将乘机器鸟翱翔于天际，金属车将沿着人造石路一路驰骋，楼高三十层，船能海底行，一切工作将交与机器完成。"

"但这当如何实现？"他顿了顿，压低了声音，"恐怕要历经一番激烈的变革，我很难过，但事实如此。它将历经暴力和剧变，蒸腾烈火和怒焰，因为没有什么变革能平平静静地来到世界。"

人群里传来轻不可闻的低语，学者环顾四周。

"尽管我们不情愿，但无法避免。"

"可为什么？"

"无知为王，它退位了，很多人就会失去利益。不少酒囊饭袋是靠它的黑暗专制才富甲一方。他们是它的朝臣，以它之名愚弄民众、统治天下、中饱私囊、把持权力。他们甚至害怕民众识字，因为文字这种交流渠道，可能让他们的敌人团结一致。他们的武器尖锐，使用武器的技巧娴熟。他们的利益一受到威胁，就会在世界引发战争，暴力无休无止，直到将现存社会结构碾为碎石，新社会拔地而起为止。我很难过，但据我所见，这是事实。"

这些话给大厅蒙上了新的阴影。听到学者对未来的展望，给出的预言，保罗师的希冀灰飞烟灭。塔德奥先生显然知晓他们国君的军事野心。他可以选择支持或者反对，或是看作他个人控制之外的现象，跟洪水、饥荒或龙卷风一样。

显然，他把这些视作无法避免——以此来免除道德谴责。血啊，武器啊，泪水啊……请随便吧。

这样的一个人怎么可以如此逃避良心、推卸责任呢——而且这么轻松！院长心头掀起了狂风暴雨。

他又想起了那些话……那些日子，上帝让智者懂得了让世界自行毁灭的方法……

他也让他们知道，如何使世界免于危难。上帝一如往常，总是让他们自己做选择。也许他们的选择正如塔德奥先生的选择一样，在众人面前洗净双手——你们自己看着办吧，千万别把我钉上十字架。

但他们还是被钉上了十字架，颜面扫地。无论是谁，因何被钉在上面，都一定要紧紧抓牢，一旦掉下来，他们就会砸……

大厅里突然一片寂静。学者停止演讲。

院长眨着眼环视大厅，此时半个大厅的人都紧盯着入口。他望过去，起初什么都没看清。

"怎么回事？"他小声问高尔特。

"进来一个老头儿，蓬乱的胡子，披着围巾。"高尔特低声回答，"看起来像……不，不可能……"

保罗师起身走到诵经台前，盯着阴影中那模模糊糊的身形，接着轻轻地喊了出来。

"本杰明？"

那人影向前挪着，拉了拉围巾，将它在瘦弱的肩膀上裹紧，一瘸一拐地慢慢走到光亮处。接着他又停了下来，一边四处环顾，一边自言自语。最后他看到了诵经台上的学者。

拄着歪歪扭扭的拐棍，老幽灵一般的人影蹒跚着慢慢靠向诵经台，眼睛一眨不眨地盯着台上的那个人。塔德奥先生开始还扯出一副故作幽默的窘迫表情，等到他发现所有人都一动不动也不吭声时，他的脸色变了，紧盯着这衰老的身影一步一步靠近。这个胡子拉碴的老头儿身上似乎燃烧着希望的火焰，犹如咄咄逼人的火苗在他体内汹涌蹿动，使他脱离了生命规则的束缚。

他走到诵经台前，停了下来，双眼紧紧盯着台上惊恐的讲者。他颤抖着嘴唇，笑了笑，颤颤巍巍地向学者伸出手，学者猛地一退，发出厌恶的轻哼。

本杰明身手矫健，跳上讲台，闪过诵经台，一把抓住学者的胳膊。

"真是疯子——"

本杰明紧捏学者的胳膊，满怀希冀地盯着学者的双眼。

他的脸色慢慢沉下来，燃烧的光彩也不见了。那抹永恒的苦笑又浮上老犹太人的嘴角。他转身面向众修士，无奈地摊了摊双手，夸张地耸了耸肩。

"依然不是他。"他酸楚地对他们讲完就蹒跚着离开了。

◇ 21 ◇

塔德奥到访修道院已经第十周了，信使带来不幸的消息。拉雷登国王命令得克萨卡纳部队立即撤出本国，接着当晚就被毒死了，拉雷登和得克萨卡纳两国公开宣战。战争极短，可以确定地说，开战当天就已结束。汉尼根如今控制了从红河到里奥格兰德河之间的所有土地和人民。

这些都在预料之中，可随之而来的消息却让人大惊失色。

上帝赐福的得克萨卡纳总督、信仰护卫、大平原最高牧者汉尼根，发现马库斯·阿波罗大人犯有"通敌罪"，还曾进行谍报活动。他判处阿波罗以绞刑，并趁他尚未断气时对他割颅、挖心、大卸四块并剥皮以警诫一切试图破坏国家政权的乱臣贼子。牧师的尸体碎块最后被扔出去喂了狗。

教皇颁布教令，禁止得克萨卡纳举行一切圣事活动，这不用信使提及也能猜到。教令中援引了最高废黜令，内容含糊，但厄兆明显：十六世纪，教皇曾颁布诏书废黜一位君主。而到现在还没听说汉尼根有何反应。

大平原上，拉雷登军队一路拼杀，穿过游牧部落，却在自家边境投降了，因为他们的国家已被占领，他们的亲人已成人质。

"惨剧啊！"塔德奥先生感叹，表情凝重，"因为我的国籍问题，我想马上离开。"

"为什么？"保罗师问，"你不赞同汉尼根的行为，不是吗？"

学者迟疑了一下，摇了摇头。他环顾四周，确保没人偷听。"我个人谴责他们。但在公共场合——"他耸了耸肩，"还要考虑大学的安危，若只是砍我一个人的脑袋，那……"

"我明白。"

"我可以冒昧地秘密提个建议吗？"

"当然。"

"应该有人去新罗马警告他们不要再作无谓的威胁。汉尼根就算再钉死几十个马库斯·阿波罗，眼睛也不会眨一下。"

"那又会有新的殉教者得以进入天堂。新罗马从不怕无谓的威胁。"

学者叹了口气。"我猜你就会这么想，但我还是想向您辞行。"

"荒谬。不管您是什么国籍，都是一个普通人，这让您足以受我们欢迎。"

但裂痕已经出现。学者从此只和自己的护卫紧密接触，很少和修士们交谈。他和科恩霍尔修士的关系很明显变得客套了，虽然这个发明家每天都要花一两个小时检修发电机和电灯，时时关注学者的工作进程。而塔德奥的工作匆忙得不同寻常，军官们也很少走出客房。

这个地区也纷纷出现迁徙的迹象。恼人的传言不断从大平原传来。在圣博维茨村，村民开始找各种理由离开此地去朝圣，或去其他地区寻找活路，连乞丐和流浪汉也离开了小城。像平常一样，商人和手艺人又要面对两难抉择——抛弃财物留给盗贼抢匪洗劫，还是守着家业眼睁睁地看它被劫掠？

村长带领一个村民委员会来拜访修道院，要求一旦遇侵，修道院要收留村里人。院长和众人争论了几个钟头，最后说："我的底线就是，我们会收留所有的妇女儿童，还有老人和病残者，这毫无异议。但是对于带武器的男人，我们会单独考虑，并可能会拒绝收留一部分。"

"为什么不行？"村长急切地争取道。

"显而易见，你该清楚！"保罗师厉声说，"我们本身也可能受到攻击，但只要还没直接受袭，我们将置身事外。若只有村子受袭，我们不会让任何人将这个地方当作反攻要塞。因此，对于那些能持刀作战的男人，我们将不得不请你们宣誓——听我们命令，保卫修道院。届时我们会判断，每个人的誓言可靠不可靠。"

"这不公平！"村民怒吼，"你这是歧视！"

"我们只会拒绝那些不值得信任的人。怎么？你们想在这里藏下一支后备军吗？那是不可能的。你们绝不可以在这里埋伏任何卫队，这是底线。"

情况危急，委员会没法拒绝任何救助，没有再争下去。保罗师想等到合适的时候护住所有人，但眼前他要阻止村民将修道院纳入军事布局。不久会有丹佛军官前来提出同样的请求。比起挽救生命，那帮人更急于挽救政权，到时候他也会给出同样的答复。修道院是庇护信仰和知识的堡垒，不是为保卫那些虚无的东西而建。

沙漠中开始有从东方辛苦跋涉而来的流浪者——商人、猎人还有牧人，他们一路向西迁徙，带来大平原的消息。牛瘟如野火一般横扫游牧部落，饥荒也步步逼近。拉雷登王朝灭亡后，军队发生暴动分裂。一部分人已按照命令回到家乡，另一部分人立下誓言，留在得克萨卡纳，不取下汉尼根二世的首级誓不罢休。这次分裂大大削弱了军队力量，拉雷登人在疯熊士兵的一次次突袭下，逐渐消亡。疯熊士兵杀红了眼，想让牛瘟散播者血债血偿。有谣传说，汉尼根慷慨地提出做疯熊族人的保护者和被依附者，前提是要他们宣誓忠于"文明"法律，接受他派遣的官员加入他们的议事会，并改信天主教。"皈依或饿死"是命运和汉尼根施舍给游牧人的选择，但很多人宁愿饿死也不愿效忠这个强取豪夺土地的政权。据说洪甘·奥斯朝东方、南方还有上苍都发出了蔑视的怒吼。他每天都烧死一位萨满，以此惩罚部落之神背叛于他。他向上苍威胁道，只要天主教神灵能帮他屠尽敌人，他便加入天主教。

一队牧羊人短暂到访修道院，诗人在这期间消失无踪了。塔德奥先生第一个注意到诗人从客房消失，于是询问起这个写诗的无赖。

保罗师听了一惊，脸紧紧皱了起来。"你确定他搬走了？"他问，"他常跑到村子里晃上几天，或者跑到台地找本杰明吵架。"

"他的东西都不见了，"学者说，"他的房间里什么都没了。"

保罗师苦笑了一下。"诗人离开总不是好兆头。另外，要是他真的失踪了，我建议你赶紧查点一下自己的东西。"

学者暗暗思索。"那我的靴子一定是……"

"毋庸置疑。"

"我把它们放在门口等着擦亮，结果再没见到它们。就是他想砸烂我的门那天。"

"砸烂——谁干的，诗人？"

塔德奥先生笑了笑。"我想我是有点儿过分了，开了他的玩笑。我拿走了他的玻璃眼球。你记得那天他把它放在餐桌上吧？"

"记得。"

"我捡走了。"

学者打开口袋，伸手摸了一会儿，掏出诗人的眼球放到院长桌上。"他知道是我拿的，但我一直不认账。从那以后我们就拿他取笑，甚至编造谣传，说那玻璃眼其实是贝林部落偶像的眼球，遗失已久，应当归还博物馆。他那时气得发狂。当然我是想在回国之前还给他的。你觉得我们离开后他会回来吗？"

"不好说。"院长瞥向眼球，不禁打了个哆嗦，"不过您愿意的话，我会替他保存。但他也有可能会跑到得克萨卡纳，去那里找你。他曾说这眼球是个有效的护身符。"

"为什么？"

保罗师微笑道："他说戴上它，就能看得更清楚。"

"胡说八道！"学者顿住了，但显然又不确定，于是将这个古怪命题考虑了至少一刻钟，终于继续补充道，"这难道不是胡扯吗——除非在空眼窝里装假眼珠能以某种方式刺激两个眼窝的肌肉，他是这个意思吗？"

"他只是发誓，没有它就无法看得那么清楚。他声称他用这眼球来感知'真意'——虽然戴上眼球会让他目眩头疼，可没人知道诗人说的是事实、想象还是寓言。如果是想象，倒称得上聪明。可我怀疑诗人根本不会承认想象和现实是两回事。"

学者挖苦地笑了。"有一天，他在我门外喊，我比他更需要这眼球。看起来他认为这眼球本身就是通灵的护身符，对人人都有好处。我想知道为什么。"

"他说你需要？哈哈！"

"为什么笑，哪里有趣？"

"对不起，他可能是在侮辱你。我最好还是不要解释，不然显得我是他的同党。"

"不要紧。我很好奇。"

院长扫了一眼房间角落里的圣莱博维茨像。"这眼球是诗人总不撂下的笑话。"他解释说，"每次不管他是要做决定，还是要想通什么事，或是辩论什么观点，总要把玻璃眼球塞进眼窝。要是看见什么让他不爽的事，他想假装忽略或者装傻，就会把眼球抠出来。戴上玻璃眼球，这老兄举手投足就像换了个人。修士们逗趣地称它为'诗人的良知'，而他自己也乐于接受。他甚至还大讲特讲并连做示范，拥有可拆卸的良知好处多多。他会假装有什么疯狂的强制力控制了他——一般都是小事，比如想要得到一瓶红酒。"

"戴上眼球，他会轻抚瓶身，舔着嘴唇，呼吸急促，连连呻吟，然后甩开手。最后这强大的吸引力还是会控制他。他会抓回酒瓶，在杯子里倒一丁点儿，贪婪地凝视一会儿。这时良知又反击了，他把杯子弃于房间另一头。然而忍不了太久，又开始向酒瓶暗送秋波，接着又开始呻吟、流口水、内心激烈搏斗……"院长忍不住呵呵笑了起来，"他那样简直惨不忍睹。之后，等他筋疲力尽了，就抠出玻璃眼球，解放自己。强迫力此时好像也不再奏效。他冷静、傲慢地拾起瓶子，环顾四周后仰天大笑。'无论怎样我还是要做。'他说完，大家都以为他要喝了，结果他脸上却露出圣洁的微笑，接着把整瓶酒浇到脑袋上。你看，这就是拥有一颗可拆卸良心的好处。"

"所以他觉得我比他更需要。"

保罗师耸耸肩。"他只是诗人，老兄！"

学者被逗乐了，扑哧笑了出来。他用手指去捅那颗眼球，拿拇指拨弄着它从桌子一边滚到另一边。突然他大笑起来。"我喜欢。我想我知道谁比诗人更需要了。我还是收着它吧。"他拾起玻璃眼球，往上一抛，接着一把握牢，看了看院长。

保罗不置可否地耸了耸肩。

塔德奥先生将眼球放回口袋。"若是他来要，我就还给他。不过我顺便也要告诉您：我在这里的工作快完成了，我们过几天就走。"

"您不担心平原的战乱吗？"

塔德奥面对墙壁紧皱眉头。"从这里往东骑行一周，我们打算在那里的一座孤峰扎营。一队……呃……我们的护卫将在那里跟我们会合。"

"我衷心希望……"院长沉吟着，礼貌之中夹杂着一丝愠怒，"您的护卫队能好好效忠，既然您已经做好了这样的安排。如今区分敌我越来越难了。"

学者脸红了。"您的意思是，因为他们来自得克萨卡纳，所以要特别留意吗？"

"我没这么说。"

"咱们还是坦诚相待吧，神父。我不可能对抗国君，是他让我能够做现在的工作——不管我怎么看待他的政策或政治，都不能改变这一点。我要假装支持他，起码不去理会他——这样才能保住大学。要是他扩张了领土，大学可能也跟着受益。大学繁荣了，人类就能从我们的工作中受益。"

"也许只有那些幸存者才会受益。"

"没错——在任何情况下都是这样。"

"不，不——十二世纪以前，即使那些幸存者也没有受益。我们一定要再走一遍老路吗？"

塔德奥先生耸了耸肩。"那我们又能做什么？"他反问道，"汉尼根是国君，而我不是。"

"但既然您承诺要开始重新获取人类对自然的控制，那又有谁来监督权力对自然力量的滥用？谁将使用？到什么极限？您到时候该如何时时检查？这些问题有待解决。但如果您和您的团队现在不解决，不久就有别人替您解决。您说人类会受益，通过谁的批准？一个签名时不会写字、只会画叉的人吗？等到有一天，他发现您对他有用，您相信您的大学还能逃出他欲望的掌心吗？"

保罗师没指望能劝服他。但看到学者面对他苦口婆心的劝诫，一脸不耐烦，像是早就听说过、驳倒过一样，这让保罗师心情沉重。

"您所建议的，"学者说，"是让我们继续等待。我们应解散大学，或把它搬进沙漠，与世隔绝，不花一金一银，缓慢艰难地复兴实验和理论科学。直到人类变得善良、纯真、圣洁、明智，才将科学成果公之于众。"

"我不是这个意思……"

"这不是你明确表达的，但这就是你话中隐含的意思。让科学与世隔绝，不试图应用，在人类变得圣洁之前什么也不做。你们在这座修道院里已经这样坚持了几代人的时间，可这就是行不通。"

"我们并没有隐藏任何东西。"

"你们是没有隐藏东西，只是一声不吭地守着它们，没人知道它们在这里，而你们什么也没做。"

老牧师眼睛瞬时闪过怒火。"我想是时候让你见见我们的创建人了。"他怒吼一声，直指房间角落里的木雕，"他跟你一样，也曾是一位科学家。后来，世界疯掉了，他跑来避难，创建了这座修道院，用来拯救上个文明留下的记录。'拯救'它们免于什么？又为了什么？看看他所站的地方——看见火堆了吗？看见书籍了吗？这就是当时的世界有多厌弃你的科学，而这厌弃一连持续了几个世纪，因此他为我们的罪孽而死。传说当他们往他身上泼汽油时，他曾向他们索要一杯。他们以为他把汽油当成了水，因此大声嘲笑，给了他一杯。他为这杯汽油赐福——有人说那一刻它变成了酒——然后喃喃念道：'此杯为吾血。'而后一饮而尽。接着他们便绞死了他，最后点燃火堆。要我给你念念殉教者名单吗？要我给你说说我们为保存记录完好所打的仗吗？抄写室里有多少修士的眼睛都抄瞎了，还不是为了你们？而你却说我们什么都没做，一声不吭地守着。"

"我不是有意的，"学者说，"但事实上你是隐藏了——而且要是遵照你的意愿，保存智慧直到世界变理智了再把它献出来，神父，这样的话，世界将永远得不到智慧。"

"我看出来了，我们的分歧是根本上的！"院长粗声地回答，"是先服务上帝，还是先服务汉尼根——后者就是你的选择。"

"这么说，我没有什么选择。"学者回答，"你会要我为教堂工作吗？"声音里满是刺耳的嘲讽。

◇ 22 ◇

诸圣日后的第八天是星期四，学者一行人准备离开前，都在地下室整理笔记和记录。有一小部分修士极其崇拜他，分别在即，修道院里弥漫着友好的气氛。头顶的弧光灯仍噼啪作响，光芒刺眼，让整座古老的图书馆都充满了蓝白色的寒光。一组见习修士仍咬着牙，猛踏发电机的踏板。坐在书架梯顶端调节电弧间距的修士经验不足，弄得灯光闪个不停。他是接替此项工作的新手，之前的熟手被送到医务室，双眼蒙着湿布养护。

塔德奥正回答修士们关于他工作的提问，谈起光的折射原理或"伊瑟·肖恩先生之雄心"这样的话题时，学者的态度不再那么拘谨，看来也不担心再引起争议了。

"除非这个假设前提没有意义，"他说，"不然一定可以通过观察来证明。提出这个假设，我是参考了一些新的——或者该说是很古老的数学格式，是在研究你们的《大事记》时得到的。这个假设看来能为光学现象提供更简单的解释，但坦白地说，我最开始对如何测试没有一点儿头绪，是你们的科恩霍尔修士帮了忙。"他向发明家点头微笑，然后展开一张测试装置构想图。

"这是什么？"困惑不解地看了一通后，有人忍不住发问。

"哦，这是一套玻璃镜片。一束阳光若从这个角度穿过这些镜片，那光线会被反射一部分，传播一部分。反射的那部分将发生偏振。现在我们调整镜片位置，让反射光线穿过这个东西，这就是科恩霍尔修士的主意，通过它让光线落在第二套玻璃镜片上。将第二套镜片调至合适的角度，则能反射差不多所有的偏振光，几乎没有光线能透过。透过玻璃，几乎一丝光线都看不到。这我们都试过了。现在若是我的假设成立，那闭合场线圈开关后，透过来的光会发亮，如果不亮——"他耸了耸肩，"那这个假设就可以放弃了。"

"还是扔掉线圈吧，"科恩霍尔修士谦虚地提议，"我不确定它产生的磁场足够强。"

"我确定，你摆弄这些东西有天分。对我来说研究抽象理论更容易，而如何实际验证是个难题。当我被那些抽象符号缠作一团时，你却能借助螺丝、电线和透镜来洞察一切，这是了不起的天赋。"

"但我可想不出那些作为前提的抽象概念，塔德奥先生。"

"我们将成为最佳拍档，修士。我希望你能加入我们的大学，至少加入一段时间。你觉得你们院长会为你放行吗？"

"我可不敢想。"发明家小声嘟囔，突然显得有些手足无措。

塔德奥先生转向其他人。"我听过'外派修士'的说法。这是真的吗？你们修道院是不是会临时把一些修士外派到其他地方？"

"有，但很少，塔德奥先生。"一位年轻修士回答，"以前，修道院会对外派出书记员、抄写员和文书，服务于高级教士、皇家或教廷，但那是在修道院最困难最穷的时候。一些修士被外派出去，能让我们剩下的人少饿几顿。但早就没有必要了，现在很少这么做。不过我们确实有一些修士在新罗马学习，但……"

"就是这个！"学者听了灵光一闪，兴奋地说，"让大学为你们提供奖学金赴学，修士。我跟你们院长谈过，只是……"

"什么？"年轻修士急切地问。

"哦，我们在一些事情上观点不统一，我能理解他的立场。我想通过奖学金交换项目增进我们的关系。当然还会定期给修道院津贴，我相信你们院长一定能把这笔钱用在好地方。"

科恩霍尔修士垂着头，一声不吭。

"来吧！"学者大笑，"修士，这邀请还不能让你高兴？"

"我当然深感荣幸，但这事不是我能决定的。"

"哦，这我明白。但要是你不愿意，我是无论如何也不会向你们院长提的。"

科恩霍尔修士犹豫了。"我的天命是献身宗教。"他终于开口了，"那就是——终生做祈祷。我们认为自己的工作也是一种祷告。但是那些——"他指了指发电机，"对我来说更像游戏。不过要是保罗师派我去……"

"你会不情不愿地服从。"学者生气地替他说完，"只要你去我们那里，我确信我能让大学每年给你们院长至少送一百汉尼根金币，你也有一份。我……"他停下来，看到周围人脸色不对，"对不起，我说错什么了吗？"

楼梯下到一半，院长停住了，看到地下室的情况。几张茫然的面孔转向他。过了几秒钟，塔德奥先生才留意到院长来了，于是高兴地冲他点头致意。

"我们刚说到您，神父，"他兴高采烈地说，"要是您听见了，让我再解释……"

保罗师摇摇头。"没有必要。"

"但我想跟您探讨一下……"

"可以稍等吗？我此刻有急事。"

"那当然。"学者赶紧说。

"我一会儿就回来。"他再次走上楼梯，高尔特神父正在庭院里等他。

"您听说了吗，大人？"副院长凝重地问。

"我还没问，但我确定他们还没走漏风声。"保罗师回答，"他们正在地下室说什么，要带科恩霍尔修士跟他们一起回得克萨卡纳之类的傻话。"

"那他们还没有听说，这点可以确定了。"

"是的。他现在在哪儿？"

"在客房，大人。药师守着他，他已经神经错乱了。"

"有多少修士知道他在这里？"

"大概四个。他从大门进来时，我们在唱《申初经》。"

"告诉那四个人，跟谁都不许提。好了，去地下室吧，高兴点儿，别让他们知道。"

"但是大人，难道不该在他们离开前告诉他们吗？"

"当然，但容他们先准备好。你也知道这不会阻止他们回去，所以为了尽可能避免尴尬，咱们等到最后一刻再告诉他们吧。现在它在你手上吗？"

"不在，我把它跟他的文件一起留在客房。"

"我会去看他。去提醒那几个修士，然后加入我们的客人吧。"

"好的，大人。"

院长向客房走去。他开门时，药师修士正要离开逃亡者的房间。

"他能活下来吗，修士？"

"我不知道，大人。他饱受凌虐、饥饿、风吹日晒以及高烧折磨——如果这是上帝的意思，那……"他耸了耸肩。

"我能同他讲话吗？"

"这没问题，只是他已经意识不清了。"院长走进房间，轻轻带上门。

"克莱洛特修士？"

"够啦，"床上的那个人气喘吁吁地叹道，"看在上帝的分儿上，够了吧——我什么都告诉你了。我背叛了他。现在放我走。"

保罗师怜悯地看着这个男子，马库斯·阿波罗的书记员。保罗师留意到他的双手，原先有指甲的地方如今已溃烂化脓。

院长一颤，于心不忍地转过头，看向床边的小桌子。扫过一小摞文件和私人物品，他很快找到一份印制粗糙的通告，这是逃难者一路从东方带来的。

　　承蒙上帝恩典，汉尼根大人，得克萨卡纳君主、拉雷登国王、信仰护卫、法律博士、游牧部落首领、大平原最高牧者，在此致意我们法定领土上各个教堂的所有主教、牧师和高级教士，敬请留意，因为这是法律。内容如下：

　　（1）鉴于外国国君兼新罗马主教本尼迪克特二十二世，自以为是，干预我朝，胆敢下达禁令，禁止得克萨卡纳教堂的一切圣事活动，随后又免除该禁令，让我朝信众惶惶不可终日。我们，作为领土之上的唯一合法管理者，与主教和牧师共同集会达成决议，特此向我们忠诚的人民声明：上述国君兼主教，本尼迪克特二十二世，宣扬异端、买卖僧职、杀人无度、目无神灵。境内王国、帝国和被保护国的任何神圣教会皆不得予此人以承认，追随他者与我势不两立。

（2）特此通告，综上所述，之前的禁止教令与撤销禁令均无效，特撤销、废除、宣布无效……

保罗师匆匆扫了扫下面的内容，知道不用往下读了。汉尼根这份"敬请留意"的通告，规定了得克萨卡纳神职人员的任免权利，未经许可举行圣礼则被视为犯罪。神职人员在得到认可前要向汉尼根宣誓效忠。签名的位置不仅有汉尼根的叉号，还有几位"主教"的签名，院长并不熟悉他们的名字。

他把通告往桌子上一掷，在床边坐下。逃亡者睁着双眼，直直地瞪着天花板喘息。

"克莱洛特修士？"他轻轻地唤着，"修士……"

地下室里，学者的眼里正闪着咄咄逼人的光，那是一位专家正侵入另一位专家的领域，要为其梳理这整个领域的无序。"事实上，是的！"他正回答一位见习修士的问题，"我确实在这里找到一份资料，我想应该会对马霍先生有用。当然啦，我不是历史学家，但也——"

"马霍先生？就是那个谁，呃，想要修正《创世记》的那个家伙吗？"高尔特神父皱了皱眉头问。

"没错，那是……"学者一眼看去，见是高尔特，吓得瞪大了眼睛，卡壳了。

"没关系，"神父轻笑一声说，"我们很多人也都觉得《创世记》多多少少有些寓言的成分。你发现什么了？"

"我们找到一部描写洪水灭世前历史的残章，里面有个在我看来很有革命性的理念。如果我理解正确的话，那么人应该是上个文明陷落前不久才被创造出来的。”

“什……什么？那文明又从何而来？”

“不是人类创造的，而是由前一个物种创造的，他们在洪水灭世时期灭绝了。”

“但《圣经》的历史比洪水灭世还要早几千年。”

塔德奥依然意味深长地沉默不语。

“您的意思是，”高尔特突然惊慌失措，“我们并非亚当的后代？跟古代人类并无关系？”

“等等！我这里只是个推测：那些自称为人的史前物种，成功地合成出生命。在他们的文明陷落前不久，‘依照他们自己的形象’成功制造出了我们当前人类的始祖，用作仆人。”

“但就算你根本不信《启示录》，那也完全没必要把简单的常识扭曲得如此复杂！”高尔特怨道。

院长悄悄走下楼梯，在较低的台阶处停了下来，疑惑地倾听。

“看起来可能有些复杂，”塔德奥争辩道，“可是你想想，这能解释多少事情啊！你也知道大简化运动的传说，想想看，要是把大简化运动看成是被创造的仆人族群叛变创造者族群，像文中说的那样，在我看来，那一切都解释得通了。这也能解释为什么当今的人类比起古人显得如此低劣，为什么我们的始祖沦为野蛮人而他们的主人如此卓越，为什么……”

“上帝啊，发发慈悲吧，饶过这一屋子的人吧！”保罗师不禁仰天长叹，大步向隔间走来，“宽恕我们吧，主啊！我们不知道我们的所为啊！”

“我就知道。”学者大声抱怨。

老牧师像个复仇者，大步逼近客人。“照您这么说，我们只是被创造者的创造物，是吧，哲学家先生？被比上帝还弱小的神创造，因此理所应当不完美——这全然不是我们的错。"

"这仅是猜想，但确实能解释很多问题。"学者寸步不让，生硬地反驳。

"还能赦免很多罪孽，不是吗？人类反抗其制造者，这无疑只是惩凶除恶，消灭亚当的邪恶子孙，是正义行为，不是吗？"

"我没有说……"

"给我看看，哲学家先生，这精彩绝伦的引文在哪里？"

塔德奥赶紧哗哗翻笔记。灯光摇曳，因为转发电机的见习修士也在驻足聆听。学者那一小部分热心观众听得惊呆了，直到院长如暴风雨一般步入，这才甩甩头缓过神。一群修士窃窃议论着，还大胆地笑出了声。

"就是这个。"塔德奥先生说着，递了几页笔记给保罗师。

院长瞪了他一眼，低头默读起来。地下室一片沉寂，很是尴尬。"我相信，你是在'未分类'部找到的吧？"几秒钟后，他问。

"是的，可是……"

院长不理，继续埋头读。

"唉，我想我还是赶紧打包吧。"学者喃喃自语，重新整理起文件。修士们不安地挪动着，好像打算趁机偷偷溜走，只有科恩霍尔一个人在沉思。

读了几分钟，保罗师心满意足了，一把将笔记递给副院长看。"传说！"他粗声道。

"什么？"

"看起来是一部喜剧或对话的选段。我以前见过，讲的是有人创造了一些假人做奴隶，奴隶们反抗他们的创造者。要是塔德奥先生读过尊敬的博杜拉斯的著作，就会知道他将此归为'疑似传说或寓言'一类。但也许您对尊敬的博杜拉斯的评估并不在意，因为您又要怀疑他可能是自己编的。"

"但是哪一类……"

"传说！"

高尔特带着笔记走到一旁。保罗师又转身走近学者，彬彬有礼又坚定有力地说道："'神按照自己的形象造人，造出男人和女人。'[1]"

"我所说的只是猜想，"塔德奥先生急切辩白，"推测的自由是必要的。"

"'神将人安置于伊甸园，使他修理、看守。而后——'"

"科学要进步就离不开猜想。要是你盼着我们墨守成规，盲从教义，那你就是——"

"'神吩咐他说，院中各种树上的果实，你可以随意吃。只是分别善恶树上的果实，你——'"

"让世界继续陷入同样的黑暗、无知和迷信，一如你们修道院艰难挣扎的年月——"

"'——不可吃，因为你吃的日子必定死。'"

"——饥荒、疾病、畸形将永无克服之可能，我们休想让世界比以前美好一点点。"

"'蛇对女人说：神知道，你们吃的日子眼睛就明亮了，你们便如神，能知善恶。'"

"过去的十二个世纪，世界可能没有任何进步，假如任何猜想

1　此句及以下保罗师的话均出自《创世记》。

的萌芽都被扼杀，每个新想法都遭谴责——"

"不会更好，永远都好不了。世人永远只会变得更富、更穷、更可悲，不会变得更明智，直到最后。"

学者无助地耸耸肩。"看到了吧？我就知道你会觉得被冒犯，但是你告诉我——算了，有什么用呢？你有你的说辞。"

"哲学家先生，我所引用的'说辞'，讲的并不是造物的方式，而是诱惑引人堕落的方式。你没听出来吗？'蛇对女人说——'"

"好吧，好吧，但猜测的自由仍是必要的——"

"没人要剥夺你猜测的自由，也没有人被冒犯。但若因傲慢、浮华、逃避责任而滥用智慧，这些动机正如那树上的果实。"

"你竟怀疑我荣耀的动机？"学者脸色一下子暗淡下来。

"有时我也质疑自己的动机。我并没有为任何事指责你。但问问你自己吧：基于这样脆弱的证据，做出这样荒诞无稽的推测，甚至从上个文明中剥离人类，跳脱得如此之邈远，你竟还为此沾沾自喜！为什么？这样你就不需要从人类的过错中吸取教训了？还是你忍受不了被扣上'重现者'的帽子，一定要觉得自己也是'创造者'才满意？"

学者不出声地暗骂。"这些记录应当存于能者之手。"他愤愤地喊，"这简直荒唐！"

灯噼啪响了几声灭掉了，这不是机器故障，而是推转发电机的见习修士们停住了。

"拿蜡烛。"院长高喊。

蜡烛被拿了过来。

"下来。"保罗师对书架梯顶的见习修士命令道，"把那玩意儿也一起取下。科恩霍尔修士呢？科恩——"

"他前不久去了库房，大人。"

"那就喊他过来。"保罗师又转向学者，递给他一份文件，正是在克莱洛特修士的物品里找到的，"要是你还能在烛光下看清楚，那就自己看吧。"

"国王法令？"

"看看吧，为你所珍惜的自由欢呼吧。"

科恩霍尔修士扛着沉重的受难像又溜回了地下室，那正是安装新鲜的电灯那天从拱顶摘下来的，他将它递给保罗师。

"你怎么知道我要找它？"

"我只是觉得是时候了，大人。"他耸了耸肩。

老人爬上书架梯，庄重地将受难像挂回铁钩。塑像在烛光映照下温和地闪着金光。院长转过身，对下面的修士们说：

"从今以后，谁要是再想来这个隔间读书，那就在基督的光芒下读。"

保罗师缓缓爬下书架梯，塔德奥先生正将最后一份资料塞进大行李箱。他小心地抬眼看了看牧师，没有吭声。

"看完法令了？"

学者点点头。

"一旦有什么不测，你若需要政治庇护，这里——"

学者摇摇头。

"那我可否请你解释清楚，你刚刚说我们的记录应存于能者之手，是什么意思？"

塔德奥先生目光一躲。"那是一时气话，神父，我收回。"

"但你依然这样认为，一直都这样认为。"

学者没否认。

"本想请你代我们恳求的，要是军官告诉你堂兄，我们修道院将是多么好的军事驻地，你能予以反驳，现在看来没必要了。为他考虑，请告诉他，不管是我们的修道院还是《大事记》遭到威胁，我们的先祖都毫不犹豫，拔剑反抗。"他顿了顿又问，"你何时出发，今天还是明天？"

"今天更好。"塔德奥先生小声说。

"我会命人备好水粮。"院长转身要离开，又停下步子，温和地补充一句，"回去以后，请给你的同事们带个信儿。"

"没问题。您写好了吗？"

"不用，就是告诉他们，要是谁想来这里学习，修道院随时欢迎，只是光线暗些。尤其是马霍先生还有研究合成六种元素的伊瑟先生。我想人必须带着错误摸索一番，才能将其与真理区分开——但不能因为错误的味道好，就饥渴地抓住它不松手。顺便告诉他们，要是那一天来了——总会来的——届时告诉需要避难的牧师也好，哲学家也好，告诉他们，我们的城墙牢固得很。"

院长点头示意见习修士解散，然后拖着沉重的步子爬上楼梯回到书房，一个人待着。那复仇女神又狂怒地撕扭他的五脏六腑，他知道那折磨又开始了。

主啊，让您的仆人赴死吧……我亲眼见那救星降临……

或许这次它能撕扯个干净，院长这样期待。他想召唤高尔特神父来听他告解，但决定最好先等客人离开。疼痛中，院长的双眼又盯上了法令。

几声敲门响突然打断了他的挣扎。

"能过一会儿再来吗？"

"恐怕过一会儿我就不在了。"走廊里传来故意压低的声音。

"哦，塔德奥先生——那请进。"保罗师挺直了身子，强按下剧痛，像面对无法无天的仆人，没法解雇，只好控制。

学者闪进房间，在院长书桌上放下一沓文件。"我想这些只有留给您合适。"他说。

"这些是什么？"

"你们防御工事的草图，是军官们画的。我建议您赶紧烧掉。"

"您为什么要这样做？"保罗低声叹道，"我们在地下室交谈过后……"

"别误会。"塔德奥打断说，"我早就想归还的——这是荣誉问题，不能容许他们利用您的好心——但无所谓。若是我提前还给您，那些军官可能还有充足的时间和时机另外画一套。"

院长缓缓站起身，慢慢向学者伸出了手。

塔德奥犹豫了一下。"我保证我不是为了您——"

"我明白。"

"因为我认为你们这里的资源应该对世界开放。"

"它开放着，过去一直开放，未来也一样。"

他们慎重地握了握手，尽管保罗师深知这并非休战的象征，只是对手的互敬。也许永远不会深入了。

但为何一切又要重演？

答案就在耳边，伊甸园的蛇仍在咝咝低语：因为神知道你们吃了这果子，眼睛就会明亮，你们便如神一般能知善恶。这位谎言的始祖在混淆真假上可谓聪明绝顶：不涉足邪恶，如何"知"善恶？吃了果子便如神，可纵使拥有无尽的力量和无穷的智慧，人也无法获得神性，只因没有无穷的爱。

保罗师召唤来年轻的副院长。是时候走了，很快又要迎来新的一年。

那一年，沙漠暴雨滂沱，史无前例，常年干枯的种子也爆开了花。

那一年，大平原的游牧部落中出现了一丝文明的萌芽。连拉雷登人也开始喃喃自语，认为也许这是最好的结果。新罗马却不同意。

那一年，丹佛和得克萨卡纳两国之间签署临时协议，但又很快打破。

那一年，老犹太人再次上路，重拾医师和流浪者的行当。

那一年，莱博维茨修道院的修士们埋葬了一位院长，又迎来了一位院长。未来充满希望。

那一年，一位国王从东方而来，跨马横刀，争疆掠土，占为己有。那是人类纷争的一年。

◇ 23 ◇

树木繁茂的山坡外环，一条小路在太阳炙烤下炎热无比。热气袭来，诗人的喉咙几乎要冒出烟。躺了很久，他才头晕眼花地缓缓抬头四顾。混战已结束，万籁俱寂，只有军官不时呻吟。秃鹰甚至敢贴着地面滑翔。

几具难民的尸体和一具马尸横在地上，马下还压着苟延残喘的军官。他不时微弱地呼喊，一会儿念叨圣母，一会儿喊起牧师，不时还为战马哀号。不安的叫声不仅惊起秃鹰，诗人也不胜其烦，怒气冲冲。诗人对世界绝望得很，从不奢求世人能谦恭有礼，或起码做到通情达理。世人的确从未做到，总是野蛮无礼，愚蠢至极，跟他想得一模一样。然而这次不同以往，诗人腹部中枪了。这让他尽管证实了世人的愚蠢，也完全高兴不起来。

更糟的是，他无法指责世界的野蛮，只能责骂自己的愚蠢。这大错是他自己一手造成的。当时他留意到一群难民从东方朝山这边飞奔而来，一队骑兵在他们背后紧追。为免惹是生非，他到路旁矮树后躲藏。在这个优越地势，他能观赏整场"演出"而不被发现。这不是诗人的战斗，不管是难民还是军队，不管是政治立场还是宗教冲突，诗人全不在乎。既然屠杀是上天注定，这既定的命运又找不到比诗人更冷漠的目击者，那这莽撞的冲动从何而来呢？

出于冲动，他一跃而起，冲出树丛，将那军官一把拽下马，掏出佩刀连刺三下，接着两人翻倒在地。他想不通明知什么也改变不了，自己为何这么做。他还没来得及爬起，军官的手下便将他一枪撂倒。屠杀依然继续，骑兵又纵马飞奔逐杀其他难民，身后尸陈遍野。

诗人能听见肚子愤愤不平地在叫。"唉，要消化一颗霰弹怎么可能啊！"他最后终于判定，做出这等无用行径，都怪那军官佩刀太钝。要是军官一刀就将难民劈于马下，继续驰骋，那诗人也就无视了。可他竟那样一刀一刀砍个不停——诗人不愿再想那个情景。他想喝水。

"哦，上帝啊——哦，上帝——"军官不停抱怨。

"下一次，把刀磨利。"诗人呼哧呼哧地吼道。

但不会有下次了。

诗人从不曾记得自己畏惧过死亡，但他常常猜想那一刻到来时，上帝会给他安排的最惨的死法。他想自己会烂掉，过程缓慢，尸味冲鼻。诗人的洞察力提示他，他一定会全身肿胀，肮脏流脓，惊骇醒悟，却仍不知悔改。可他从未猜到死去时，胃里会有子弹这样粗钝又致命的东西，身边也没个人听他的临终妙语。世人听见他的最后一句话就是中枪时他喊的"哦呼"。这竟然成为他为后世留下的遗言？"哦呼"——以此纪念，先生。

"神父？神父？"军官呻吟着。

过了一会儿，诗人费尽力气又抬起头来，眨了眨眼睛，让沙尘从眼皮上滑走。他盯了军官片刻，虽然军官苍白的脸色透着惨绿，但还是能确定正是他捅过的那位。这家伙现在想起呼唤牧师让诗人大为光火，难民中至少有三位神职人员被他们屠杀了，但这位军官至今还没有具体说明他的宗派信仰。也许我能送他一程，诗人想着。

他开始慢慢地拖动身躯靠近军官。军官见他逼近，伸手摸枪。诗人停了下来，他没想到会被发现，想滚到一旁找个掩护。枪口对着诗人抖个不停，诗人盯了一会儿，决定继续向前爬。军官扣下扳机，射偏了几码，运气不能再差了。

军官又费尽力气要重装子弹，却被诗人一把夺走手枪。军官看起来神志模糊，一直试着画十字。

"说吧。"诗人咕哝着，摸出了佩刀。

"保佑我，神父，因我罪孽——"

"我赦免你，孩子。"诗人说完，将匕首插进军官的喉咙。

随后他发现了军官的水壶，拿起来喝了一点儿。水被太阳烤得发热，但味道好极了。他枕着军官的马躺在那里，等着山的阴影遮住小路。耶稣啊，会有什么结果呢？最后这一举动可不好解释啊，他想着。而我还没了眼球。要是真的有什么要解释的话，诗人又看了一眼死去的军官。

"这里热得像地狱，是不是？"他嘶哑地低语。

军官没有回应。诗人拿起水壶又喝了一口。突然，腹内一阵剧痛，他难受得挣扎了一会儿，就没有了知觉。

秃鹰趾高气扬地盘旋，扬扬自得地高声鸣叫，互相争吵着分配大餐。这个问题还未妥善解决，它们忍耐了几天，却等来了狼群，这一顿足够它们两拨全都吃饱。最后，它们吃掉了诗人。

一如往日，这些野蛮的黑色大鸟、天空的食腐者应时产卵，充满爱意地喂养它们的幼鹰。它们高高飞翔，穿越草原、高山、平原，搜寻食物以满足后代，履行自然赋予它们的使命。它们的哲学家不用任何虚有其表的理由就能证实：这世界是净化天宇的灵韵为秃鹰量身打造的。多少个世纪以来，它们以旺盛的食欲对它虔诚膜拜。

笼罩了几代人的黑暗终于结束，照耀几代人的光明终将到来。他们称之为公元3781年——希望是和平之年。

只为成就你的旨意

FIAT VOLUNTAS TUA

◇ 24 ◇

这个世纪里又有了宇宙飞船，这些飞船由毛茸茸的怪物们操纵。他们靠双腿行走，不该长毛的位置冒着几簇毛发。他们喋喋不休，对着镜子自恋。他们膜拜某个部落神灵，在每日的修面礼中，立在祭坛前自割喉咙。这一种族常常自以为是神灵启示过的工具制造者，可大角星的智者一看就知道，他们基本上是一群激情四溢的餐后演说家。

他们（不止一次）觉得像这样卓越的种族，显然是天命所归，应该去征服星球。但不可避免的是，即使到了新世界，这个种族依然还是一副老调调，和之前在地球一样，连祷文和圣餐祷告念的还是《亚当短诗》和《受难者答辩》。

我们是沧桑世纪。
我们是砍头能手，是大怪物，
待会儿就要讨论砍掉你的头。
我们是你们的清洁工，先生女士啊，
我们踩着节拍紧跟你们后头，吟诵的节奏啊好多人不懂。

一、二、三、四！
左！

左！

他有一个好老婆但他啊——

左！

左！

左！

右！

左！

我们，如他们所说，在古老之国，军队扫过，碎尸成摞。

我们跨越了你们的旧石器时代、中石器时代和新石器时代。我们拥有很多你们的巴比伦和庞贝，你们的恺撒和镀铬制品。

我们有你们血淋淋的斧头和广岛之类的城市。我们前进前进，哪怕前方是地狱，我们也去。

萎缩、倒退、异变，

讲农家女夏娃的荤段子，

聊撒旦那个巡回推销员。

我们埋葬你们的死者及其声誉。

我们埋葬你们。我们是沧桑世纪。

然后出生、呼吸，在妇产医生的掌心干号，寻找人性，体会神性，感受痛楚，生儿育女，苦苦挣扎，走向死亡。

（濒死者，请从出口安静离开。）

一代又一代，一次又一次，如行仪式，身着血迹斑斑的祭袍，张开指甲剥落的双手，梅林[1]的孩子在追逐光明。夏娃的儿女也搭建起伊甸园，继而又疯狂推倒，无休无止，因为这已非同往昔。（啊！

---

1 梅林（Merlin），传说是中世纪最伟大的魔法师和预言家，亚瑟王的老师。

啊！啊！——白痴疯狂地在乱石中吼叫，发泄他的无名之火。快！让唱诗班的歌声将它淹没，用九十分贝的哈利路亚将它淹没。）

听啊，世纪正吟唱莱博维茨修道院最后的圣歌，那含混不清的名字是什么？

领唱：明亮之星[1]要降临。

应唱：主保佑。

领唱：明亮之星要降临。

应唱：基督保佑。

领唱：明亮之星要降临。

应唱：主保佑，保佑我们！

"明亮之星要降临。"这是暗语，在电闪雷鸣间传遍大陆。所有会议厅皆可闻低声商谈；印有"最高机密"的绝密文件处处流传，看完即毁；可面对新闻界，信息却被紧密封锁，但这墙外，议论的潮水仍不时涌来。墙上确有漏洞，但荷兰小男孩[2]式的官僚们紧紧用手指堵着，哪怕指头在媒体的口水弹药里泡得肿胀也不放松。

记者甲：请问阁下，里舍·索恩·贝尔克声明，西北沿海地区辐射量已达正常水平的十倍，您对此有何看法？

1　明亮之星（Lucifer），即拉丁语里的"晨星"，音译为"路西法"，后传为堕落天使路西法，即撒旦。

2　源自荷兰民间故事。据说以前荷兰有个小男孩，路过一座堤坝，看到堤坝上有个小孔，他知道万一溃坝，海水就会涌进来，造成大灾难。于是，小男孩用手指塞入小孔，一动不动，直到大人发现他。

国防部长：我没看过这份声明。

记者甲：假定它是真的，会是什么导致辐射量这么大幅上升呢？

国防部长：这个问题会引起猜测，也可能里舍爵士发现了一个铀储量丰富的矿藏。我不想评论。

记者乙：在阁下看来，里舍爵士是不是一位有能力、负责任的科学家？

国防部长：他未曾在我的部门工作过。

记者乙：这并不能回答我的问题。

国防部长：完全能够回答。既然他未曾在我的部门工作过，我无从了解他的能力和责任心。我又不是科学家。

女记者：据说最近在太平洋某地区发生了一次核爆炸，请问是真的吗？

国防部长：女士，相信您清楚，当前的国际法规定，任何原子武器的测试都属一级犯罪。我们并未处于战争状态。这足以回答您的问题吧？

女记者：没有，阁下，完全没有。我没有问您是否进行过测试，我是问是否发生过爆炸。

国防部长：我们没有引爆过。如果有人私自引爆，女士，您觉得他们会通知政府吗？

女记者：这并没有回答——

记者甲：阁下，叶鲁利安议员曾控诉亚洲联盟在远太空组装氢武器。据他所言，我们的行政理事会明知此事，却没有采取任何行动。有这回事吗？

国防部长：我相信反对派委员完全有可能做出这样荒谬的

指控。

记者甲：为何荒谬？是因为他们并没有在太空制造空对地导弹，还是因为我们并非全无行动？

国防部长：怎么看都荒谬。我想再指出一点，自从核武器被重新研发，制造核武器就被公约禁止。在哪里都不行，不管是太空还是地球。

记者乙：然而并没有公约禁止核分裂性物质在轨道运行，对吗？

国防部长：当然没有。空对空运载工具都是由核驱动的，必须燃烧核燃料。

记者乙：也就是说，用以制造核武器的材料可以在轨道上运行，却没有任何公约禁止？

国防部长（恼怒地说）：据我所知，大气层外有这种物质存在，不违反任何公约或议会法案。要知道太空本来就塞满了月亮和小行星，那些可不是用奶酪做的。

女记者：阁下的意思是不是，即使不用来自地球的原材料，也能制造核武器？

国防部长：这不是我的意思，虽然理论上有这个可能。我的意思是，除了核武器，没有任何公约、法律明文禁止任何特殊原材料在轨道上运行。

女记者：如果东方最近有过一次试射，您觉得哪种情况更有可能：地下爆炸冲破地表，还是空对地导弹弹头？

国防部长：女士，您的问题猜测性太强，这是逼我说"不予置评"。

女记者：我只是引用了里舍爵士和叶鲁利安议员的看法。

国防部长：他们可以纵容自己疯狂猜测，我不能。

记者乙：尽管可能有点儿古怪——还是请问阁下对当前天气有何看法？

国防部长：得克萨卡纳很温暖，是吧？不过我知道西南地区有恶劣的沙尘暴。沙尘可能也会刮到我们这一带。

女记者：您是否赞赏母爱，瑞格利阁下？

国防部长：我坚决反对母爱，女士。它对年轻人产生了恶劣影响，尤其对新兵。要是我们的战士没有被母爱腐蚀，就会更加优秀。

女记者：我们可以引用您刚才的话吗？

国防部长：当然，女士——不过只能用在我的讣告里，这之前可不行。

女记者：谢谢。我会提前备好。

跟前几任修道院院长一样，杰斯罗·泽奇骨子里不是一个特别深思熟虑的人。虽然身为修道院的精神领袖，他曾宣誓要让修士们养成沉思的品质。本身作为一名修士，他也努力培养自己三思而后行的沉稳。结果一个目标都没有实现。他的本性强迫他行动，即使在思考时也按捺不住。他那头脑从来都拒绝老老实实地打坐静思。然而正是这种好动的品质驱使他成为教区领袖，成为锐意进取的管理者，比起一些前任，他甚至更为成功。然而同样是这好动，也可能极易成为负累，甚至是一种恶。

大部分时间，泽奇能够模模糊糊意识到，当他面对几条无法扼杀的恶龙时，自己内心那鲁莽冲动的吼声。而现在，这种意识不再模糊，反而更加激烈。因为恶龙已经咬住了圣乔治[1]。

这恶龙是一台邪恶透顶的自动速记机，穷凶极恶，生来费电，霸占墙壁内部好几个立方单位，还占据了院长三分之一的桌面。现在，这玩意儿果然又坏了，大小写错乱、标点混淆，还颠倒了几个字母。就在刚才，他竟敢对尊敬的院长放电攻击，简直无法无天。话说院长打电话找了电脑修理工，可等了三天还不见踪影，于是他决定亲自动手，修理这个速记魔头。书房地板上杂七杂八地扔着试印的废品，其中有一页印着这样的信息：

> 测试，测试，测试？该死的民族？为什么是疯狂的首都＃现在是时候让所有优秀的记忆者去感受那些运书者的痛苦了吗？见鬼。你能把这句话翻译成更好的拉＃语吗——你需要立即给大学写封信吗？这该死的东西怎么了＃[2]

泽奇浑身瘫软地坐在满是垃圾的地板中央，揉着前臂想止住那不自主的痉挛。他刚刚在摸索速记机内部构造时，突然遭到电击。肌肉一抽一抽的样子让他想起被割开通电的青蛙腿。鼓捣之前，他还特意小心地切断了电源。这只能说明发明这鬼东西的魔鬼，特意为它安装了歹毒的设备，让它即使不通电也能电死使用者。当时他正拧拧这个接头，扯扯那个接线，想找松开的线缆。结果胳膊肘拂过底盘时被突袭，是一只高压过滤电容器抓住了机遇，通过尊敬的

---

1 英格兰守护神，民间有圣乔治屠龙的传说。

2 原文为大小写错乱、标点混淆和字母颠倒的英文与拉丁文。

神父院长释放了自己。泽奇不知道这是电容器的自然特性作怪，还是因为机身装有狡猾的恶作剧陷阱，故意恶搞想动手修理机器的使用者。总之，他瘫倒在地，而那不雅的姿势是他无论如何也不会自愿摆出的。他是有能力修理多语言转换器的，成功纪录上有着让他自豪的一笔。他曾在信息储存线中间发现一只死老鼠，于是纠正了这鬼机器总是写双音节的怪毛病。这次没看到有死老鼠，他只能翻翻线缆，祈求上天赐予他修理电器的异能，但显然不行。

"帕特里克修士！"他一边朝门外大喊，一边歪歪扭扭地站了起来。

"喂，帕特里克修士！"他再吼。

门终于开了，他的秘书跌跌跄跄地奔入，扫了一眼机箱门大开的速记器、搅成一团的计算机线路，还有满目狼藉的地板，抬起头谨慎地打量他的精神领袖脸上的表情。"要我再打电话找修理工吗，神父院长？"

"还找什么？"泽奇郁闷地嚷着，"你都打了三次电话了，他们也承诺了三次，我们也等了三天，根本没见人影。我要找速记员，马上要！最好是基督徒。那个破玩意儿——"他火冒三丈地直指自动速记机，"就是该死的异教徒，甚至更糟。马上扔掉，我不想再见到它。"

"是自动速记机吗？"

"是自动速记机，去卖给无神论者。不，那样不好，当垃圾卖掉。我受够它了。上帝啊，波诺斯院长为什么要买这么个蠢东西呢？上帝保佑他的灵魂吧！"

"哦，大人，他们说前任院长喜好小玩意儿，而且通过它，以您自己不懂的语言写信，也很方便。"

"有吗？你是说它本应很方便吧？可那玩意儿，修士，他们声称它能思考，我当时不信。思考说明有理性原则，意味着有灵魂。一台所谓的'思考机器'——还是人造的——怎么可能有理性的灵魂？呸！这从一开始就是个彻彻底底的异教观念。但你知道吗？"

"什么，神父？"

"一定有阴谋，不然不可能这么邪恶！它一定能思考！它知道好坏，我告诉你，它选择做坏东西。够了，别再偷笑了！这不好笑。这种设计连异教徒都不如。人造了这么个玩意儿，却没有制定原理。他们把灵魂说成是僵硬的原理。是植物的灵魂？是动物的灵魂？还有人类理性的灵魂。这些都是天使的灵魂。但我们如何能想到这灵魂的列表如今这样复杂？除了植物的、动物的、理性的——还有什么？还有那个，就在那里，这破玩意儿，而它坏掉了。快把它弄走——但先让我发一封电报给罗马。"

"要我记下来吗，尊敬的神父？"

"你会说阿勒格尼语吗？"

"不，我不会。"

"我也不会，霍夫斯特拉夫主教也不会说西南方言。"

"那用拉丁语吧？"

"哪种拉丁语？《圣经》的还是现代的？我是不会信任自己的拉丁文的，就算我敢信，主教自己的拉丁文恐怕也靠不住。"他皱着眉，怒视着那台巨大的自动速记机。

帕特里克修士也跟着皱眉，走到机箱前，开始盯着这个纷杂错乱的电路元件迷宫。

"没有老鼠。"院长向他确认。

"这些小凸起都是什么？"

"不要碰！"泽奇院长叫了起来，他看到秘书好奇地用手指头点着次级机箱控制点，这样的点有几十个。这些次级机箱控制点整齐地排列在一个盒子里，而盒盖被院长打开了，上面标注有不可违抗的警告：仅供厂家调试。

"你动了没有？"院长走到帕特里克身旁问。

"我好像扭了一下，但我觉得它自己又回去了。"

泽奇给他看了盒盖上的警告。"哦。"帕特里克支吾了一声，两人面面相觑。

"主要是标点问题吧，尊敬的神父？"

"除了这个还有大写的问题，有些词的拼法也一片混乱。"

两人对着一堆S形曲线、曲线、小圆块、小物件以及小装置，充满迷惑，相对无言。

"你可有听说过尊敬的犹他州修士弗朗西斯？"院长最后问。

"没印象，大人，怎么了？"

"只是突然希望他在为我们祈祷，虽然我相信他还没被封圣。来，咱们试试，看能不能让它动一动。"

"约书亚以前是什么工程师来着？我给忘了。但他去过太空，他应该很熟悉电脑。"

"我已经问过他了。他不敢碰。可能它需要的是——"

帕特里克靠边一站。"我可以离开了吗，大人？我……"

泽奇抬头瞥了一眼他那畏畏缩缩的秘书。"唉，你这胆小鬼！"他说着，在"仅供厂家调试"的盒子里又调了调。

"我以为自己刚刚听见有人在外面。"

"公鸡还没打第三次鸣呢——另外，你是碰了第一个钮吧，是不是？"

帕特里克畏畏缩缩地嘟囔："但盒盖已经打开了，而且……"

"快走吧。出去出去，趁我没决定把责任推给你之前。"

又剩下他一个人守着这台破机器，泽奇重新将插头插入墙上的插座，坐到书桌前，喃喃地向圣莱博维茨简单祷告（近几个世纪，"电工们的守护神"这种称号，竟比他作为圣莱博维茨阿尔伯特修道院的创始人还受欢迎）。接着他拨弄开关，侧耳倾听有没有噗噗或吱吱的噪声，可并没有类似的声响。他只听见延时计时器嘀嗒走着，计时马达那熟悉的颤声。他又使劲闻了闻，没有闻见烟味或臭味。最后，他睁开了眼睛，看见桌面控制仪表板上的指示灯正亮着，一如往常。"仅供厂家调试"，唬人啊！

定了定心，他将模式选择钮拨至"无线电报"，将过程设定钮调为"口述记录"，翻译组合定为"西南方言输入"和"阿勒格尼语输出"，确认书写设定为"关"，于是点开麦克风按钮，开始口述：

"十万火急：致新罗马梵蒂冈秘宣会、教区暂理牧师、宗座代表、最尊贵的红衣主教霍夫斯特拉夫·艾瑞克爵士……"

"最尊贵的大人：纵观今日世界，紧张局势重现，预示新国际危机即将袭来，甚至有关秘密核军备竞赛的报道也频有出现。考虑当前状况，我们建议重启某些暂停的计划。若主教大人认同此举，我们将无比荣幸。教皇谢莱思廷八世于公元3735年在圣女神圣庇护节上，颁布教令，开头说——"他停下来，浏览桌上的文件，"'得知部分教徒已离开地球，远居其他星球，永不复回。'公元3749年的文件，确认了'教徒所到之处，牧师亦相随'。这份文件还授权购买了一座岛屿，呃，还有一些交通工具。最近的相关记录在已故教皇保罗于公元3756年发布的《战争威胁消除报告》里。

其后，教皇与我们的前辈们互通书信探讨，最终下令暂停'逃离地球计划'，定为——呃——延缓行动，只等着您的审批。我们对'逃离地球计划'的尊重一如往常，并时刻准备着重新执行，提前六周通知我们，则可执行计划……"

院长口述着，该死的自动速记机也在记录着他的声音并翻译成另一种语音编码记录到磁带上。口述完毕，他将流程选择按钮调至"分析"，然后按下一个标有"文本处理"的按钮。显示"准备"的指示灯一灭，机器就开始处理。

同时，泽奇研究着眼前的文件。

机器铃声骤响，显示"准备"的指示灯再次频闪，机器停止处理。院长战战兢兢地探头飞速扫了一眼"仅供厂家调试"的盒子，又闭紧双眼，死命按下"书写"按钮。

咔嚓咔啪嘀——啪啪嘀咔啪咔，自动速记机嗒嗒地工作着，泽奇满心期待这次输出的是他要的电文。他细细倾听那打字的声音，希望能确认就是打阿勒格尼语的节奏。听了一会儿，他肯定那就是，阿勒格尼语活泼的调子伴着按键的嗒嗒声演奏着。他满意地离开书桌过去看它工作，自动速记机正打出齐整规矩的电文，上面用阿勒格尼语写着：

收报人：新罗马梵蒂冈神圣传信部

      教区临时代理牧师

      宗座代表

      霍夫斯特拉夫红衣主教艾瑞克爵士大人

发报人：西南属地

圣莱博维茨

圣莱博维茨修道院院长

杰斯罗·泽奇牧师大人

主题：逃离地球计划

最尊贵的大人：

纵观今 r 日世界紧张 hs 局势重 n 现。甚至有 u 关

于秘 s 核密，

军备 r 竞赛的报道频 oy 出现。考虑当前状况。

我们 e 建议重启某些 nz 停 g 的计划……

他嫌恶地关掉机器。神圣的莱博维茨啊！我们辛勤工作就是为了能鼓捣出这些东西吗？在他眼里，这玩意儿比起一支精心装点的鹅毛笔和一瓶红墨水，没有任何进步。

"嘿，帕特里克！"

外面办公室里没有马上传来回应声，但过了一会儿，一位红胡子修士推开了门，扫了一眼大敞的机箱、盖满废纸的地板，又瞅了瞅院长扭曲的表情，不禁咧嘴笑了。

"怎么回事，大人？您不欣赏我们的现代科技吗？"

"没什么兴趣，不！一点儿也不！"泽奇不耐烦地吼，"嘿，帕特里克！"

"他出去了，大人。"

"约书亚修士，您真的不能修好这玩意儿吗？说实在的。"

"说实在的？不，我不行。"

"我急着要发一封电报。"

"那真是糟透了，神父院长，怎么都行不通。他们收走了我们的石英晶体，还关闭了发报室。"

"他们是谁？"

"区域防卫内务部。所有私人发报机都被严令禁止发报。"

泽奇慢慢踱到椅子跟前，一屁股陷在里面。"防卫警告。为什么呢？"

约书亚耸耸肩。"传说有什么最后通牒，我就听说这么多。再就是辐射检测员给了我一些消息。"

"辐射量还在上升？"

"还在上升。"

"打电话给斯博凯恩。"

一到午后三点多，风尘又袭来。大风扫过台地，刮过小城圣博维茨。它狂掠周边村庄，大风扫过灌溉农田里瘦高的玉米，发出呼呼的号叫，从赤裸的山头刮下滚滚风沙。它缠着古老修道院的石墙和修道院旁那现代建筑的铝墙呜咽着、呻吟着。它搅起遍地尘埃让那红日也污浊晦暗。接着这恶魔匆匆穿过那六车道的高速公路，古老的修道院与现代建筑群在那里分隔。

高速公路的一侧有一条岔路，一头穿过修道院附近的郊区住宅群，另一头通向城市。一个身穿粗麻布衣服的老乞丐停下脚步，静静聆听风声哀鸣。风声里，时不时夹杂着南方火箭试射的震响。地对空拦截导弹在沙漠深处发射腾空，向目标轨道靠去。老人倚着拐棍，盯着太阳这淡红的圆盘，不知是对着自己还是对太阳喃喃低语："预兆，预兆——"

岔路另一头有一间小屋，一群孩子在满是杂草的院子里玩耍，一个黑人老妇抽着烟斗，默默看着他们。不时有孩子跑到她跟前，来到这门廊下的"祖母法庭"满脸涕泪地控诉。老妇偶尔安慰两声或劝诫一句，又陷入沉默，吧嗒吧嗒抽着烟斗。

一个孩子很快发现了站在路对面的老流浪汉，立刻叫起来："看啊，看啊！是老拉撒路！姑姑说他就是老麻风病人！蒙主救活！快看！拉撒路！麻风病！"

孩子们气势汹汹地蹚到破败的篱笆前，老乞丐吹胡子瞪眼，瞪了他们一下，又继续沿路流浪。一颗卵石嗖地飞落到他脚边。

"嘿，拉撒路！"

"姑姑说，主耶稣使他复活，他就活啦！看他啊！哈！还在寻那复活他的主啊！姑姑说……"

又一颗石子落在老人背后，可他头都没回。老妇人困倦得不时点一下头。孩子们又回到院子里接着做游戏。沙尘暴更严重了。

穿过高速公路，古老的修道院对面矗立着一座由铝和玻璃构建的新式建筑。楼顶上有一位修士正在提取风的样本。他用抽风机先吸入尘埃密布的空气，再将过滤后的空气导入地下的空气压缩机。修士已不再年轻，但也没到中年。他短短的红胡子像被电过，因为上面垂着灰尘织就的网和饰带。他不时厌烦地抓一抓，有一次还把下巴伸进了抽风机的吸管口，他愤愤地抱怨，然后画着十字求上帝保佑。

压缩机咳了几声就没动静了。修士关掉抽风机，撤了引风管子，将设备从屋顶拖入大楼，进入电梯。各个角落都积满尘埃。他关上电梯门，按下降键。

到了顶层实验室，他扫了一眼压缩机仪表——上面显示"最高值"。他关上门，脱去修道服，抖了抖上面的尘埃，然后挂到木钉上，打开抽风机上上下下吸了一遍。走到实验室工作台另一头那个深深的钢板水池旁，他拧开冷水开关，放水至200JUG，把头一下子扎进水里，洗着胡子和头发上的污泥，水冷冰冰的，痛快极了。抬起头，水从头发、胡子上吧嗒吧嗒滴落。他瞥了一眼大门，看来不大可能有人进来。于是他脱掉内裤，爬进水池，打了个激灵，舒舒服服躺了下去。

门猛地打开，海伦修女端着一盘还未拆封的玻璃器皿走进来。修士一惊，猛地跳起来，湿淋淋地站在水池里。

"约书亚修士！"修女尖叫。托盘一松，玻璃器皿啪啪落地，碎了五六个。

修士又慌张地一屁股坐下，水花溅得满屋子都是。海伦修女语无伦次地尖声乱叫，终于把托盘往工作台上一放，慌忙逃跑。约书亚跳出水池，罩上修道服，都没擦身子就穿上内衣。等他走到门口，走廊里早已不见了海伦修女的踪影——大概已经逃出大楼，奔往岔路另一头的修女礼拜堂了。他羞愧万分，赶紧继续工作。

他清空了抽风机中的沉积物，用小玻璃瓶装了一些尘埃样本。他将瓶子拿到工作台上，戴上一副耳塞，将瓶子置于和辐射计量器有一定距离的地方，对着手表侧耳倾听。

压缩机中有一个内置计量器。他按下"重置"键，数字迅速归零，重新计量。一分钟后他按下"停止"键，将计量结果写在手背上。大部分都是经过压缩和过滤的空气，但还有那么一点儿别的东西。

下午，他关上门，走到下面一层的办公室，在墙上的一张大表格上写下计量数字。看着数字走势令人费解地上扬，他坐到桌子上打开了视频电话开关。眼睛仍紧紧盯着表格，摸索着按下电话号码。屏幕闪烁，电话嘀嘀作响，镜头一晃一晃，正聚焦在书桌前的一把空椅子上。过了几秒，一个人在椅子上坐定，看向镜头。"我是泽奇院长。"院长一看清楚，嘟囔起来，"哟，是约书亚修士啊，我正想打电话找你呢。你洗过澡了吗？"

"是的，院长大人。"

"你起码应该脸红！"

"的确红了。"

"好吧，视频上可看不出来。听着，在高速公路这边，我们门口有个标牌，留意过吗，啊？上面写着：'女士注意，不得进入——'你注意过吗？"

"当然，大人。"

"冒犯了庄重的修女还不惭愧，我看你一点儿都没觉得羞耻。你这家伙，我猜你只要路过蓄水池肯定会跳下去，脱个精光游一圈。"

"谁告诉您的，大人？我是说——我只是泡了……"

"是——吗？好啦，别扯了。你打电话找我有什么事？"

"您叫我给斯博凯恩打电话。"

"没错，你打了吗？"

"是的。"修士咬了咬嘴角干裂的皮肤，不安地顿了顿，"我和里昂神父谈过，他们也都注意到了。"

"辐射量上升？"

"不止。"他又迟疑了，他不愿意说。一些事实一旦说出口，总觉得会把它放大。

"说啊！"

"这与几天前的地震骚乱有关系，尘埃是上层气流从那个方向带过来的。综合考虑，这看起来像低海拔地区百万吨级爆炸所形成

277

的辐射。"

"咳！"泽奇一声长叹，一手捂住双眼，"明日之星真的降临了？"

"是的，大人，我担心是武器作用。"

"有没有可能是工业事故？"

"不可能。"

"但如果有战争在进行，我们应该知道。会不会是非法试验？但也不可能。要是他们想要试验，可以在月球远地一面进行，或者到火星更好，还不会被逮到。"

约书亚点点头。

"那还有什么可能？"院长继续琢磨，"演示？威胁？警告？"

"我也只能想到这么多。"

"这就能解释那个防卫警告了。新闻还是老样子，除了谣传和不予置评全是废话。亚洲没有任何回应。"

"可按理说，一些观测卫星应该能发现这导弹的发射。除非——我真不愿提，可——除非有人发现了越过卫星监测发射空对地导弹的方法，而且不击中目标就无法探测。"

"有这种可能吗？"

"坊间已有传闻，神父院长。"

"政府知道，政府肯定知道，一定有人知道详情。可我们一无所知，被堵着耳朵防止得癔症。他们是这么叫的不是吗？疯子！世界时刻处于危机的时间已经有五十年了。五十年！让我有什么好说的？世界从存在之日起，各种危机就如同家常便饭——可最近这半个世纪，已经让人忍无可忍。可上帝啊，这是为什么呢？什么是万恶之源呢？什么是紧张的本质呢？政治哲学？经济问题？人口压力？文化和信仰差异？去问十个专家，能得到十个答案。如今明日之星又降临了，难道人类整个族群生而愚昧吗？如果我们生来就是疯子，那得去哪里找寻天堂？单靠信仰就行吗？有没有哪位神灵可以原谅我？这不是我的本意。听着，约书亚——"

"什么，大人？"

"一关门你就马上来这里……那份电文——我不得不派帕特里克修士到镇上找人翻译，通过正规线路发出去。回复传来时，我希望你在我身边。你知道内容是关于什么吗？"

约书亚修士摇摇头。

"逃离地球计划。"

修士的脸色逐渐变得苍白。"通过了吗，大人？"

"我只是在尽力了解计划审批进展，不要跟任何人提起。当然，你会参与其中。工作结束后过来见我。"

"没问题。"

"主与你同在。"

"也与您的精神同在。"

电路闭合，屏幕暗去。房间很暖，可约书亚打了个寒战。窗外，黄昏提早降临，翻飞的尘埃使朦胧暮色越发阴郁。放眼望去，只能看见高速公路旁的风暴防护，一队卡车经过，亮着的前灯在尘埃的黑幕上打出光晕。过了一会儿，他已能看出有人站在车道通往收费关卡的门边。卡车前灯一次又一次闪过，那人朦胧的剪影依稀可见。约书亚不禁又打了个寒战。

那个身影绝对是格拉丝夫人的。这样晦暗的黄昏里，想清楚地认出某个人根本不可能，但这个轮廓不一样，左肩有一个兜帽，脑袋向右那样歪着，除了格拉丝夫人再没别人会这样。修士拉上窗帘关了灯。他对老妇人的畸形并不感到惊异。世界对这种基因灾难和此类基因的恶作剧早已厌烦。他自己的左手仍有一个小小的伤疤，那是儿时切除第六指留下的。然而此刻他宁愿忘记这烈焰灭世留下的遗产，而格拉丝夫人显然继承了更多。

他用手指摸索书桌上的地球仪，用力一转，太平洋和东亚飞快闪过。哪里？确切在哪里？他以更快的速度转动地球仪，一下又一下地拍打着，世界像个赌场的转轮，飞快旋转，越来越快，越来越快，直到大陆与海洋模糊成一团。女士们、先生们，押下你们的赌注吧，押哪里呢？他用拇指一按，地球仪急刹车。庄家：印度。夫人请收筹码。这占卜真是疯狂。他再次转起地球仪，直到地轴不安地作响。"一天一天"转瞬即逝。反转地球仪之际，他突然留意到，倘若大地女神盖娅也这般逆转，那太阳和其他路过的景物将会西升东落，时间会因此而倒流吗？同名的另一个我会喊着：噢！太阳，不要转向那山城[1]，还有月亮你呀，不要转向山谷。实在是个好把戏，这本书什么年代都有用。噢！太阳，回去吧，还有你啊！月亮，沿轨道反向转回吧……他不停反转着地球仪，仿佛希望地球的模拟物能够掌控时空精灵，将时间逆转。旋转三十几万次也许能将地球带回烈焰灭世之时，最好加个马达不停地转，这样也许就能转回到人类起源时。他又用拇指按住地球仪，再一次胡乱占卜。

又一次，他在办公室里磨磨蹭蹭，惧怕回"家"。"家"就在高速公路对面，一幢幢鬼影般的建筑的大厅里，仍夹杂着十八世纪前逝去文明的残砾。穿过高速公路走进古老的修道院，如同穿越了永世。在这座铝与玻璃构建而成的崭新建筑里，他是一位工程师，守

1　Gabaon，古代以色列的城市，意为"山城"。

在工作台旁，只需观察事件，研究成因，而不需质问为什么。在路的这边，明日之星的降临也只存在于没有感情的冰冷公式，辐射计数器的嗒嗒作响，地震波形记录笔的猛烈摇晃。但是在古老的修道院，他不再是一位工程师。在那里，他是一位基督教修士，莱博维茨的运书者、记忆者。在那里，面对的问题将是："为什么，主啊，为什么？"而这问题已经出现，院长因此下令："过来见我。"

约书亚抓起行李，服从精神统治者的召唤向修道院走去。为了躲开格拉丝夫人，他从地下通道走过去。毕竟，现在可不是与这位双头老太婆聊天的时候。

◇ 25 ◇

困住秘密的墙已被冲垮。几个无畏的荷兰小男孩被愤怒的大潮冲跑。大潮将他们冲出得克萨卡纳，冲至农庄故土，他们在那里无须再面对流言蜚语。其他人仍坚守岗位，忠诚地去封堵一条条新的裂缝。然而风中某种同位素的降落让流行暗语在大街小巷、报纸头条无处不见：明日之星已降临！

国防部长又要面对记者老朋友了，他的制服整洁无瑕，妆容一丝不苟，态度镇定自若。这一次的记者招待会通过电视对整个基督教联盟进行转播。

女记者：阁下面对事实仍然非常镇定。最近接连发生两起违反国际法的行为，根据条约规定都属战争，战争部长就一点儿也不担心？

国防部长：女士，您应该很清楚，这里并没有战争部长，只有国防部长。而且据我所知，只有一起违反国际法的事件发生。您是否可以告诉我另一件？

女记者：您不清楚的是哪一件呢——伊图湾的灾难还是远南太平洋的导弹示警？

国防部长（突然一脸严肃）：我相信女士应该无意煽动民众，但您的问题反映出，您即使不是完全信任，但也接受了亚洲国家完全错误的指控。他们是不是声称伊图湾灾难是我方武器试验的结果，跟他们无关？

女记者：如果有煽动之意，请您把我扔进监狱吧！这个问题是依据一份《近东中立组织报告》而提的，报告中称伊图湾灾难是亚洲核武器试验的结果，是地下试验冲破了地表。这份报告还称，我们的卫星感知到了伊图湾试验，并立即发射地对空导弹示警，击中新西兰东南地区。而现在您既然提了，那请问伊图湾灾难本身是不是我们的武器试验造成的？

国防部长（强装耐心）：我理解记者立场要客观，但暗示陛下的政府有意侵犯……

女记者：陛下只是个十一岁的男孩，而且这样的政府自称为他的政府，不仅老套，而且厚颜无耻——甚至卑贱！——妄图推卸责任，否认你们自己的……

主持人：女士！请控制一下您的情绪——

国防部长：够了，够了！女士，如果您一定要夸大这些想象丰富的指控，那我告诉您，伊图湾灾难并非我们武器测试的结果，我也不曾听说近期有其他核爆炸。

女记者：谢谢。

主持人：《得克萨卡纳星观察》的编辑似乎有话要说。

编辑：谢谢。我想问阁下：伊图湾究竟发生了什么？

国防部长：我们在那个区域并无国民，在上次世界危机中，我们两国的外交关系已经破裂，因此我们并没有观察员在那里。所以，我只能依靠间接证据和一些互相冲突的中立组织的报告判断。

编辑：可以理解。

国防部长：那很好，根据我收集的资料，伊图湾灾难是一场百万吨级的地下核爆炸——这显然是某种试验完全失控的结果。到底是武器试验，还是某些亚洲边缘"中立国"所控诉的改变地下水流向的企图，这无法判断——但显然这一定是违法的，联合国正准备向国际法庭抗议。

编辑：有无战争风险？

国防部长：我预计没有。而你也知道，我们有相当数量的武装派遣队，有必要的话，随时可以响应国际法庭的征召，协助执行裁决。目前我没有看到有此必要，但我无法为法庭代言。

记者甲：可亚洲联盟发出威胁，一旦法庭不对我们采取行动，他们将立即攻击我们的太空设施。如果法庭应对迟缓，那会有什么后果？

国防部长：至今尚未收到最后通牒。在我看来，威胁的目的是安抚亚洲本区域人民，以此来掩盖他们在伊图湾的过失。

女记者：拉格尔大人，您如今对母爱的信赖可有加深？

国防部长：我希望母爱对我的信赖至少和我对母爱的信赖一样深。

女记者：我相信，这至少是您应得的。

新闻发布会通过距地球两万两千英里的转播卫星广播，西半球大部分区域都被这闪烁的VHF信号覆盖，这信息将会发送到千家万户的壁挂荧屏上。泽奇院长也是其中之一，他刚关掉了电视。

他在房间里踱来踱去，焦躁地等待约书亚，试着不去乱想，结果根本就做不到。

主啊，我们难道真的没救了吗？难道我们注定要这样一次又一次地轮回吗？这兴盛和覆亡的循环没有止境，难道我们别无选择，只能如凤凰般一次又一次浴火重生吗？亚述、巴比伦、埃及、希腊、迦太基、罗马、查理曼大帝的帝国以及土耳其，都已归为尘土，满目凄凉。西班牙、法国、英国和美国……湮没在茫茫时空里，一次又一次，周而复始。

主啊，我们注定要如此吗？被紧紧捆缚在自己的疯狂钟摆上，想要停下来却不能够。

而这次，它将把我们摇至湮没。他想。

见帕特里克修士送来第二封电报，绝望的感受终于一扫而空。院长一把撕开，快速扫完，咯咯笑了。"约书亚修士来了吗？"

"正等在外面，尊敬的院长。"

"让他进来。"

"噢，修士，关上门，打开消声器，来看看这个。"

约书亚扫了一眼第一封电报。"新罗马的回复？"

"今天早上到的。先打开消声器，我们有事要谈。"

约书亚关上门，一拨墙上的开关，隐蔽的扩音器呜咽了一声没了动静，房间里的音效好像突然变了。

泽奇师示意他到一张椅子那里坐下，他走了过去，看着第一封电报。

"……与'逃离地球计划'相关的任何行动，均不得擅自启动。"他大声念了出来。

"那玩意儿开着时，你得喊着说话。"院长说的是消声器，"你刚才说了什么？"

"我只是在读电报。那么，这个计划被取消啦？"

"别一脸放心的样子，那是今天早晨收到的，而这封是今天下午刚收到的。"院长拿出第二封电报掷给他：

今日早时的电报作废。教皇指示，"逃离地球计划"项目立即重启。选拔骨干，三日内离开。收到确认电报后立即动身。骨干组织有任何空缺及时报告。视情况开始执行。

教区宗座代表，霍夫斯特拉夫红衣主教艾瑞克

修士脸色一片苍白。他将电报又放到书桌上，一屁股坐回椅子，双唇紧闭。

"你知道'逃离地球计划'是关于什么的吗？"

"我知道它是做什么用的，但不清楚细节。"

"好，我来解释。这一计划最初是要将几位牧师连同一批移民送往人马座主星移居，但没成功。因为任命牧师需要得到主教首肯，而第一代移民移居后，将来还需要输送更多牧师，一直都要如此。于是这问题发展成了一场争论，那就是这些移民队伍能否持久，果真如此的话，如果地球不再输送牧师，如何确保移民星球的使徒传统能够传承下去？"

"想来最少要派三位主教。"

"是的，这看起来有些愚蠢，因为移民群体规模其实很小。但自从上次世界危机以来，'逃离地球计划'成了紧急计划。准备当

地球厄运临头时，移民星球上的教会得以保存。我们还有一艘船。"

"星际飞船吗？"

"没错。我们还有能够操纵战舰的一班人。"

"在哪儿？"

"就在这里。"

"就在修道院里？那是谁呢——"约书亚顿住了，脸上更加灰白，"可是大人，我在太空方面的经验只是跟轨道航天器挂钩，和星际飞船绝对不沾边！南茜死前，我去了西多会……"

"这些我都知道。修道院里有星际飞船飞行经验的人还有很多，你也认识吧？甚至还有笑话说，太空人似乎更容易受到感召来我们修道院。这当然不是意外。你该记得吧？做候补见习修士时，我们是怎样考察你的太空经验的？"

约书亚点了点头。

"你一定也记得，我们曾经问过，如果修道院要你去太空，你愿不愿意再次回去？"

"记得。"

"那么你应该意识到，一旦'逃离地球计划'通过，那你就有可能被派去执行任务。"

"我……我猜我当时怕的就是这个，大人。"

"怕？"

"或者该说担忧，可也害怕，有一点点害怕。因为我总希望能在修道院里度过我的余生。"

"做个牧师？"

"呃——那个我还没下定决心。"

"执行'逃离地球计划'不会让你背弃誓言，也不意味着你就离弃了修道院。"

"修道院也要搬走？"

泽奇笑了："带着《大事记》。"

"一整套—— 还要—— 哦，你说的是微缩胶卷。到哪里去呢？"

"人马座移居区。"

"要去多久，大人？"

"一旦你去了，那就永远不能再回来。"

修士深深地吸了一口气，两眼紧紧盯着第二封电报，但一个字也没看进去。他抓了把胡子，表情呆滞。

"三个问题，"院长扬声说，"不必马上回答，但要开始思考，使劲思考。第一，你是否愿意前往？第二，你有没有受到感召要成为牧师？第三，你愿不愿意领导这队人？我所说的愿意，不是指愿意服从。我指的是热忱，或愿意去唤起热忱。想清楚，你有三天时间考虑——可能更短。"

现代化的改变，对古老修道院的建筑和场地侵蚀甚少。为了保护老建筑，避免跃跃欲试的新建筑来侵吞，扩张的建筑被建在墙外，甚至高速公路对面——有时要为此牺牲便利。老食堂因为屋顶变形而被声讨，如今需要穿过高速公路才能到新食堂。因为有地下行人通道，修士们每日就餐的不便还能缓解一些。

这条路在这里已经有好几个世纪了，近来只是越发宽阔。这条路曾见证了异教徒军队、朝圣者、农民、驴车、游牧人、狂热的东方骑士，见证了大炮、坦克以及十吨载重的卡车。时代在变化，季节在更替，交通有时堵塞拥挤，有时如涓涓细流，有时如滴滴露水。

很久以前，这里曾经就有六车道，有汽车在上面行驶。后来，车流止滞了，车道碎裂了，雨水淋过，裂缝间生出稀疏的小草，又被尘埃掩埋。沙漠居民挖出这些破碎的水泥块，盖房子，垒围墙。自然的侵蚀，居民的蚕食，使这六车道逐渐变成了沙漠中的小路，穿越那荒蛮之地。而今，又有了四通八达的六车道，又有了汽车来来往往，一如往昔。

"今晚交通不拥挤，"院长离开古老的大门时两眼一扫，"咱们直接步行过去吧。沙尘暴过后，地道里面能憋死人，不过你想躲汽车那就算了。"

"走吧。"约书亚修士说。

低矮的卡车前灯微弱（只作警告用），轮胎和发动机呜呜悲鸣，毫不留心地从身边飞驰过去。它们用碟状天线探路，以磁性触角感知路基中的导向钢筋，转换方向。粉红色的柏油路映出幽暗的光。这些人类经济大动脉中的血细胞，冷漠地从两位修士身边噌噌扫过，毫不在意他们的死活。修士们心惊胆战地从一条车道躲躲闪闪地窜到另一条车道。一旦被一辆卡车撞倒，那后面就会跟来一辆又一辆卡车从身上碾过，直到有安全巡逻车发现已经被轧成肉酱的人尸，才能让车停下来，清理干净。自动领航仪的感应装置探测金属块还行，探测血肉就无可奈何了。

"真是选错了。"气喘吁吁冲到中心岛，终于能歇口气了，可约书亚说，"看谁站在那儿？"

院长眯着眼睛盯了一会儿，接着一拍脑门儿。"格拉丝夫人！我给忘干净了，她今晚会到处找我。她把西红柿卖给了修女餐厅，现在又找上我了。"

"找你？她昨晚在这里，前天晚上也在这里。我以为她是在等车呢。她找你做什么？"

"哦，其实没什么。她卖西红柿给修女们，价钱收高了，现在想把多出的利润捐给我，投到济贫箱里。本来只是个小仪式，我不介意这个仪式，只是之后的要求才糟糕呢，你等着瞧。"

"要不我们回去？"

"然后伤害她的感情？不行。她已经看见我们了。快来。"

他们又陷入这一队细长的车流，奋力向前游去。

双头老妇和她的六腿狗守着空空的菜篮等在新楼大门边。老妇对着狗温柔地哼着曲子。狗的四条腿都是好的，多出来的两条腿没用地耷拉在两边。和那两条腿一样，老妇的一个头也是没用的。那个头很小，从来不会睁开眼睛，看起来既不能呼吸也不能思考。它懒懒地靠在一个肩膀上，又瞎又聋也不作声，如同木制品。也许它没有大脑，因为它看起来既没有独立意识也没有个性。老妇的另一张脸已经写满沧桑，长满皱纹。而多出的脑袋仍似婴儿，风沙磨砺，烈日暴晒，却没有损毁这童颜。

见二人走近，老妇屈膝致敬，而她的狗却怒号着徐徐退后。"晚上好啊，泽奇神父。"她拉长调子说道，"也祝——祝您晚上好啊，修士。"

"哦，您好啊，格拉丝夫人——"

狗猛吠了起来，毛发直竖，发狂地跳着，亮着犬牙扑向院长的脚踝，像要撕咬一般。格拉丝夫人赶紧抓起菜篮打向宠物。狗牙撕咬着篮子，扑向女主人。格拉丝夫人挥着篮子将它隔开。狠狠挨了几下重击之后，那狗终于退到门口，愤愤不平地低嚎。

"普里西拉心情不错啊！"泽奇观察完愉快地说，"是要生小宝宝了？"

"请您原谅，大人。"格拉丝夫人说，"是要生了，不过可不是怀孕让它这么疯癫的，是魔鬼让它发疯，就是我那个男人。他对这可怜的小东西施了魔法，他——那个着了魔的东西——弄得这狗什么都怕。我求您原谅它的淘气。"

"没什么。行啦，晚安，格拉丝夫人。"

可是想溜走没那么容易。她微笑着抓住院长的袖子，张着没牙的嘴，那笑容让人无法硬下心肠拒绝。

"等一等啊，神父，要是您还有时间，就给西红柿老婆子一分钟吧。"

"有什么事？当然可以！我很高兴——"

约书亚冲院长狡黠地咧嘴一笑，走过去跟小狗商量请它让开路。普里西拉轻蔑地看了看他。

"这些，神父，这些，"格拉丝夫人说着，"把这一点儿放进您箱子里吧。这些——"泽奇伸手去挡，硬币叮当作响。"没事，这些，拿去，拿去吧。"她坚持着一定要送，"唉，我知道您总会这么说，可这不对！我可不像您想的那样穷，而且您老是做好事。要是您不拿去啊，我那个没良心的男人也要从我这里拿走，然后去做那魔鬼的活计。拿去——我卖光了西红柿，还卖了个好价钱。瞧，我给自己买了这周的食物，甚至还给瑞琪尔买了漂亮的玩具。我想要您留着它们，拿去。"

"真好啊……"

"汪呜！"大门那边传来一声颇有气势的长吠。"汪呜！汪！汪！汪——呜——"紧接着是一长串急促的狂叫，只见普里西拉一边嚎着一边退缩到一角。

约书亚精神恍惚地晃回来了，双手缩在袖子里。

"你受伤了吗，伙计？"

"汪呜！"修士回应。

"你到底对它做了什么？"

"汪呜！"修士重复着，"汪！汪！汪——呜——！"接着解释说，"普里西拉相信了我是狼人，刚刚是它叫的。现在我们能过去了。"

小狗这会儿不知躲到哪里了，可格拉丝夫人又一次抓住院长的衣袖。"就耽误您一分钟，一定不多耽误您啊！我想请您看看小瑞琪尔。我想替她洗礼，还得命名。我想问您能不能来主持……"

"格拉丝夫人，"他尽量温和地说，"去找你们教区的牧师吧。他会处理这些问题，我没办法。我没有自己的教区——只有修道院，去找圣米迦勒教堂的西罗神父。我们的教堂并没有洗礼盆，还禁止妇女入内，只有廊台算例外。"

"修女礼拜堂有洗礼盆，而且女的可以——"

"那是为西罗神父预备的，不是给我用的。这一定要记录在您自己的教区才行。只有紧急情况我才能……"

"是啊，是啊，我知道。但是我去找了西罗神父。我带了瑞琪尔去教堂，可那傻子不愿意碰她。"

"他拒绝为瑞琪尔施洗？"

"没错，那个蠢货。"

"您正谈论的是一位牧师，格拉丝夫人，他不是一个蠢货，因为我很了解他。他一定有自己拒绝的理由。您要是不同意他的理由，那就去找别人——但不能找修道院的牧师，去和圣梅西教堂的牧师说说看。"

"唉，我也去找过了……"于是她开始没完没了地历数她因为瑞琪尔得不到受洗而进行的大大小小的争论。修士们起初耐心听着，但约书亚盯着她时，突然一把抓住院长的上臂，而且越来越用力，手指渐渐都陷进泽奇的胳膊里。院长吃痛，一脸抽搐，赶紧用另一只手把他的手指掰开。

"你怎么回事？"他低声问，这时才留意到修士的表情。约书亚的双眼直愣愣地盯着老妇，好像她是个鸡身蛇尾怪。泽奇顺着他的视线望过去，没看见什么比平常奇怪的地方。她的另一个头正被某种面纱半掩着，可约书亚修士应该也见惯了这些。

"对不起，格拉丝夫人。"见她说得上气不接下气，泽奇赶紧趁机打断，"我现在真的要走了。我可以告诉您：我会给西罗神父打电话说您的事情，不过除了这个我也帮不上忙了。我们会再见的，我确定。"

"谢谢您的好心啊，还有求您留着这些吧。"

"晚安，格拉丝夫人。"

他们步入大门，向餐厅走去。约书亚用手掌根重重拍了太阳穴几下，好像要把什么东西震回原位。

"你干吗那样盯着她？"院长质问，"我觉得那很粗鲁。"

"你没发现吗？"

"发现什么？"

"那就是没发现了。算了……让它过去吧。不过瑞琪尔是谁？为什么他们不给那个孩子施洗呢？她是那位妇女的女儿吗？"

院长微微咧了咧嘴，但眼里并没有笑意。"格拉丝夫人也这么坚称。可问题是，瑞琪尔到底算她的女儿，算她的姐妹，还是只是她肩膀上多出的一个赘物？这不好说。"

"瑞琪尔——她的另一个头？"

"不要叫这么大声，她还能听见你。"

"她想为那东西施洗？"

"而且急迫得很，你怎么看？这可真是个烦心事。"

"我不知道，我可不想知道。感谢上帝，我不用来判断这件事。要是这跟暹罗连体婴那么简单还好办，可这不一样。老人们说格拉丝夫人出生时还没有瑞琪尔呢。"

"这是农民的谣传！"

"有可能，但有人愿意为此发誓呢。有两颗头的老女人——一颗头还是'就那么长出来的'，她会有多少个灵魂呢？"

"碰上这种事，就是高层神职人员也要伤透脑筋的，孩子。现在说说你留意到什么了吧，为什么那样盯着她看，还差点儿把我胳膊上的肉给揪下来？"

修士缓缓开口："它对我笑了。"他最终还是说了出来。

"什么笑了？"

"她的另一个，呃——瑞琪尔。她笑了。我想她可能要醒来了。"

院长正走到餐厅门口，听完一把扯住约书亚，惊讶地盯着他。

"她笑了。"修士异常诚恳地又重复了一遍。

"是你想象的。"

"不，大人。"

"那就当成是你的想象。"

约书亚修士试了试。"我做不到。"他低下头。

院长把老妇捐的硬币倒进济贫箱里。"我们进去吧。"他说。

新餐厅具有多种功能，有铬制设备和精心打造的音效，还有兼具灭菌效果的灯光。被烟熏黑的石头、油脂灯、木制碗，以及那地窖里深藏的陈年干酪一律不见了。除却座位呈"十"字形安置，一侧墙上挂着一排画像，这个地方和一般的工业餐厅别无二致，氛围也和老餐厅大不一样，正如整所修道院的氛围也是今非昔比一样。这么多年来，一代又一代的修士，保护着早已逝去的文明所留下的文化遗产，如今修士们见证了一个更新更强的文明拔地而起。古老的任务已经完成，新的任务已经找到。历史被庄严陈列于玻璃橱窗，供人敬仰。但今时已不同往日，修道院顺应时代潮流，进入铀、钢铁以及炫目的火箭时代。在重工业的咆哮声中，与星际动力转换器的低鸣一道翻转前进。起码在表面上，修道院已与时代融为一体。

"靠近他。"诵经师吟诵着。

吟诵声中，身着长袍的众修士各自站在自己的座位，不安地左顾右盼。食物还没端上来，桌面空无一物，晚餐被延迟了。这个组织，以人为组织细胞，其生命延续了七十代人之久。今夜气氛紧张凝重，像是所有人都感觉到了有什么重大事情要发生。似乎那些只有几个人知道的事，已经通过所有人的心灵感应被察觉了。这个组织像人体一样生活，像人体一样工作。有时候，它看起来似乎如头脑一样，用朦胧的意识浸渍着它的成员，用各种族最原始的语言悄悄地自言自语，并与上帝交谈。而今夜这气氛持续凝重，也许是因为远处反导导弹试验场里，火箭试验的轰鸣声不断，也许只是因为晚餐的延迟。

院长敲了敲桌子以示安静，接着示意副院长莱伊神父走上诵经台。副院长一言不发，表情沉痛。

"我们都很遗憾，但又无法避免。"他半晌才开口，"有时候，宁静的冥想生活会被外界的消息打破。但我们也必须记住，我们在这里本来就是要为世界祈祷，祈求它能得到救赎，正如为我们自己祈祷一般。尤其是现在，世界正需要祈祷之时。"他顿了顿，看了一眼泽奇。

院长点点头。

"明日之星已经降临。"牧师说完，卡在那里，说不出话。他静静望着台下，仿佛突然遭到打击而失声。

泽奇站起身来。"顺便提一句，那是约书亚修士的推断，"他插了一句，"大西洋联盟的摄政委员会对此没有任何言论，政府也没有发表任何声明。我们今日所知与我们往日所获相差无几。不过据我们所知，国际法庭正召开紧急会议，防御内务部的人正加紧行动。防卫警告已经发出，我们将受到影响，但要稳住，无须不安。神父——"

"谢谢您，大人。"副院长道谢。等泽奇师再次就座，他似乎重新恢复了自己的声音。

"现在，尊敬的院长大人让我宣布以下声明：

"第一，今后三天，我们将在晨祷前先向圣母祷告，请她为我们带来和平。

"第二，入口处的桌子上放有一些手册，是关于空袭之际或导弹袭击警报发出时公民应如何防范的建议。每人拿一份，如果你已经读过，那就再读一遍。

"第三，一旦袭击警报被拉响，以下念及名字的修士必须立即到老修道院庭院报到，接受特殊指示。即使警报还没来，下列修士也要在明天晨祷之后去那里报到。这些人是——约书亚修士、克里斯托弗修士、奥古斯丁修士、詹姆斯修士、塞缪尔修士……"

修士们安静地听着，表情镇定，并没有泄露内心的紧张。一共念了二十七个名字，其中没有见习修士，有知名学者、一位看门人以及一个厨子。乍一听会以为，这名字是从盒子里抽出来的。等莱伊神父念完名单，一些修士好奇地互相使着眼色，用目光交流。

"这组人明日晨祷过后去医务室报到，做全套体检。"副院长说完，看了看泽奇师，示意他有什么要补充的，"大人？"

"好，再补充一件事。"院长说着走向诵经台，"修士们，我们不要认为战争就要爆发，我们要记得魔鬼一直在我们身边，这次已经潜伏了两个世纪。曾经落下过一两次，型号不到百万吨。我们都知道一旦战争爆发，这有可能发生。上一次人类试图毁灭自己所留下的基因影响贻害至今。那是在莱博维茨时期，他们或许只有在试过之后才知道会是何等惨状。或许他们也知道，只是真正尝试之前还是半信半疑——就像一个孩子，从未扣过扳机，但很清楚子弹上了膛的手枪能做什么。他们从未见过近十亿具尸体尸横遍野，从未见过那些死胎，从未见过那么多畸形的人、泯灭人性的人以及失明的人。他们从未见过这种狂暴、杀戮和无缘无故的破坏。于是他们做了，结果他们看到了。"

"现在——如今的国君们、总统们、执行委员们，如今的他们知道了，确信了。他们从自己生育的孩子的身上时时都能看到。他们自己的孩子因为天生畸形被送到收容所。他们清楚这些后果，因此他们维持着和平。当然不是上帝的和平，但这也算和平，直到最近这才被打破——安稳度过了这么多个世纪，只出现了两起有战争威胁的事件。可如今他们知道了这惨痛的必然后果，我的孩子们，他们不会再那样做了。只有疯狂的种族才会再次那样做——"

他停止演说。有人居然在笑。那个微笑幅度很小，但所有修士的面容都如同出席葬礼一般肃穆，这笑容夹杂在其中就如同一碗奶油里的死苍蝇。泽奇师皱了皱眉头，老人则继续咧嘴嘲讽地笑着。

老人和其他三位过路的流浪者坐在"乞丐桌"那里——他是个老家伙，长着毛乎乎的脏污成黄色的胡子。他的上衣是个粗麻袋，左右两边有袖口，能把胳膊伸出来。他依然那样笑着看泽奇。他看起来像饱受雨水冲刷的峭壁一般苍老枯瘦，而且是濯足礼的绝佳候选人。泽奇琢磨着这家伙会不会一跃而起，向主人们发布什么宣告，或者对他们大放厥词？但这只是这抹怪笑引发的幻觉。而这老头儿，泽奇似乎曾在哪里见过。不过他很快甩掉了这似曾相识的感觉，结束了演讲。

回到座位途中，他停了一下。乞丐愉快地冲着主人点头。泽奇走了过去。

"您是谁，我可以知道吗？我曾在哪里见过您吗？"

老人低声自语。

"什么？"

"拉撒路即在下。"乞丐重复说。

"我不是很——"

"那就叫我拉撒路吧。"老人说完，咯咯地笑了起来。

泽奇师摇了摇头继续往前走。拉撒路？有这个说法，在这个地区，当地老妇人的故事里常常讲到——可这不过是拙劣的神话故事。他们说，这个拉撒路被基督复活但没有成为基督徒。然而他还是无法摆脱那种感觉，他好像确实在哪里见过这个老头儿。

"端上面包，来祈祷吧。"他高声喊道。延迟的晚餐终于开始了。

餐前祷告完毕，院长又瞥向乞丐的桌子。老人正用草帽扇着他的热汤。泽奇耸耸肩，不再去看。晚餐在一片庄严的寂静中开始了。

教堂的晚祷在那个晚上显得尤其庄重。

可晚祷后，约书亚睡得很不安稳。在梦中，他又见到了格拉丝夫人。有一位外科大夫霍霍地磨亮他的手术刀，说"这个畸形脑袋必须被除掉，不然就要转为恶性"。这时瑞琪尔突然睁开了双眼，试着对约书亚说话，可他听不清楚，更别说听明白了。

"事实上，我是个例外，"她好像在说，"我同样是一种谎言。"

他一点儿也不明白，但他试着伸出胳膊去救她。可中间好像有一种橡胶玻璃墙隔着，他的胳膊伸不过去。他停下来盯着她的口型。"我是，我是——我是无玷成胎[1]。"他听到了那梦中的低语，拼尽全力想撕扯开那橡胶玻璃墙，将她从刀下拯救，但太迟了，汩汩涌出的鲜血淹没了视线。他打着寒战从亵渎神灵的噩梦中惊坐而起，祷告许久。可再次入睡，格拉丝夫人又出现在他的梦中。

这真是折磨人的一夜，真是被魔鬼掌控的一夜。正是在这一夜，大西洋联盟袭击了亚洲太空设备。

在迅疾的炮火回敬中，一座古老的城市死去了。

1　immaculate conception，无原罪始胎，始胎无玷。天主教会信条，谓圣母玛利亚自怀孕之始即无原罪。

◇ 26 ◇

"紧急警报网络为您播报。"第二天晨祷后，约书亚走进院长书房。播音员正在播报新闻："下面为您带来的是敌军攻击得克萨卡纳的辐射影响……"

"您找我，大人？"

泽奇示意他先别说话，坐下来。牧师看起来面无生气，没有血色，像是戴了铁青色的面具，冷冰冰地控制着情绪。约书亚看着牧师，觉得他似乎缩小了一号，一夜衰老。他们阴郁地听着广播，广播声以四秒为一间隔，忽高忽低，那是电台在播报时不断在开关，以阻止敌方侦察到他们设备的位置。

"国际法庭已经签发停火命令，对两国政府首脑剥夺政治权利，并判死刑，缓期执行。一旦双方不服从法令，则立即执行死刑。两国政府都已致电国际法庭，表明已接受停火令，因此很有可能冲突会告终。这一针对某些非法太空装备的预防性攻击，只持续几个小时就将结束。在这场突袭中，大西洋联盟的太空部队于昨夜击毁了远月端的三处亚洲导弹基地，并完全摧毁了敌人的一个空间站，内部建有空对地导弹制导系统。当时估计敌方会对我方的太空部队进行报复，但他们突袭我国首都的野蛮行径让人始料不及。

"特别公告：我国政府宣布，如果敌人同意让双方外交部长和军事指挥官于关岛会谈，我方愿意停火十日。据估计，对方可能愿意接受这一条件。"

"十天，"院长长叹一声，"十天时间可不够啊！"

"亚洲电台依然坚称，最近伊图湾发生的热核灾难是大西洋发射的巡航导弹造成的，伤亡人数达八万余人，因此炸毁得克萨卡纳城只是血债血偿……"

院长狠狠关掉收音机。"真相是什么？"他静静地问，"该相信什么？然而，这些又当真重要吗？当人们用大屠杀来报复大屠杀，用强奸报复强奸，用仇恨回应仇恨，此时再去问谁的斧头沾染更多鲜血，这又有什么意义？都是以恶制恶，邪恶相叠。我们所谓的'警察行动'有什么正义性？我们如何才能知道？他们的所作所为当然没有正义可言——或者真的有什么理由？我们知道的，只是这个东西叫嚣的，而它完全只是傀儡。亚洲电台必须取悦他们的政府，我们的电台必须取悦我们这帮爱国、武断的暴民，巧合的是，那也正是政府希望听到的。所以有区别吗？上帝啊，他们要是用真正的核武器袭击了得克萨卡纳，那起码有五十多万人死去。我真想骂人，吼出那些我自己都没听过的词，蛤蟆大粪、巫婆子脓汁、灵魂疽、满脑子蛆。你懂我的苦痛吗，修士？而耶稣和我们呼吸的是一样的空气，满是腐尸味。上帝是多么谦恭啊！这真是幽默得登峰造极了——他居然成了我们中的一员！这宇宙之王，被我们这样的鼠辈当成犹太笨蛋钉死在十字架上。他们说什么魔鬼被贬下界，是因其拒绝崇拜圣言。这蠢货真是一点儿幽默感都没有！雅各的上帝啊，该隐的上帝啊！他们为什么又要这么干呢？"

"原谅我，我已经口不择言了。"他叹息着，不像是在对约书亚说话，倒像是对着书房一角的莱博维茨木雕嘟囔。他不再怒气冲冲地踱来踱去，而是站在那里，抬头看了看木雕的脸。雕像很古老，非常非常古老。修道院的一些早期领袖将它丢弃在地下室，任它在弥漫的尘土中、幽暗的光线里渐渐干裂，那抹浅笑逐渐被更深的讥笑代替，雕像的脸仿佛也多了皱纹。因为这抹笑容，泽奇将它拯救出来，免于湮没。

"你看见昨晚食堂里的那个老乞丐了吗？"他忽然蹦出这么一个问题，眼睛还是好奇地盯着雕像嘴角那抹微笑。

"我没注意，院长。怎么回事？"

"不用在意，我猜那只是我的想象。"他用手指触摸着木雕圣人脚下的柴堆。我们所有人，也正站在柴堆上啊！他想，那长年累月作恶所积下的厚厚柴堆，其中也有我的罪恶，还有亚当的、希律王的、犹大的、汉尼根的。国家这虚幻的巨像，每当达到巅峰，总要给自己描绘上神性的纱幔，最终还是被上苍之怒击垮。为什么呢？我们总是尽力大声喊——国家也应服从上帝，如同人服从上帝一样。恺撒是上帝的警察，却不是他的后继人，也非他的接班人。不管对什么年代、什么民族的人来说，都有——"提升种族、国家的概念，或任何形式的政府、任何权力机构的概念……将这些概念提升到远远高出其基本价值，将其奉入神堂，顶礼膜拜。扭曲上帝创造的秩序，滥用世界运行的规律……"这些话出自何处？他想应该是庇护十一世[1]，但并不确定——那可是十八个世纪以前的语录了。然而当恺撒找到毁灭世界的方法时，他可不就是被送入神堂了吗？可不就是被顶礼膜拜了吗？这些人欢呼雀跃："除了恺撒，我们别

1　庇护十一世与庇护十二世于 1937 年 3 月 14 日草拟《深表不安通谕》，抗议德国对教会的压迫，号召天主教徒反抗种族主义和国家崇拜，反对曲解基督教教义和道德观念，要求信徒持守对基督耶稣的忠诚以及对教廷的忠诚，并谴责纳粹对天主教徒和教会的暴行。

无君主。"同样是这帮暴民，面对耶稣——上帝的化身时，他们嘲笑他，冲他吐口水。也正是这些暴民，杀害了莱博维茨。

"恺撒的神性又现世了。"

"大人？"

"别在意了。修士们都到庭院集合了吗？"

"我路过时半数人都到了。我再去看看？"

"去吧，看完再回来，加入他们前我还有话要跟你说。"

修士离开了，院长从墙内保险箱中取出了那份"逃离地球计划"，见约书亚回来，递给了他。

"先看看摘要。"院长告诉修士，"看看组织名单，读一读程序大纲。你需要把整个计划都细细研究清楚，不过可以回头再研究。"

约书亚正读着，发报机大声鸣叫。"尊敬的杰斯罗·泽奇神父。"机器人话务员沉闷的声音响起。

"请讲。"

"新罗马霍夫斯特拉夫红衣主教艾瑞克紧急致电。此刻没有快递服务，需要朗读服务吗？"

"是的，请读报文。我会派人过去取一份副本。"

"报文如下：教徒马上出发。'逃离地球计划'尽快执行。根据修道院情况具体操作……"

"您能用西南方言翻译一遍吗？"院长问道。

接线员同意并做了回复，这则信息的两个版本看来都没有什么意料之外的枝枝节节。只是确认要执行计划，督促加紧完成。

"告知收到。"他最后说。

"要回复吗？"

"回复如下：尊贵的霍夫斯特拉夫红衣主教艾瑞克阁下，莱博维茨修道院院长杰斯罗·泽奇向您致敬。教徒已经选好，此事已准备就绪，成员将搭乘第一班飞机飞往罗马。"

"我重读一遍：'尊贵的……'"

"不用，这就行啦。完毕。"

约书亚读完摘要，合上文件夹，缓缓抬起头。

"你准备好了吗？被钉上这十字架？"泽奇问道。

"我——我不确定，我不明白。"修士脸色一片惨白。

"昨天我问你的那三个问题，现在我要答案。"

"我愿意去。"

"还有两个。"

"我不确定是否能胜任牧师，大人。"

"听我说，你必须做决定。比起别人，你在星际飞船上的经验不多。其他人中间没有牧师，必须有人既承担技术职责，也要扛起牧师和管理的职责。而这样并不意味着会离弃修道院，不会的，但是你们小组会成为修道院的独立分会，在按实际情况修订的规则下运行。分院长当然要由正式修士不记名投票选出。如果你愿意接受感召成为牧师，无疑你就是最关键的候选人。你愿意吗？或者不愿意？这是你要回答的问题，现在就要回答，而且要很快回答。"

"可是，尊敬的神父，我还没学完——"

"这没关系。除了我们那支二十七人的队伍，还有其他人会被派过去——圣约瑟夫学校的六位修女和二十个孩子。另外还有一些科学家和三位主教。三位主教中，两位是刚就任的，他们有权任命牧师；一位代表教皇，他甚至还有权任命主教。等他们认为你准备好了，就会任命你为牧师。你也知道，你要在太空待上几年。不过我们想知道，你是否接受了感召，而且现在就需要知道。"

约书亚修士结结巴巴挣扎了半晌，终于使劲摇起头。"我不知道。"

　　"你要休息半个钟头吗？要不要来杯水？你看起来脸色发灰。我告诉你，孩子，如果你想领导这支队伍，你就必须能够时时处处懂得决断，现在就需要你拿出这样的勇气。好了吗，能讲话吗？"

　　"大人，我不确定。"

　　"你随时都可以发牢骚，知道吗？你愿意套上教会的笼头吗，孩子？还是你已经不愿屈服了？你会被要求做耶稣的驴，驮着他一路到耶路撒冷。这是很重的负担，会压塌你的脊梁，因为耶稣身上背负了整个世界的罪孽。"

　　"我觉得我不行。"

　　"抱怨、喘息都没有关系，你还可以咆哮、号叫。要做这群人的领袖，你怎样发泄都没问题。听着，我们中间，没有人是真正生来就有能力的。但我们尽力了，我们一直都在尽全力。这挑战会考验你、摧残你，让你走向毁灭，但我们生来就是要面对这挑战的。这所修道院，有过黄金一般光辉闪亮的院长，有过钢铁一般坚强执着的院长，也有过如锈蚀的铅一般昏庸无能的院长。他们中间，也许有些人更有能力，也许有些人更为圣洁，有些人甚至已接近圣人，但他们都不能够承担这重负。金子易损，钢铁会折，锈铅则会被上天踏为齑粉。而我还算幸运，我是水银，我也会碎裂四溅，但总能重聚起来。我感到又有什么要让我溅得粉身碎骨了，而这次，修士，我应该再也聚不起来了。而你是什么材料做的呢，孩子？你要经受什么考验呢？"

　　"我是小狗尾巴。我是肉做的，我害怕，尊敬的神父。"

　　"钢铁接受锻造时也会号叫，淬火之时也会咝咝喘息，承受重压时也会吱吱作响。孩子，我想就算是钢铁也会害怕。好好思考半个钟头？喝一杯水？来一杯酒？出去走走？要是让你头晕了，那就小心地吐出来。要是让你害怕了，那就尖叫。要是让你有任何不安了，那就祷告吧。不过一定要在做弥撒前到教堂来，告诉我们你这个修士是什么材料做的。我们修道院正在解体，我们的一部分人要永远留在太空。你是愿意接受召唤做他们的牧羊人呢，还是不愿意？去想想，做决定吧。"

"我猜没有别的选择。"

"当然有，你只需要说'我没有得到召唤来做这件事'，那我们就会选别人，就是这样。但是先去吧，平静下来，然后带着'愿'或'不愿'回教堂找我们。我先去教堂了。"院长站起身，点头示意他可以离开了。

庭院里几乎黑透了。只有窄窄的一束银光从教堂门缝流泻而出。微弱的星光被尘埃掩映得更加朦胧。东方太阳没有一点儿露头的意思。约书亚修士一个人在这片沉寂中静静徘徊。最后，他坐到玫瑰丛外沿的路边石上。他双手托着下巴，用脚趾翻滚着地上的鹅卵石。修道院的建筑是黑暗里沉睡的影子。暗淡的月亮像一片甜瓜，在南面低悬，教堂里传出低唱的圣歌："振奋您的神力吧，哦，主啊，来拯救我们吧。只要尚有一丝呼吸，祈祷的声音将延绵无尽。即使同胞们以为徒劳，祈祷的声音将延绵无尽——"

可是诚心祈祷的人们不可能知道这是徒劳的，不是吗？如果罗马还有一点儿希望，那为何还要派发星际飞船呢？如果他们真的相信对和平的祈祷能得到回应，为什么还要这么做呢？利用星际飞船逃避，难道不是出于绝望的行动吗？……远离我，撒旦，躲开！他想着。派发星际飞船是出于希望，希望人类去到别处，在什么地方找到和平。如果此时此处看不到希望，那就把视野放到远方：也许在人马座主星，也许在水蛇座第二星球，也许在天蝎座的何名星球，那个饱受病魔折磨的移民区。你这个愚蠢的引诱者。这希望让人厌烦，让人筋疲力尽，也许这希望在说：抖一抖你鞋子上的尘土啊，去向蛾摩拉宣讲索多玛吧。但这仍是希望，不然根本就不会说出发。这并非地球的希望，而是让人类的灵魂和存在有容身之处的希望。明日之星高悬头顶，俯视众生，若不发射飞船才是无知的傲慢。那最肮脏的魔鬼引诱我主耶稣：倘若你是上帝的儿子，那就从这山顶滚落，因为天使们定会护你周全。

对地球抱有过多的希望，使人类试图将其打造成伊甸园，直到接近世界末日，他们才彻底失望——修道院的门被打开，修士们安静地回到自己房间。只有昏暗的光线从门缝滑入庭院。教堂的光总是很暗淡，透过门缝，约书亚只能看见几支蜡烛，还有神殿油灯那微弱的红色火苗。红光中，隐约得见二十六位兄弟跪在殿内等待。门又被关上了，但不曾闭紧，神殿的红色火苗仍时隐时现。火在红色容器中燃烧，那是为崇拜而点，为礼赞而燃，为爱慕而柔和地燃烧着。火，是构成世界的四种元素中最为可爱的一种，然而它也是地狱的元素。它在这神殿中为崇敬而燃，也曾在城市吞噬生命，这个夜晚，它向大地遍吐毒液。想想多么奇怪啊，上帝从燃烧的荆棘中向摩西发出召唤，而人类又将天国的符号，变成了地狱的标志。

他又抬眼望了望这清晨沐浴在尘埃里的星星。他们说，那里找不到伊甸园，然而如今已经有人在那里定居。那些人抬头看的是陌生天空中的陌生太阳，呼吸的是陌生的气体，耕作的是陌生的土地。有的世界是天寒地冻的赤道苔原带，有的世界是热气弥漫的北极丛林。也许有点儿像地球，起码足以让人们在那里一样地流汗凝眉，努力生活下去。移民到天外星球的灵长动物——人类，他们的数量其实很少，这几个人类移民点也是艰难经营着，极少得到遥远地球的帮助。而今，也许更是什么帮助也提供不了。他们这些新的伊甸园，甚至还不如曾经的地球。也许对他们来讲，这正是一种幸运。人类为自己建造的天堂越完美，他们就对其越不耐烦，对自己也越不耐心。他们建造了欢愉的花园，花园日趋富有、强大、美丽，他们则日益可悲、凄苦。也许是因为他们更容易看到花园里缺了什么，有哪些树和灌木不再成长。当世界陷入黑暗和悲惨，只有人类坚信完美世界的存在并热切渴望着。而当世界充满理性财富之光辉，他们却日渐挑剔狭隘，怨恨世界，不再坚信，也不再渴望。于是，他们将再次毁灭它。这个花园地球，文明开化，无所不知，如今却要被再次撕裂。人类又将在悲惨的黑暗中怀抱希望取暖。

然而《大事记》要被携入飞船一起带走！它是一个诅咒吗？那不是诅咒，那是知识，可惜被人类滥用，正如人类滥用了火，就是今夜……

主啊，为什么我一定要离开？他想不通。我一定要走吗？我该怎么决定：走还是拒绝走？但这是早已决定的事啊，很久以前就有过这个召唤——离开地球，我曾宣誓服从命令，所以我要去。但是，要让别人把双手按在我双肩叫我牧师，甚至叫我神父，要我看守自己兄弟们的灵魂，尊敬神父一定要这样做吗？但他并非坚持这样，他只是坚持要知道上帝是不是这样坚持的。但他是这样急切地想要答案，让我不禁胆怯。他真的就这样信任我，能够担负得起这一切吗？就这样把这些重负压在我背上，他一定比我自己更了解我。

说话呀，命运，说话啊！总以为宿命早已远去，可突然，它并没有远去，就在眼前。不过宿命也许一直都近在眼前，近在身边，近在此刻。

他相信我，这还不够吗？不，这远远不够，还需要我相信自己。在这半个钟头里，不到半个钟头里，现在。指引我吧，主啊——求您指点吧，主啊——这是这一代渺小人类中的一员在向您祈求，祈求通晓，祈求启示，给我一点儿暗示、一点儿预示、一点儿征兆吧！我没有足够的时间来做决定。

他开始紧张了。有什么东西——在滑行靠近？

他听到身后玫瑰丛下的干树叶在静谧里窸窣作响。突然，它停了下来，接着又沙沙作响并滑动起来。上苍的启示难道正是这滑动之物？这有可能是他等待的预示或前兆，也可能是大卫王所述的"夜间行走的瘟疫"，还可能是一条响尾蛇。

蟋蟀，这也有可能。不过蟋蟀只是发出窸窣声，并不滑行。以前曾和甘修士在庭院里打死过一条响尾蛇，不过……现在又滑行起来了！——花丛里发出叶子被拖拽的声音。要是它滑了出来在他背部咬上一口，这会是个像样的启示吗？

教堂里又传出了祈祷声："地之四极，皆要念主，皈依于主，列国万族，顶礼膜拜。国权属主，主辖万国……"这祷告在今夜听来有些奇怪：地之四极，皆要念主，皈依于主……

滑行声戛然而止。它正站在我身后吗？其实，主啊，预兆也不是绝对必要的。真的，我……

有什么东西轻推他的手腕，他大叫一声，向上一蹿，远远跳开，逃离玫瑰花丛。他抓起一块石头扔进花丛里，砸落的声音那么响，出乎他的意料。他紧张地抓挠着胡子，觉得自己真是胆小鬼。他等待着：没有东西从花丛里冒出，没有东西在滑动。他又掷了一块鹅卵石。幽静中，咔啦啦的滚石声显得那么刺耳。他静静等了一会儿，没听到花丛里有东西走动。祈求预兆，而等它真正来到时，却用石头砸它——人性本质不过如此。

黎明伸出粉红色的舌头，开始舔去天边的星星。一会儿他就要去找院长，说出自己的决定了。该告诉他什么呢？

约书亚修士抓掉胡子上的小虫子，开始向教堂走去，有人刚好走到门边，向外张望——是在找他吗？

教堂里传出喃喃的诵经声："一块面包，一个身体，虽然我们的人很多啊，但能分享这面包和圣餐杯……"

他在门口驻足，回头望向玫瑰丛。那是个陷阱，不是吗？他想。您的确递出了启示，却知道我会扔石头砸，是不是？

过了一会儿，他悄悄溜进教堂，跪在其他人中间，融入他们的声音共同恳求上帝垂怜。置身这些将被派往太空的修士中，一时间他停止了思考。要向主宣告，新一代要降临，上苍要显示正义。对那要出生之人，主已布下安排。

等他又回过神，看见院长正向他招手。约书亚修士跪在他身旁。

"这个重负，我们能否交予你？"他低声垂问。

"如果他们需要我，"修士轻声答道，"愿受此殊荣。"

院长微笑。"你听错了，我说的是'重负'，并非'殊荣'。但若你以为背负十字架是一份殊荣，那你也没有听错。"

"接受。"修士重复道。

"你可确定？"

"如果他们选择我，我便确定。"

"很好。"

于是这个重担有人背负了。等太阳升起，一位牧羊人被推选出来，领导这群迷失的羔羊。

要去新罗马，包机已不是易事，包到飞机后获得放行又是难上加难。因为危机时期，一切民用飞机都要受到军队管辖，所以要获得军队的批准。要不是泽奇院长早就留心有位空军元帅和一位红衣主教恰是好友，那么这二十七个携带行李伪称去新罗马朝圣的运书者，可能因为得不到快速交通工具的使用许可只得骑驴去了。到中午，放行批准已拿到。飞机出发前，泽奇院长匆匆登上来，做最后的告别。

"你们是修道院的延续。"他告诉他们，"《大事记》将随你们而去，还有使徒统绪，也许还会有——教皇。"

"不，不可能！"修士们讶异不止，低声惊呼。院长补充说："教皇本人并不会跟去。我之前并没有告诉你们，但若最糟糕的祸事降临地球，那红衣主教学会——或者幸存的主教们——将集会宣告：人马座移民区正式被宣告为独立教区，由随你们同行的那位红衣主教全权管辖。如果我们不幸罹难，那么教会的一切遗产将由他管理。因为一旦地球上的生命被毁灭——愿上帝阻止这样的事发生——只要还有人在别处生存，那彼得的教会就留有一线生机。很多人主张，一旦诅咒降临地球，依据《应急延续原则》，倘若地球上没有幸存者，那么教皇的职位将会传于他，但这不是你们直接关心的问题。修士们、孩子们，你们已经郑重宣誓，要永远服从主教，这誓言会将耶稣会信徒和教皇紧紧绑在一起。"

"你们要在太空待上好几年呢，那星际飞船就是你们的修道院。等在人马座移民区上建起主教教区，你们要在那里的山上建立莱博维茨修道院，而这飞船和《大事记》会一直由你们掌握。如果文明，哪怕是其一丝遗迹得以在人马座延续，那你们就可以派使团去其他移民世界布道，也许最终能渗透到那些移民世界的所有分支。只要有人的地方，你们以及你们的继承人就可以去。四千多年的记录和回忆始终伴随你们。你们中的一些人，或你们的后辈，将会成为传教士或流浪者，去向人们教授历史，去传授那赞颂背负十字架的基督的圣歌，那么文化才可能在移民群落中慢慢生长。因为有人可能忘记，有人可能一时丢弃信仰。要教导他们，引领那些受到感召的人进入我们修道院，让这一切在他们身上延续下去。让人们记住地球，记住来处。记住这个地球，不要忘记她，但永远不要回来。"他声音变得嘶哑而低沉，"一旦你们回来，可能会在地球东端撞见大天使，手握烈焰之剑把守入口，我有预感。今后太空就是你们的家了，比起我们的家园，那里是一片更孤独的沙漠。上帝保佑你们，也为我们祈祷吧！"

他沿着过道徐徐往回走，在每个座位前停留，为他们祝福，给他们拥抱，最后走下飞机。飞机滑入跑道，呼啸着冲入云霄。院长凝神仰望，直到它离开视线，消失在夜空。之后，他开车回到修道院，回到余下的修士们中间。在飞机上，他似乎已经把约书亚一行的命运描述得清清楚楚，如同明日仪式前备好的祷词。可是他们都明白，他只是宣讲了计划那乐观的一面，只是描述了美好希望而并非必然。约书亚一行的漫长旅程将充满艰难险阻，如今只是跨出了第一步。在上帝的安排下，一场新的"出埃及记"再次上演，他一定对人类无比厌倦了。

留守在地球上的修士们则容易得多，他们的职责就是等待末日，并祈求末日不要到来。

◇ 27 ◇

"受辐射影响的地区情况相对稳定，"播音员报道，"微尘扩张的危险几近消失……"

"还好，至少事情不会更糟糕了。"院长的客人说道，"到目前为止，我们这里都是安全的，看起来只要和谈不破裂，我们就会一直安全。"

"现在是不错，"泽奇咕哝了一句，"不过再听听吧。"

"下面播报最近的死亡人数预估。"播音员继续说，"首都遭到袭击的第九天，死亡人数达二百八十万。一半以上的死者是城区人口。其他人数是根据城郊人口的百分比和辐射严重地区的人口数估算的。据专家估测，随着更多辐射病例被曝出，死亡人数还会上升。"

"本电台依照法律要求，在危机期间，每日播报两次以下声明：'据《公共法律》第10-WR-3E条规定，市民不得私自为辐射遗毒受害者提供安乐死。受害者倘若受到辐射影响，或自认为受到影响，且辐射剂量过量，请到最近的绿星救济营报到。任何受害者一旦被确诊无法医治，病人又想要得到安乐死，那里的官员才可签发《自愿结束生命》文书。任何辐射受害者以任何法律未批准的方式自行结束生命，均被视为自杀，其继承人及家属将不得领取任何法律规定的保险金和辐射救济金。此外，任何市民若协助此类自杀行为，则被控以谋杀罪。根据《辐射灾难法案》的规定，只有通过适当法律程序，安乐死才被视为合法。受辐射影响严重的患者必须向绿星救济营报告——'"

泽奇猛地一拧调台钮，用力过大，旋钮从转轴上被揪了下来。收音机没声了。他从椅子上霍然起身，走到窗户旁，望着下面庭院里一群难民正围着几张临时赶制的木桌乱转。新修道院和老修道院都挤满了人，死亡气息弥漫的那些地区，各年龄段、各驻地的人们都涌到了这里。院长临时将这修道院的"隐居地"重新调整，除了修士们休息的小隔间，其他区域全都让给了难民。老修道院大门外的标志已经被取下，因为这里也为妇女和孩子提供食物、衣服和庇所。

他从窗口看见两位见习修士抬着一口热气腾腾的大锅从临时厨房里走出。他们把锅安置在桌子上，接着开始为难民盛汤。

院长的客人清了清喉咙，坐在椅子上不安地动了动。院长这才转过头。

"他们说这是依照程序。"他怒吼道，"依照程序进行国家赞助的大规模自杀，整个社会都报以祝福。"

"不过，"客人说，"这总比让他们恐惧、痛苦地死去好得多，过程要好得多。"

"有吗？对谁来说好得多？街道清扫工吗？趁他们还能走，让这些活死人自动走到处理中心，谁能说这不是更好？不像横七竖八死一地那么吓人，那么没秩序！防止几百万人横尸街头，可能会引发暴乱，揪出那些该负责任的人。这就是你和政府所谓的'更好'，不是吗？"

"我对政府不怎么了解。"客人说道，声音里只透出一丝不自然，"我所说的更好只是'更慈悲'。我也不想就你的道德神学和你吵架。要是你认为，避讳痛苦地死，选择无知无觉地死，上帝就会把你的灵魂罚下地狱，那请便，你大可以继续坚持。但你要知道，只有少数人还抱有这想法。我就不同意，不过也没什么好争论的。"

"请原谅。"泽奇院长长叹一声，"我并不想跟你争论道德神学，我只是从人类动机的角度谈论大规模自杀这一奇观。《辐射灾难法案》的存在，同类法律在其他国家的存在，这都是再清楚不过的证据，那就是各个政府都完全意识到了另一场战争极有可能发生，然而他们没有努力化解那场即将来临的罪行，而是在提前想办法，为罪行后的惨状打扫战场。这事实背后的各种牵连，你会一点儿也看不出来吗，医生？"

"当然不至于，神父。我个人是个和平主义者。但如今，我们已经被困在这样一个世界里，别无选择。如果他们无法就停战法案达成协议，那最好想出些办法来应付后果。这总比没有对策、两手空空强。"

"既对，也不对。如果将要犯罪的是别人，那么想办法应对是正确的，无可厚非；但如果将要犯罪的是我们自己，那不设法罢手却只空想对策就是错的；倘若想出的对策只是为了减轻犯罪后果，那就是错上加错。"

客人耸了耸肩。"就像自杀？对不起，神父，我认为是社会的法律决定什么是犯罪而什么不是。我明白你不会同意。确实也存在不好的法律，考虑不周，这是事实。但是在自杀这个问题上，我认为我们的法律没有错。当然，如果我相信我有灵魂这么个东西，而天堂里有个怒火冲天的上帝，那我可能会同意你的观点。"

泽奇院长淡淡一笑。"你并没有灵魂，医生。你就是一个灵魂。你有身体，而这是暂时的。"

客人委婉地笑了。"语义混乱。"

"没错。但我们中是谁混乱呢？你确定你是对的吗？"

"我们还是别吵了，神父。我不在安乐死中心工作。我服务于辐射调查组。我们不会杀任何人。"

泽奇院长默默盯着他。这位客人身材不高，肌肉结实，长着讨喜的圆脸，光秃秃的脑壳被太阳晒得黧黑并生了晒斑。他身穿绿色哔叽制服，一顶嵌有绿星徽章的帽子扣在大腿上。

确实，何必要吵呢？这个人是位医疗工作者，并非死刑执行人。绿星的某些救援工作令人钦佩，有的时候甚至很有用。只是依照泽奇的信仰，在某些情况下，他们混杂了邪恶的目的，但不能因此就把他们优异的工作都看作另有目的。大部分社会群体需要它，而医务工作者也心怀纯正的信念。医生竭力想表现得友好些，而他的请求也简单得很。他既没命令，也没拿出官方的口气压人，可院长还是迟迟不同意。

"您在这里的工作，耗时久吗？"

医生摇摇头。"我想最多两天。我们有两辆机动车。我们会将他们运到您的庭院，停好车，马上就能工作。我们会优先检查辐射症状明显的病例，还有伤者。我们只处理病况最紧急的病例。我们的工作是临床诊断，病人将被送到紧急营地获得治疗。"

"而最严重的病人，则会被送到安乐死中心，来一剂别的东西？"

医生皱了皱眉。"只有他们想去才会被送去，没人会逼他们去。"

"但是你会签发批准，让他们离去。"

"我会给他们一些红牌子，没错。这次可能也必须给出一些。瞧——"他在夹克口袋里摸索了一阵，掏出一张红色硬纸卡表格，有点儿像航运标牌，上面有一个铁丝环，可以用来别在扣子上或套到皮带上。他把它扔到书桌上。"这就是待填的'危险辐射剂量表'。看看这个。它会告诉人，他生病了，病得很重。而这——这里还有一张绿卡，它能告诉人，他很好，没什么需要担忧的。仔细看看这张红卡！——'接受辐射量估测''血细胞数目''尿样分析'——这一面和绿卡上的表格一模一样。区别在另一面，绿卡反面是什么都没有，而红卡反面印有清楚的文字——是从《公共法律》第10-WR-3E 条中直接摘引的。这是规定，法律要求必须向病人宣读。他们会被告知自己的权利，可以自己选择如何处理。好了，要是你宁愿我们把移动检查台停到高速公路上，我们也能——"

"你只需要对病人读完就行了，是这样吗？不会多做别的事？"

医生顿了顿。"如果病人不明白，还需要向他解释。"他又顿了一下，火气直往上冒，"天啊，神父，如果是你要告诉一个人，他没得救了，你会怎么说呢？给他读几段法律条文，指着门暗示他离开，然后喊'下一位，请进''你要死了，所以再见'？你当然不会读完就了事，肯定要说点儿别的，除非你不通人情。"

"我理解。我想知道你会说什么别的内容。你，作为一位医师，会建议那些无药可救的病人去安乐死中心吗？"

"我……"医生顿时说不出话，沉痛地闭上眼睛。他把前额埋进手掌心，身体微微发抖。"我当然会。"他最后说了出来，"要是您目睹我所见到的惨状，您也会说的。而我，当然也会。"

"你在这里不可以这样做。"

"那我们就——"医生火冒三丈，登时站了起来，开始要戴上帽子，接着顿住了。他把帽子扔在椅子上，走到窗户前。他面色沉郁地望着庭院，接着向远处望了望高速公路。他指着窗外说："那里有个路边公园。我们可以把站点设在那儿，可那儿离修道院有两英里远，大部分病患要步行过去。"他盯了泽奇院长一眼，接着又扭头俯视庭院，"看看他们，他们生病了，受伤了，骨折了，害怕了。孩子们也一样，疲惫、残疾，可怜至极。您难道忍心让他们成群结队穿过高速公路，坐在尘埃里，头顶着烈日……"

"我不想这样。"院长说，"看啊——你刚刚还在跟我讲，人制定的法律是如何强制你向辐射重病患者们宣读并解释条文的。我对这事情本身并不反对。既然法律要求你这样做，那就执行恺撒的命令吧。可是，你是否可以理解，我所遵从的是另一种法律。这种法律禁止我在自己的管辖范围内批准任何人去做教会视为邪恶的事。"

"原来如此，我很清楚了。"

"很好。你只需要向我做个承诺，你就可以使用庭院。"

"什么承诺？"

"就是请你只做诊断，不要建议任何人去'安乐死营地'。如果你发现了辐射重病患者，就告诉他们法律迫使你讲的东西，需要安慰那就给予安慰，但是不要建议他们自杀。"

医生踌躇了一会儿。"我想，我可以对那些信仰您宗教的人遵守这个承诺。"

泽奇院长垂下双眼。"对不起，"他最后说，"但这还不够。"

"为什么？其他人并不受您的原则束缚。如果一个人并不信仰您的宗教，您为什么要拒绝允许——"他愤怒得说不出话来。

"你想要一个解释？"

"没错。"

"如果一个人不知道什么事情是错误的，出于无知犯了错，那这个人并没有罪，因为他身边自然存在的理性不足以说服他，那是错的。然而，无知可以成为人免罪的理由，却不能成为行为免罪的借口，因为这行为本身就是罪过。如果我因为这个人的无知而批准了他的行为，那我便犯下罪行，因为我知道那行为有罪，就是这么简单明了。"

"听着神父，他们枯坐在那里，紧紧盯着您。有些人尖叫，有些人哭喊，有些人只是呆坐着。所有人都在问'医生，我该怎么办'，我该怎么回答呢？什么都不说，还是说'你可以去死了，没办法了'？您会说什么呢？"

"'祈祷吧。'"

"一点儿不假，您只会这么说，不是吗？可您听我说，疼痛是我知道的唯一邪恶。这也是我唯一能对抗的邪恶。"

"那上帝会帮助你。"

"不比抗生素管用。"

泽奇院长琢磨着怎么有力反击，他找到一个答案，但很快压在心里。他找到一张白纸和一支钢笔，推到书桌另一端。"写上'在这所修道院期间，我不会向任何病人推荐安乐死'，然后签字，你就可以使用庭院了。"

"如果我拒绝呢？"

"那我估计，他们只能拖着病体走两英里路，穿过高速公路了。"

"在所有残忍的遭遇里，这——"

"恰恰相反，我给了你机会，让你能按照你认可的法律工作，同时又不践踏我所认可的法律。他们是否需要穿越高速公路，全都取决于你。"

医生盯着那张白纸。"写出来会有什么神迹？"

"我喜欢这种方式而已。"

他没出声，拿起笔弯下腰，趴在书桌上写下了那行话。他看了看自己写下的东西，然后在下方签上了名字，直起身递给院长。"可以了，这就是你要的承诺。你觉得它会比我的口头承诺更有价值吗？"

"不，确实不会。"院长折起纸条，放入衣服口袋，"但它在我的口袋里了，你也知道它在我的口袋里，我时不时地可以拿出来看看，就是这样。顺便问一句，考斯医生，你会坚守承诺吗？"

医生紧紧盯着院长，过了一会儿才低沉地说："我会的。"接着转身，大步离开。

"帕特里克修士！"院长虚弱地呼唤着，"帕特里克修士，你在吗？"

院长秘书来到门口探进头问："什么事，尊敬的神父？"

"你听到了？"

"我听到一些，门开着，我忍不住偷听了。您没有打开消声器——"

"你听见他说的了？'疼痛是我知道的唯一邪恶。'你听见了吗？"

修士严肃地点了点头。

"还有那句，只有社会能决定一个行为是否正确。你听见了吗？"

"是的。"

"挚爱的上帝啊，都过去了这么久，这两个异教徒怎么又重新回到世界了啊？地狱的想象力真是有限。'蛇欺骗了我，于是我吃了它。'帕特里克修士，你最好离开，不然我要开始胡言乱语了。"

"大人，我——"

"还有什么事？那是什么，一封信吗？那拿过来给我吧。"

修士将信递给他，转身出去了。泽奇没有打开信封，而是又瞟了一眼医生的誓言。那可能没有任何价值，但起码这个人是真诚的、执着的。他可不是为了绿星给的那微薄的薪水而执着于工作。他看起来缺乏睡眠，过度劳累。说不定自城市遭到袭击，他一直都是靠兴奋剂和甜甜圈支撑过来的。放眼望去，处处都是凄惨景象，于是他默默承受着。他真诚地想出点儿力。真诚——这就是让人恼火的地方。远远望过去，对手都像麻木不仁的魔鬼；可靠近再看，我们看到了真诚，像我们自身的真诚一样伟大。或许撒旦是最真诚的一个。

他拆开信开始读。信里通知他，约书亚修士一行已经离开新罗马去往西方一个不知名的地方。这封信同时透露，内务部已经得知"逃离地球计划"的相关消息。他们已派出调查员到梵蒂冈质询要发射未经授权的星际飞船的谣言……显然，星际飞船还未发射至太空。

他们很快就能了解"逃离地球计划"的大体内容，还好上帝保佑，他们发现得太迟了。接下来会怎样呢？他想。

法律条文一团混乱。得不到委员会批准，法律禁止发射星际飞船。批文很难拿到，就算拿到手也往往很晚了。泽奇相信，内务部和委员会可能认为教会违反法律。然而《国家与教会协议》已经存在了一个半世纪，条文明确规定免除教会申请审批的各种流程，并授予教会特权，可以派传教士去"任何一个空间站或行星前站，唯上述委员会宣布处于生态危机中或要关闭维护的区域除外"。协议签订时，太阳系的任何设施都"处于生态危机中"，都在"关闭维护"，但协议进一步授权教会可以"拥有太空船，可以不受限制旅行至开放的太空站或行星前站"。协议年代久远，签订之时，博克斯特莱星际驱动器还只是某些人的梦想，那些幻想家认为星际旅行将会打开世界通往宇宙的大门，实现大量人口涌入太空。

结果却和预期大相径庭。当第一艘星际飞船以工程图的形式诞生时，很明显，除了政府，没有任何机构有能力、有资金来建造。运送移民去太阳系以外的星球，实现"星际贸易"，这根本就无利可图。然而，亚洲统治者首先发射飞船送出了移民。于是就听见西方统治者叫嚷："我们要让那些'劣等'民族霸占星球吗？"于是，各国发射星际飞船的活动如火如荼展开了，打着"种族主义"的旗号，黑种人、棕种人、白种人、黄种人都纷纷被送上太空，送往人马座。然而这热潮只是昙花一现。后来，遗传学家展开了古怪的论证——因为各种族群体人数太少，除非他们的后代互相通婚，否则，都会因为在移民星球近亲结婚而导致恶性基因突变——就连种族主义者也将通婚视为生存下去的必要条件了。

那时教会对太空感兴趣的唯一原因，就是担忧移民区的那些教徒，他们身居外太空，远离教会。然而那时教会并未利用过协议中所列特权派遣传教士团。协议跟授权给委员会的国家法律之间存在一定冲突。至少后者在理论上可能限制派遣传教士团。因为一直没有相关案例诉诸法庭，法院从未对这种冲突进行裁定。然而如今，约书亚修士一行未经委员会批准或特许想要发射星际飞船，内务部很可能进行拦截，那就要被告上法庭了。泽奇祈祷修士们能及时离开，不要再在法庭上受到审问，那可能又要耽搁上几周或几个月。

当然，离开之后也会引起公愤，很多人要控诉教会不仅妨碍委员会的管理，还有违人道主义，星际飞船本来可以运送渴求土地的可怜难民去太空移民，然而却被用来运送教会权贵和狡猾的僧侣们。马大和玛利亚的冲突一直在一轮又一轮地重演。

泽奇院长突然意识到，他思考的结论在过去一两天里有了转变。几天前，人人都在眼睁睁地等着看天空被炸为碎片。九天前，撒旦横霸天宇，将一个城市烧为齑粉。然而九天过去了，尽管有人死去，有人残废，有人在垂死挣扎，可没有炮火声再响起。愤怒已经塞满这座城市，可仍没看见任何行动，也许最糟糕的结果可以避免。他正考虑下周或下个月可能发生的事，好像最终还真有可能存在下周或下个月，为什么不呢？他反观内心，发现自己还没有完全放弃希望的美德。

下午，一位修士从城里办完差事回来，报告说在沿高速公路向南两英里处的公园旁边正在搭建难民营。"我想可能是绿星赞助的，大人。"他补充道。

"很好！"院长说，"我们这里已经人满为患了，我得送出三卡车难民才行。"

庭院里的难民吵闹得很，这噪声刺激着人们本已绷紧的神经。古老的修道院永恒的宁静被奇怪的声音破坏：男人讲笑话时的大笑声、孩子的哭叫声、瓶瓶罐罐的碰撞声、歇斯底里的哭泣声……一位绿星医生在大喊："嘿，莱夫，去拿一根灌肠软管。"院长好几次都快按捺不住了，真想冲到窗前大吼一声"安静"！

实在忍无可忍，院长拿起一副望远镜、一本旧书和一串念珠登上一座古老的瞭望塔，那里厚重的石头能隔绝庭院里的一切声音。那本书是一本薄薄的诗集，不知道作者姓甚名谁，只是据传说描述，他是一位神秘圣人，他的"封圣"只在大平原的神话和故事中有提及，教廷法令里没有任何记录。事实上，没有人能证明这位拥有神圣眼球的圣人曾经在世，最初的故事可能是这样开始的：汉尼根皇室早期的一位君主曾收到一枚玻璃眼球，那是一位聪明的物理学家送给他的保护人的。泽奇记不真切，那位科学家是叫伊瑟·肖恩还是叫普法登卓特，总之，那人告诉国君，它属于一位为信仰而死的诗人。他并未明确那位诗人死于何种信仰——是彼得的信仰，还是得克萨卡纳分裂论，但汉尼根显然很重视它，因为他将这眼球嵌入一个精巧的金质手心中，在一些国家级的重要场合，哈克汉尼根王朝的君主们仍不时佩戴。它或被称为"良心裁判珠"，或被称为"诗人法官之眼"。得克萨卡纳分裂教派余党依然将其尊为遗物。几年前，有人提出一个相当愚蠢的臆测，说这位圣人跟尊敬的耶罗姆院长日记中曾提到的那个"无礼的诗人"是同一人。能证明这个观点的唯一实质"证据"就是普法登卓特——要不就是伊瑟·肖恩——曾在尊敬的耶罗姆院长在位期间访问过修道院。差不多同一时期，耶罗姆院长在日记里留下了"无礼的诗人"这一抱怨。而眼球正是在科学家访问完修道院，离开不久后赠予汉尼根的。泽奇怀疑，这本薄薄的诗集正是一位世俗科学家记录下来的。有一批科学家曾在那个时期拜访修道院，研究《大事记》，其中有人可能将"无礼的诗人"错认作神话传说中的诗人圣贤了。泽奇想着，这本无名氏诗集若是修道院修士写的，那就有些太大胆了。

这本书是两位不可知论者之间针锋相对、彼此讽刺的对话，试图证明：只通过物质理论无法确立上帝的存在。他们只设法证明了一种无限序列的数学局限，即"当可疑之事仍为'可疑之事不可知'的前提时，以某些明知可疑之事去质疑是否可疑为不可知"，这一推论的无穷性，只有绝对确定的神学定义能与之匹敌。这篇文章体现了少许圣莱斯利神学微积分的思路。虽说据考证，这篇不可知论只是某位"诗人"和一位"先生"的诗性对话，但似乎通过认识论的方法证实了上帝的存在。然而这个拙劣的诗人是个讽刺家，在得出确定结论后，不管是诗人还是先生，都没有放弃其不可知论的前提。他们最终没有总结出上帝存在这一结论，却总结出：我们不思，故我们不在。

泽奇院长很快厌倦了这本书，不愿再去研究它到底是高智商喜剧还是讽刺闹剧。站在瞭望塔上，院长能看见高速公路、城市，还有台地。他拿起望远镜对准台地，观察了一会儿雷达设备，看起来一切正常。他将望远镜微微向下调，看到路边公园里的新绿星营地。公园被整个围起，处处支起帐篷。设施安装人员正忙于安装煤气管道和电线。几位工人正将一个标志悬在公园门口。他正对着标志侧面，所以看不见上面写了什么。这热火朝天的景象不知怎么让他想起游牧部落"嘉年华"进城了。那边还有一台巨大的红色机器，看起来有一个燃烧仓，还带个看起来很像锅炉的东西，院长一眼望去猜不出它是做什么用的。身着绿星制服的人们正在安装一个看起来像小型传送带的东西。路边停了十几辆卡车，有的载满木头，有的装着帐篷和行军床。有一辆车好像拖运着耐火砖，还有一辆载满了瓷器和稻草。

瓷器？

他凝神研究着最后一辆卡车装载的货物，前额逐渐微皱。那里面装满了瓷缸和瓷瓶，样子都差不多，用稻草垫着摞在一起防止磕碰。他是在哪里见过这些东西的呢，想不起来了。

还有一辆卡车什么都没装，只装载了一座巨大的"石头"塑像——很可能是强化塑料做的——还有一块方形水泥板，最终用来固定塑像。塑像面朝上放置，由木框支撑，还有包装材料保护。透过里里外外垫得密不透风的稻草，只能看见一条腿和一只胳膊暴露在外。雕像实在是大，比卡车都要长，赤裸的双脚露在挡板外面，有人在它巨大的脚趾上系了个红旗子。泽奇疑惑不已，为什么要浪费一辆卡车运雕像呢？再运一车食物岂不是更有用？

他又向那些安置标志的人望去，他们当中有人放下了他头顶的标志板，爬上梯子去调整上面的支架。标志一端尚靠在地上，板子倾斜。不过泽奇探着头，勉强能看到上面的内容：

18号安乐死营地

绿星

灾难核心工程

院长猛地扭转望远镜，重新望向卡车。那些瓷器！他认出来了。有一次，他开车经过一个火葬场，看见人们正从卡车上往下卸载同样的罐子，卡车上的公司标记跟这辆卡车一样。他四下搜索那辆载有防火砖的卡车，最后院长锁定了它，那辆卡车移动过，这时停在园区内。防火砖被卸到巨大的红色机器旁。他又打量了一遍那台机器，第一眼怎么会看成是锅炉呢？现在看来明明不是烤炉就是熔炉。"魔鬼来啦！"院长怒吼，向楼梯走去。

他看到考斯医生正在庭院的移动装置旁。医生正将一张黄牌别在一位老人的外套翻领上，嘱咐他，他需要去休养营地待上一阵子，要听护士的话，好好照顾自己就不会有事。

泽奇抱着双臂远远站着，咬了咬嘴唇冷冷地盯着医生。送走了老人，考斯疑惑不解地回望院长。

"怎么回事？"他留意到望远镜，又看了看泽奇满脸的怒色。

"哦——"他咕哝说，"唉，那边的事跟我一点儿都不相干，一点儿也不。"

院长狠狠地盯了他一会儿，接着转身大步离开。他回到办公室，叫帕特里克修士打电话给绿星长官……

"我要他们把那玩意儿从我们跟前搬走。"

"恐怕答案是绝对不可能。"

"帕特里克修士，打电话给工场，让鲁夫特修士马上过来。"

"大人，他不在。"

"那就让他们派一位木工和一位油漆工到我这里来，随便谁都行。"

过了几分钟，两位修士匆匆赶到。

"我想要五块分量轻些的标牌，马上就要。"他跟他们说，"标牌手柄要长，字体要大，老远就能看到。但要够轻，让人扛几个钟头也不会累得筋疲力尽。能做到吗？"

"当然可以，大人。想要写什么呢？"

院长写下来交给他们。"确保字够大够醒目，"他说道，"确保字能对着眼睛尖叫，就是这样。"

他们一离开，院长又打电话给帕特里克。"帕特里克修士，替我找五位善良、年轻、健康的见习修士，最好有殉道的准备。告诉他们，他们的下场可能跟殉道者圣斯蒂芬一样。"

他心想，等到新罗马听说这件事，我的下场可能更惨。

◇ 28 ◇

晚祷的歌声已经唱响，可院长依然待在教堂，孤零零地跪在幽暗的黑夜。

主啊，创造万物之神啊，请佑护您的孩子们吧，他们已飞往其他星球，他们将面临无数艰险……

他为约书亚修士一行祈祷着——他们已乘星际飞船飞出天际，进入那更广阔的不可预知的世界，比人类所面对的地球充满更多不确定的世界。他们需要祈祷的太多了，没有比要走向不幸的流浪者更容易心神动荡的。他们的灵魂被折磨，信仰被拷问，信念被烦扰，质疑和困惑一点一点摧残着理智。在家里，在地球，内有自省查探良知，外有导师看护灵魂。然而离开地球，良知无依无靠，在上帝和敌人之间被撕扯。"请保佑他们不受腐蚀吧，"他默默祈祷，"保佑他们坚定的信念。"

午夜，考斯医生在教堂找到了院长，他在外面小声唤他。医生看起来憔悴不已、焦躁不安。

"我刚刚打破了我的誓言！"他挑衅地说。

院长默默不语。最后他问道："骄傲吗？"

"不是特别骄傲。"

他们正向机动车走去，幽蓝的灯光从里面泻出，两人停下脚步。医生的白大褂已经被汗水浸透，他用袖子擦着前额的汗水。泽奇遗憾地凝视他，好像丢失了什么珍宝。

"当然，我们会马上离开，"考斯又开口说道，"我觉得我应该告诉你。"他转身要走进一辆车里。

"等一等。"牧师喊住他，"你还要给我说清楚。"

"要吗？"挑衅的声音又响了起来，"为什么？这样你就可以跑去以地狱之火相威胁了吗？她病得够重了，她的孩子也一样。我什么都不会告诉你。"

"你已经说了。我想，我知道你说的是谁，还有那个孩子。"

考斯迟迟不语，最后说："辐射疾病，激光烧伤，那个女人臀部已经溃烂。孩子父亲已经死了。女人牙齿里的填充物都有放射性。孩子几乎能在夜里发光。她在爆炸后不久就开始呕吐、恶心、贫血、小囊腐烂，一只眼失明。因为烧伤，孩子不断哭喊。他们怎么会在这冲击波中存活下来实在让人难以理解，我什么都帮不了他们，只有安乐死中心能。"

"我见过他们。"

"那你明白我为什么打破承诺。我希望今后能活得坦坦荡荡，兄弟！我也不想永远背上虐待狂的罪名，虐待那母亲和孩子，害得他们生不如死。"

"那背上杀人犯的罪名，你就能活得坦坦荡荡了？"

"你不讲理。"

"你对她说了什么？"

"'要是你爱你的孩子，就帮他摆脱这痛苦，尽早安眠吧。'就这些。我们马上要离开了。这里的辐射病例和最严重的伤病患者已经处理完毕。其他人多走两英里路也没什么不好。这里已经没有重剂量辐射病人了。"

泽奇大步离开，接着驻足向后喊。"收拾完，"他扯着嗓子嘶哑地嚷，"收拾完就滚蛋。要是再让我看见你——我怕我会收拾你！"

考斯呸了一声。"你不愿意看见我，我更不想待在这儿。我们马上就走，多谢。"

院长在拥挤的客房走廊找到了那个女人，她搂着孩子躺在一架行军床上。他们挤在一起，缩在一条毯子下，两个人抱头哭着。楼里充溢着死亡的味道和防腐剂的味道。女人仰起头，看着他那灯光下模糊的身影。

"神父？"她的声音里满是恐惧。

"是。"

"我们完了。瞧见没？看他们给了我什么？"

他什么也没看见，但听见她手指攥着纸张边缘的声音，是那张红牌。看着她，泽奇说不出话来。他靠在小床边上站着，伸手在口袋里摸索，最后掏出一串念珠。她听见念珠哗哗的声响，伸手来触摸。

"你知道这是做什么用的？"

"当然，神父。"

"那留着它，好好用。"

"谢谢您。"

"戴上它，祈祷吧。"

"我知道我该怎么做。"

"不要做帮凶[1]。看在上帝的分儿上，不要——"

1　帮凶（Accomplice），天主教认为自杀是罪孽，死后灵魂不得升天堂。同意自杀即为帮凶。

"可医生说……"

她打断了他。他静等她说完，可她却不再开口。

"不要做帮凶。"

她还是一言不发。他为他们赐福之后，尽快离开了。从女人拿念珠的手势看，她熟悉它们。她都知道，他没有什么能对她说的了。

"于关岛召开的外事大臣会议已经结束，双方尚未发表联合政治宣言。外事大臣们各自返回首都。这次会议至关重要，很多问题有待解决，全世界都急切地等待会议结果。评论员相信会议并未结束，只是暂停，容外事大臣回国与政府成员商讨几日。早期报道宣称，会议因与会双方恶语谩骂被迫中断，双方大臣们否认了这一报道。首席外交大臣莱克尔对媒体只有一句评论：'我要回去同摄政委员会商讨。不过这里天气这么好，我可能还会回来钓鱼。'

"十天的等待期已经到了最后一天，各方一致认为停火协议可能继续得到遵守，这有待观察，而双方同归于尽的惨剧仍有可能发生。两个城市已经覆灭，但双方都未报以全方位袭击。亚洲领导人坚称其攻击是以眼还眼，我国政府坚称伊图湾爆炸并非大西洋导弹所引起。然而大多数时间，两国首都都以古怪的迟迟不散的沉默互相对峙，都没有大肆挥舞血淋淋的衬衫，连哭带喊宣扬复仇。无声的暴怒正在蔓延，因为杀戮的种子已经种下，愚蠢依然盛行，但双方都不想引发全面战争。国防部依然处于战备状态。总参谋部发布通告，也可视为请求，意为'对于当前情况，如果亚洲避免使用最严厉的手段，我们也不会动用'。然而通告进一步补充：'如果他们使用邪恶的辐射武器，我们也会以牙还牙，让亚洲在未来一千多年都不会出现生命迹象。'

"奇怪的是，最让人失望的消息并非都来自关岛，还有来自新罗马的梵蒂冈。关岛会议结束后，报道称教皇乔治不再为世界和平祈祷。两首特别的弥撒在大教堂回荡：《反异教弥撒》和《战争弥撒》。报告还称，教皇已退隐深山，冥思并祈求正义。

"而今，传言——"

"关掉！"泽奇无力地吼道。

他身边的年轻牧师关掉收音机，睁大眼睛瞪着院长。"我不相信！"

"不信什么？有关教皇的？我也不信。但我之前听说过，而新罗马本有机会否认，可他们一个字都没说。"

"这是什么意思？"

"这还不清楚吗？梵蒂冈外交司已经展开行动了。他们向教皇递交了一份有关关岛会议的报告，显然教皇大为震愕。"

"这是警告啊！这是表态啊！"

"不只是表态那么简单，神父。教皇唱《战争弥撒》可不是想引人注目。另外，大部分人认为，他所唱的'反对上帝'指的是大洋另一边的敌人，而'正义'在我们这一边。即使他们知道不是这样，他们还是会这样坚持。"他把脸埋入掌心，上下揉搓，"睡吧。什么是睡觉的滋味，莱希神父，您还记得吗？这十天来，我没见过一张人脸没有黑眼圈的。昨晚我连个瞌睡都没法打，因为客房里有人一直在尖叫。"

"撒旦不是睡魔，这点可以确认了。"

"你干吗老盯着窗外看？"泽奇厉声喝问，"还有，人人都盯着天空看，盯着，琢磨着。要是那魔鬼降临，你们根本就没时间看见它，光芒一闪就完了。所以你最好别再看了，停下来，那不健康。"

莱希神父从窗前离开。"是，尊敬的神父。不过我不是在看那个，我是在看秃鹰。"

"秃鹰？"

"最近这里有很多，整日都不散。几十只秃鹰呢——就在那儿盘旋着。"

"在哪儿？"

"绿星营以南的高速公路上空。"

"那就不是预兆，只说明那些贪婪的家伙胃口好。嘿！我得出去呼吸点儿新鲜空气了。"

他在庭院里遇到格拉丝夫人。她正挎着一篮子西红柿，看见院长靠近，就放到了地上。

"我给你们带了些西红柿来，泽奇神父。"她告诉他，"我看见你们的牌子给拿下来啦，门里还有些可怜的闺女，所以我就想你们应该不介意西红柿老太婆进来。我给你带来些西红柿，瞧见没？"

"谢谢您，格拉丝夫人。标记被拿下是因为难民，不过没关系。您得去找埃尔顿修士说西红柿的事，他是负责为厨房采购的。"

"哦，不用买，神父，呵呵！我免费拿来给你们的。你们有这么多张嘴要喂，这么多可怜的东西要照顾，所以这不要钱哪。我该放到哪儿呀？"

"紧急厨房在——算了，搁在这儿吧。我会找人把它们送到客房。"

"我自己提吧，反正我都提了这么老远了。"她说着又拎起来。

"谢谢您，格拉丝夫人。"他转身要走。

"神父，等等！"她喊道，"一分钟，大人，就占用您一分钟——"

院长强忍着快要爆出来的抱怨说："不好意思啊，格拉丝夫人，不过我也跟您说过——"他顿住了，紧紧盯着瑞琪尔的脸。他想起来，约书亚曾经想象过——难道约书亚修士是对的？但绝对不可能。"这……这是你们教区和主教教区负责的事情，我帮不上——"

"不是，神父，不是那件！"她焦急地说，"我有别的事要请求您。"（另外那个头！它笑了！这次他确定！）"您愿意听我忏悔吗，神父？请原谅我这样打搅您，但我很伤心，自己有那么多不规矩，我想要您赦免我。"

泽奇迟疑了。"为什么不去找西罗神父呢？"

"实话告诉您吧，大人，那个男人就是我罪孽的源头。我去找他本来都是好想法的，可是一看他的脸，我就忘记自己了。上帝爱他，可是我不能。"

"要是他冒犯了您，您必须原谅他。"

"原谅，我当然，当然原谅，只不过要隔着很远的距离。他是我罪孽的源头，我知道，因为我一见他就忍不住乱发脾气。"

泽奇咯咯笑了。"好吧，格拉丝夫人。我会听您忏悔，不过我有些事情要先处理。大概半小时后到修女礼拜堂，来第一间忏悔室找我吧，好吗？"

"哎，保佑您啊，神父！"她连连点头。泽奇院长可以发誓，瑞琪尔也在学着点头，只是幅度比较小。

他甩掉这个念头，走进车库。一位候补见习修士为他将车倒出。他爬进车里，输入目的地，精疲力竭地瘫倒在靠垫里。自动控制系统开始探路，将车驶出大门。路过大门时，院长看见那个女孩站在路边，怀里抱着孩子。泽奇猛戳"取消"按钮，车停了。"等待"，机器人控制器汇报状态。

女孩半身裹着一条纱巾，从臀部一直遮到左膝。她正靠在一副拐杖上，站在原地大口喘气。她不知怎么设法走出了客房，穿过了大门，可这显然耗尽了她全部体力，她多走一步都不行了。怀里的孩子紧紧抱住她的一支拐杖，盯着高速公路上往来的车流。

泽奇打开车门，慢慢爬了出来。她抬头瞥了他一眼，又飞快扭头望向别处。

"你下床干吗呀，孩子？"他轻声问，"臀部那个样子，你不该起床的，你想去哪里啊？"

她移了移重心，疼得脸皱了起来。"去城里。"她说，"我要走了，很紧急。"

"不用急成这样，我找别人替你办。我叫修士——"

"不，神父，不用！别人谁都不能替我办。我要去城里。"

她在撒谎。他很确定她在撒谎。"那好吧。"他说，"我送你进城，反正我开车顺路。"

"不！我会走着去！我——"她刚挪了一步就喘个不停。他赶紧扶住她，没让她摔倒。

"就算圣克里斯托弗[1]扶着你的拐杖，你也走不到城里去，孩子。来吧，快，让我送你回到床上。"

"告诉您！我今天一定要进城！"她愤怒地尖叫起来。

孩子被母亲的怒气吓到了，开始哇哇大哭。她想抚慰孩子，但

1　圣克里斯托弗（Saint Christopher），公元 3 世纪天主教殉道者。传说曾扶一个孩子过河，过河途中孩子越来越重，难以挪动。最终到了对岸，那个孩子自称耶稣，而克里斯托弗刚刚所搀扶的是耶稣及他肩上的整个世界的重量。

放弃了。

"那好，神父，您能带我去城里吗？"

"你根本就不应该去。"

"告诉您，我去定了！"

"好吧，那让我帮你坐进去……先让孩子进……轮到你了。"泽奇从母亲怀里抱起孩子，放进车里时，孩子歇斯底里地尖叫着。等两人都上了车，孩子紧紧靠着母亲，不时抽泣着。孩子的衣服松松垮垮，湿乎乎的，头发被烤焦了，一眼难以辨识性别，但泽奇院长猜她是个女孩。

他又一次输入目的地。汽车静静等待车流停息，然后才转弯上了高速公路，进入中速道。两分钟后，他们靠近绿星营地时，院长转入慢速车道。

五位修士在帐篷区前示威，他们头戴兜帽，庄严肃穆地站在警戒线上。他们列队在安乐营的标志下来回行进。油漆未干的标牌上写着：

进入这里

你

抛弃了一切希望

泽奇本想停下来跟他们交谈，但因为女孩在车上，他只能看着他们慢慢经过。看着见习修士们穿着黑色长袍，兜帽遮住面庞，如同在葬礼之上缓慢行进，确实达到了想要的效果。然而绿星是否会为此不安，从修道院旁撤离，这还难说，更别说之前听到的报告。报告说今天早些时候有一群激愤的人大声辱骂修士，并冲他们高举的标牌扔石子。有两辆警车停在路边，几位警官靠车观望，面无表情。这激愤的人群出现得这么突然，警车又刚巧随后而至，正赶上目击一个愤怒的群众要夺下一位修士的标牌，而一位绿星官员又刚好借此大发脾气，索要法院指令。院长怀疑这激愤人群的闹事和修士的警示一样，都是被精心安排的，他们的目的就是让绿星官员能够拿到法院指令。他们也许还真能如愿，不过在此之前，泽奇院长决定让见习修士们继续。

他瞥了一眼营地工人竖在大门旁的塑像，这让他脸部一阵抽搐。他看出那是一张合成人像，从大量心理测试中导出的形象。测试时，受试者会被出示各种陌生人的塑像或照片，然后被询问："你最想见哪个""你觉得哪个人会成为最好的家长"，或者"你想躲开哪个人""你觉得哪个人是罪犯"，等等。接着他们挑选"最"如何或"最不"如何的照片，合成一套"平均面容"，每一张都能让人一眼就判断其个性，与电脑统计的测试结果相符合。

泽奇痛心地发现，这座雕像太过愚蠢、太过柔弱，一看就像古代那些二流艺术家的手笔，或者也就是三流四流。他们完全误读了耶稣的个性。这张甜到恶心的笑脸，空洞的眼神，傻笑的嘴唇，一副双臂貌似要拥抱，臀部宽大得像妇女，胸膛竟似长有乳房——但愿那只是外袍的褶子。主啊，泽奇暗暗叹息，这帮乌合之众就是这样看待您的吗？他能想象这塑像会说："受苦受难的孩子来我这里。"可他想象不出它能说："可憎的人啊，离开我，去那永恒之火吧。"他不能想象这雕像会将谋财之人逐出修道院。他想不出，他们问了什么样的问题，从那帮乌合之众的脑袋里召唤出这么一张合成面相。说是耶稣雕像，它只是空挂了个名头。雕像基座上刻着："安慰"。不过绿星的人肯定也看得出，这座雕像和以前那些潦倒画家画的漂亮基督像有些相似。他们到底是不是有意的，这难以证明。可他们确实曾把他那样毫不在意地装进车后斗，在他巨大的脚趾上系上红旗。

女孩一只手紧握着门把手，眼睛盯着汽车的自动控制盘。泽奇很快将车子调至"快车道"，车子又飞速前进了。女孩这才松开了车门把手。

"今天秃鹰很多呀。"他瞟了一眼车窗外的天空，静静地说。

女孩呆坐着，面无表情。他打量了一下她的脸。"你很疼吗，孩子？"

"这没关系。"

"把它交给上帝吧，孩子。"

她冷冷地看着他。"您觉得上帝会为它高兴吗？"

"只要你把它交托给上帝，是的，他会。"

"我不理解什么样的上帝会为我孩子的疼痛而高兴。"

牧师眉头一皱。"不，不是！孩子，取悦上帝的并非疼痛本身，而是灵魂。尽管身体遭受折磨，仍带着信仰、希望和爱忍受病痛的灵魂。疼痛是消极的诱惑，上帝不会为折磨肉体的诱惑而高兴。让他高兴的，是看到灵魂将诱惑踩在脚下说：'走开，撒旦。'和疼痛一样的还有很多，像失望、愤怒、抛弃信仰……"

"省省吧，神父。抱怨的不是我，而是我的孩子。可孩子听不懂您的说教，只是，她会难过。她能感到难过，可她听不懂。"

"对此我能说什么呢？"牧师麻木地想着。再告诉她一次，人类曾被赐予超自然的无痛感，然而人们把它丢弃在伊甸园里了？说这个孩子是亚当的一个细胞，因此——这倒没错，可是她的孩子生命垂危，她自己也病痛交加，而且她是不会听的。

"不要那样做，孩子。不管怎样，不要做。"

"我会考虑的。"她冷冷地说。

"我还是个孩子时，曾经养过一只猫。"院长娓娓道来，"它是一只大灰公猫，肩膀壮实得像小斗牛犬，头和脖子也是又胖又结实。它懒散傲慢，简直就是魔鬼的化身。不过它只是一只猫。你了解猫吗？"

"知道一点儿。"

"爱猫的人并不了解猫。如果你了解猫，就不会什么猫都爱。你了解并爱上的那些猫，常常是爱猫人根本就不喜欢的。泽基就是这样一只猫。"

"这里面又有什么寓意吧？一定是这样。"她警惕地盯着他。

"只是，我杀了它。"

"住口，不管您打算说什么，住口！"

"一辆卡车撞了它，轧碎了它的两条后腿。它拖着自己的身子在房子下面晃来晃去，时不时地发出打架时的那种嘶吼，转着圈乱扑乱抓一通。但大部分时间，它就那么安静地躺着，等着。'它该被送上路。'他们不停地跟我讲。过了几个钟头，泽基拖着身子从房子下面钻了出来，叫着要我帮助。'它该被送上路。'他们说。我不愿让他们这样做，可他们说留它活着太残忍了。所以我最后说，一定要这样的话，我情愿自己动手。我拿着一把枪和一把铁铲带它到树林边。我挖了一个坑，让它平躺在地上，接着一枪打穿了它的脑袋。小口径的步枪冒出了青烟。泽基猛烈地扭动着身子，竟然爬了起来，拖着身子挪向树丛。我又开了一枪，它瘫倒在地。我想这次它应该死了，于是把它放进坑里，一铲又一铲地填土。结果这时，泽基又挣扎着站起，爬出了坑，又向树丛挪去。我尖叫的声音甚至压过了泽基，最后我不得不用铁铲杀死了它。我把它放回坑里，用边缘像砍刀一样锋利的铁铲，朝泽基一下一下剁去，而泽基还在扭动着、挣扎着。后来他们告诉我，说那只不过是脊神经反射，可我不信。我了解那只猫。它想去树丛里，想去那里躺下，静待死亡。我祈求上帝，让我容那只猫走到树丛旁，容它自己在那里，以一只猫希望的方式死去——有尊严地死去。这件事我一直埋在心里，从未释怀。泽基只是一只猫，但——"

"闭嘴！"她无助地低吼。

"然而就连古代的异教徒也发现了，自然施加给了我们压力，也赐予了我们能承受这压力的能力。如果这对一只猫都适用，那对于有理智、有意念的创造物难道不是更加贴切——不管你信不信上帝？"

"住嘴，该死，住嘴！"她怒吼着。

"如果说我有点儿残忍，"牧师说，"那也是针对你，不是针对孩子。正如你说的，孩子什么都不懂。而你，也正如你所说，并不抱怨。因此——"

"因此，您是想要让我看着她慢慢死去，并——"

"不！我不是想要你这样做。作为基督的牧羊人，我以全能上帝的权威命令你，不要对你的孩子下手，不要把她的生命祭献给散播虚伪安乐的假神灵。我不是在建议你，我是以基督之名命令你。清楚了吗？"

泽奇从未以这种口吻说过话，这次竟这样脱口而出，让他自己都大为惊讶。再看看她，已垂下了眼睛。一时间，他紧张地担心这个女孩会当面嘲笑他。每当教廷示意其权威高于任何国家，高于任何政府当局时，这个时代的人们常会窃笑不已。然而这个怀抱垂死婴孩的悲苦女孩，依然能感受这命令的权威，这样对她说教实在残忍，他暗暗懊悔。劝解并不能说服她，而一个简单的命令却能使她服从。虽然他命令时的语气已极尽温柔，可看她畏缩的姿势，他知道她服从了。

他们开车到了市里，泽奇停下来寄了一封信；在圣米迦勒教堂停下来和西罗神父交谈了几分钟，探讨难民问题；在地区防卫内务部又停了一次，取了一份最新的国民防务指示。每次他返回车内，都料想有百分之五十的可能，那女孩已经离开，但她一直抱着孩子安静地坐在原处，茫然地盯着远方。

"你准备告诉我你想去哪儿了吗，孩子？"他最后问。

"哪儿也不去，我改主意了。"

他安心地笑了。"但你刚刚赶着要进城，焦急得很呢。"

"别提啦，神父。我改主意了。"

"好，那咱们回家吧。为什么不让修女们照顾你女儿几天呢？"

"我会考虑的。"

汽车沿着高速公路飞快地驶向修道院。路过绿星营地时，他能看出有什么东西不对劲。修士们已经不在这里巡回警示了。他们聚在一处不知在讨论什么还是听什么，旁边有两个警官，还有一个人泽奇不认识。他将车转换到慢速道上。一位见习修士看到车，认了出来，开始挥舞他的标牌示意院长停车。有女孩在车里，泽奇师不想停车，但一名警官走了出来，进入低速道，走到他们正前方。他抽出交通警棍瞄准汽车的障碍探测器一指，自动导航做出反应，自动调至停止状态。警官做出手势，示意汽车驶离公路。泽奇无法拒绝。两位警官走过来，停下来记驾照号码并扣下证件。一个警官好

341

奇地瞥了一眼女孩和孩子，留意到她们身上的红牌。另一个警官朝警示线挥了挥手。

"说来，你是这一切的幕后黑手了，是不是？"他声音阴沉，对院长说，"行啦，那边有位穿棕色外套的先生有个小消息要告诉你，你最好听一听。"他朝一个法庭工作人员点点头，那个大胖子正傲慢地一晃一晃地靠过来。

孩子又大哭起来。母亲不停地轻晃着她。

"长官，这个女孩和她的孩子都生病了。我过一会儿再来接受处理，请容我先把车开回修道院，稍后我再单独回来。"

警官又看了看女孩："女士？"

她盯了一会儿前方的安乐营，又抬头看了一眼入口处的耶稣塑像。"我要下车。"她告诉他们，声音里没有一丝起伏。

"你会得到很好的照料，女士。"长官说着，又看了一眼那两张红牌。

"不！"泽奇院长一把握住女孩的胳膊，"孩子，我禁止你——"

警官伸手抓住牧师的手腕。"放手！"他猛喝一声，接着柔声对女孩说，"女士，你受他监护还是什么的吗？"

"没有。"

"你有什么权力禁止这位女士出来呢？"警官喝道，"你再这样，我们可有点儿不耐烦了，你最好——"

泽奇彻底无视他，只是飞快地对女孩劝解着。她在一旁猛摇头。

"那孩子，让我把你的孩子带回去交给修女。我坚持——"

"女士，这是你的孩子吗？"警官问。女孩此时已经到了车外，而泽奇还紧紧抱着孩子。

女孩点点头："她是我的孩子。"

"他曾囚禁你或伤害过你吗？"

"没有。"

"你想怎么办呢，女士？"

她说不出话。

"回到车里。"泽奇厉声对她说。

"你不许用这种口气说话，牧师！"警官大叫，"女士，孩子怎么办？"

"我们都出来。"她说。

泽奇猛地一拉，把门关上，想发动汽车。可警官的手飞速探进车窗，按下"取消"键，拔出钥匙。

"意图绑架？"一个警官对另一个咕哝。

"可能是。"另一个回应，接着打开车门，"放开这位女士的孩子！"

"让她在这里惨遭谋杀吗？"院长问，"你们先打倒我再说。"

"去到车子另一侧，法尔。"

"不行！"

"现在，用警棍在腋窝下撑住。好，拉！很好，女士——您的孩子。噢，不行，我看您挂着拐杖，还是不要了。考斯？考斯在哪儿？嘿，医生！"

泽奇院长瞥见一张熟悉的面孔，从人群里走过来。

"我们对付这个老东西，你抱走孩子，怎么样？"

医生和院长无语地对视一眼，接着就把孩子从车里抱走了。警官们也松开了院长的手腕。一个警官一扭头，这才发现自己被几个高举标牌的见习修士围了起来。他把这些标牌看作潜在的武器，于是拔出手枪大吼一声："退后！"

"出来！"

院长疲惫地从车里爬了出来。他发现眼前等着他的正是圆滚滚的法庭官员，那家伙用一沓文件拍拍院长的胳膊。"你被处以限制法令，我受法庭要求向你诵读并解释禁令内容。这是你要留存的那份。警官们目击了你的反抗行为，所以你不可以拒绝以下指控——"

"哦，直接说吧。"

"这态度才对。现在法庭对你作如下指控：鉴于原告的指控已被证实，确实存在大规模损害公共秩序的行为——"

"把标牌扔进那边的垃圾桶里，然后上车等着，"院长对见习修士们说，"没人反对的话，那就进车里等着。"他完全无视正宣读法令的法庭官员，走到警官跟前，法庭官员跟在他身后仍然磕磕巴巴地用一个音调往下读。"我会被捕吗？"

"我们正考虑。"

"'在上述日期准时到庭，陈述为何——'"

"有什么罪名？"

"你要是想知道，我们可以说出四五项来。"

考斯穿过大门回来了。那个女人和孩子已被护送到营区。医生的表情若称不上愧疚，也可以说异常暗淡。

"听着神父，"他说，"我明白你对这一切的感受，但是——"

泽奇神父一记右勾拳，直直捣向医生的脸。考斯身子一歪，重重坐倒在车道上。他看起来不知所措。他吸了几下鼻子，突然鼻血涌了出来。警察扑向牧师，将他的双臂紧紧反按在他背后。

"'——并不得违反'，"法庭官员飞快而含混地念着，"'除非有其他法令——'"

"带他上车。"一个警官吼道。

院长没有被送到自己的车前，而是被带到巡逻车旁。"这下法官恐怕会对你失望了，"警官刻薄地说，"现在给我站在这里，保持安静，敢动一下就把你扔进监狱。"

院长和警官在巡逻车旁等着，法院官员、医生和其他长官在车道上讨论。考斯用手帕紧紧捂着鼻子。

他们谈了五分钟。泽奇感到被彻头彻尾地羞辱了。他把前额按在警车的金属车身上，努力祈祷着。眼前这时刻，他们会怎么处置他已经一点儿也不重要了。他满脑子想的都是那个女孩和她的孩子。他清楚，她已经要改变主意了，只需要发出一个命令："我——上帝的牧师，命令你，并请主见证——"要是他们没迫使他停车，他就能做到。然而这次却让她目睹"上帝的牧师"被"恺撒的交警"完全制服。耶稣的王权在他眼中从未如此遥不可及。

"行了，牧师。我得说，你是个幸运的硬骨头。"

泽奇抬头问："什么？"

"考斯医生拒绝投诉。他说他料到会挨这一拳。你为什么打他？"

"问他。"

"我们问了。我还在想，我们是把你抓走好呢，还是给你一张传票更好？法庭官员说你在这一带颇有名气。你是做什么的？"

泽奇脸红了。"看了这个，你一点儿也想不到吗？"他摸了摸胸前的十字架。

"什么样的人会戴着这个一拳捣向别人的鼻子，我可猜不出。你到底是做什么的？"

泽奇连最后一丝骄傲也被迫收了起来。"我是圣莱博维茨修道院院长，顺着这条路下去就能看见。"

"凭这你就能随便打人了？"

"对不起。要是考斯医生能够听见，我向他道歉。如果你给我发传票，我保证会出庭。"

"法尔，怎么办？"

"监狱里塞满了难民，没空房。"

"听着，我们可以把这整件事抛到脑后，不过你能保证不再靠近这个地方吗？能把你的团伙管好别让他们乱窜吗？"

"能。"

"行啦，走吧。不过要是你敢再路过这里吐口痰，我也不会让你好过。"

"谢谢。"

院长开车离开时，公园里传来阵阵风琴声，泽奇回头一望，是旋转木马在转。一个警官擦了擦脸，拍拍法庭官员的后背。他们各自钻进车里，开走了。虽然院长车里还有五位修士，但他其实已一个人孤零零地浸没在自己的羞耻里。

"我相信以前应该有人警告过你，注意你的暴脾气吧？"莱希神父问忏悔者。

"是的，神父。"

"你是否意识到，这种意图接近谋杀？"

"我没有杀戮的意图。"

"你是在给自己找借口吗？"告解神父质问。

"不是，神父。意图是伤害。我控诉自己的思想和行为违反了第五戒律的精神，罪行远离了宽容和正义，给我的职位带来了羞辱和公愤。"

"你意识到自己违背了永不诉诸暴力的诺言吗？"

"是的，神父。我为此深深悔恨。"

"唯一可以缓和罪行的状况是你只是突然发怒，挥出了拳头。你经常任由自己这样抛弃理性吗？"

盘问持续着，修道院管理者跪在地上，副院长端坐上位，对上司进行审判。

"好啦。"莱希神父最后说道，"现在关于你的忏悔，要承诺必须说——"

泽奇匆匆赶到礼拜堂时已经迟到超过一个半钟头，但格拉丝夫人依然在等待。她跪在忏悔室旁的长凳上，看起来半睡半醒。院长自己就困窘不安，本希望她早已离开。听她告解前，他自己也有罪行要忏悔。他跪在圣坛前，忏悔了二十多分钟，完成了莱希神父布置给他的忏悔祷告。然而回到告解室，只见格拉丝夫人依然等在那里。唤了她两声，她才听到。等她起身时，已经有些站不稳了。她轻轻摸着瑞琪尔的脸，并不说话。她用干瘦的手指摸着她的眼睑和嘴唇。"您怎么了？"院长问。

格拉丝夫人抬起头，望向高高的窗户，视线在拱顶天花板上徘徊。"哎呀，神父啊，"她轻声叹道，"我感觉到那可怕的东西啦，我真的感觉到啦。它离我们这里很近很近啊！我觉得我需要宽恕啊，神父——还需要些别的。"

"什么别的，格拉丝夫人？"

她探身靠近，手罩着嘴悄悄说："我也需要宽恕他。"

牧师微微向后一避。"宽恕谁呢？我不明白。"

"宽恕他——把我创造成这个样子的那个人。"她低声抱怨着，但紧接着又慢慢绽出了一个微笑，"我……我为这事从没原谅过他。"

"原谅上帝？您怎么能——他是正义的，他是审判官，他是爱。您怎么敢说——"

她双目炯炯地看着他，写满恳求。"西红柿老婆子不能为他的裁决给点儿宽恕吗？然后我会请求他的宽恕。"

泽奇张了张嘴没说话。他看到她映在地板上的双头影子。那影子的形状，暗示着可怕的裁决。他无法让自己再责备她，居然选择了原谅。在她简单的世界里，宽恕正义与宽恕不公正均无不妥，人宽恕上帝与上帝宽恕人皆有可能。那主啊，随她去吧，忍耐一下吧。他想到这里，理了理法袍。

进入告解室前，她向圣坛屈膝礼拜，牧师留意到她画十字时，手指除了划过自己的前额，还划过了瑞琪尔的前额。他掀开厚重的门帘，钻进了自己的那一侧隔间，隔着格栅低声念叨。

"你寻求什么？"

"寻求赐福，神父，因为我有罪——"

她犹犹豫豫地开始忏悔。隔着格栅的网眼他看不见她，只能听见夏娃那低缓的声音。一样啊，一样，永远都一样，就是拥有双头的妇女，罪行也没有什么新意，还是一遍遍愚蠢地模仿着原罪。牧师依然甩不开自己的羞愧，对待女孩、警官和考斯时的愚蠢行为，他发现自己难以集中精神。聆听忏悔之时，双手依然剧烈颤抖。格栅另一头传来连绵不断的忏悔声，言辞无趣，声音低沉，节奏如同远方传来的锤击声，锤击长钉穿透手掌，刺进木桩。泽奇如同另一个耶稣，一时间感受到每个负担的沉重，然后传递给创造人类的上帝。这重负，有的是关于她配偶，还有黑暗的秘密。这些肮脏的丑事应该趁黑夜用脏报纸裹紧赶快埋葬。而他只能听懂一点儿，大部分都无法理解，这让恐惧更为浓重。

"要是您想说，您对堕胎的事内疚。"他低声说，"我必须得告诉您，这罪行得由主教赦免，我不能——"

他顿时停下了。远处有呼喊声传来，还有导弹在附近发射传出的微弱喷气声。

"可怕之物！可怕之物！"老妇人哭喊起来。

他的头皮如被针扎，一阵刺痛：是莫名的警报突然催生的寒意。"快！快痛悔！"他低声含混地说，"告解吧，念十遍玛利亚、十遍主祷文。一会儿再重新忏悔吧，快先念。"

他听着她在格栅另一边一次次重复祷文。他快速哼出一段赦罪文："让主耶稣赦免你的罪孽。承他旨意，我赦免你的一切罪孽……倘若你犯下罪孽，我赦免你，我以上帝的名义赦免你……"

还没念完，一道光穿过忏悔室厚厚的门帘直射进来。光线越来越亮，直到隔间里溢满了正午般明亮的光，门帘开始冒烟了。

"等等，等等！"他紧张得气喘吁吁，"等它熄灭。"

"等着等着，等它熄灭。"格栅外一个陌生的温柔嗓音随声附和，这可不是格拉丝夫人的声音。

"格拉丝夫人？格拉丝夫人？"

她以粗重而昏沉的声音回应道："我从未想过……从未想过……不爱……爱……"声音淡去，这并非刚才应和他的那个声音。

"跑，快，快跑！"

来不及看她有没有听见，泽奇从忏悔室一跃而出，沿着走廊奔向圣坛。光线暗了，但仍跟中午的阳光一样灼烤皮肤。还有多少秒？教堂里到处是烟。

他跃入圣堂，在第一个台阶处绊了一跤，就算屈膝礼吧。他继续奔向圣坛。两手慌张地从圣体盘中拿出圣体容器，然后对着它再次屈膝，继而抓起上帝的圣体向门外奔去。

大楼倒塌，压在他身上。

等他清醒过来，眼前除了尘埃，什么都没了。他的腰部被死死压在地上。他趴在尘埃里试着动一动。一只胳膊还是自由的，但另一只被重物压住了。他活动自如的那只手仍抓着圣体容器，只是倾倒了，盖子脱落，主的几片圣体掉了出来。

他判定，这爆炸波把他彻底扫出了教堂。他趴在沙子里，看到玫瑰残枝被一块大石头压在下面。他留意到一朵玫瑰花仍连在枝上——那是一朵橙粉色的亚美尼亚玫瑰，而花瓣都被烤焦了。

天空中传来引擎的咆哮声，蓝光在尘埃之中扫来扫去。他起初并没有感到疼痛。他试着伸了伸脖子，看看压在他身上的庞然大物，而疼痛慢慢袭来，他眼前一片朦胧，不禁轻轻哭出了声。他再也不愿回头看了，几乎五吨重的巨石把他挤在中间，他腰部以下的一切都被困在里面。

他开始小心翼翼地挪着那只能动的胳膊，拾回圣体。他仔细地把每片圣体从沙子里拣出，风威胁着要把基督身体的小小薄片吹走。不管怎么样，主啊，我尽力了，他想。还有人需要最后的仪式吗？还是临终的圣餐？要是需要的话，他们得自己爬过来。可还有人活着吗？

吓人的引擎咆哮覆盖了一切声音。

汩汩的血不断渗进他眼里。他用前臂抹着，防止手指被染得鲜血淋漓，玷污了圣体。血弄错了啊，主，是我的血，不是您的。原谅我吧。

他捡回了大部分四处散落的圣体，可有几片飘落得太远。他努力伸手去捡，可眼前又一黑。

"耶稣，玛利亚，约瑟夫啊！救命！"

恍惚间，他听见微弱的应答声，在咆哮的天空下，似从遥远的地方隐约传来。这正是他在忏悔室里听到的那个陌生的温柔嗓音，这声音再一次应和着他说过的话："耶稣，玛利亚，约瑟夫啊！救命！"

"是什么？"他喊道。

他喊了几次，但再没有回应传来。尘埃开始纷纷下落，他合上了圣体容器的盖子，防止尘埃和圣体混合。他这才闭上双眼，一动不动地趴在那里。

身为牧师，要面对的一个难题就是总有一天，你必须亲身服从你曾给别人提过的建议。"自然施与你压力，也赐予了你承受这压力的能力。"他心想，我竟先告诉了她斯多葛学派的箴言，之后才告诉她上帝的教导，这就是报应。

他的身体并不怎么疼，只是被压住的部位奇痒难忍。他想去抓挠，可手指碰到的只有石头。他使劲搬石头，直到手臂不停发抖，可石头仍纹丝不动，他这才把手缩了回来。这奇痒让他难过得发狂，被压迫的神经不断向他发出愚蠢的请求，要求搔痒。他觉得此刻尊严尽失。

呵呵，考斯医生，你怎么竟不知道，瘙痒比疼痛邪恶得更彻底呢？

他笑了一下，这一笑让他又突然失去意识。他听到有人在尖叫，于是在黑暗里爬呀爬，想爬出黑暗到那个人身旁。牧师突然明白了，那个尖叫的人正是他自己。泽奇陡然感到害怕。瘙痒已经步步升级，变得痛苦难忍。可尖叫并非因为这痛苦，而是因为纯粹的恐惧。这痛苦持续不断地纠缠他，他的每次呼吸都能带动这痛苦，可他能忍受这些。恐惧的源头是刚刚经历过的那片可怕的黑暗。那黑暗似乎正虎视眈眈地垂涎于他，急不可耐地要吞噬他，饥肠辘辘地等待着他——那是渴望消化灵魂的巨大胃口。疼痛没什么，他能够忍受，忍不了的是这可怕的黑暗。在那里面，可能有什么不该存在的东西在等待，也可能还有什么未竟之事。然而一旦他对那黑暗屈服，他就什么也做不了，什么也改变不了。

这害怕让他羞愧，他努力祷告，可这祷文毫不虔诚——更像道歉，而不像祈求——好似已经念完了最后的祷告，已经唱完了最后的圣歌，只剩下无尽的恐惧。为什么？他试着想清楚。杰斯罗，你见过人们死去，见过很多人死去，这看起来不难。他们如烛焰越来越微弱，接着一阵抽搐，一切都结束了。那深不可测的黑暗是上帝与人类之间的鸿沟，是隔开神与人的最黑暗之处——冥河。听着，杰斯罗，你是不是真的相信，冥河另一边还有什么东西？不是的话，你为什么抖得如此厉害？

《愤怒之日》中的一节诗篇在脑海中浮现，不断重复：

> 我算什么，
>
> 正义之士也难免不测，
>
> 我这可怜人该对谁诉说？

难免不测？为什么"难免不测"？他当然不可能将正义之士罚下地狱，那你为什么抖得这么厉害？

真的，考斯医生，即使是你本意指的那种疼痛，也并不难捱。这种难以名状的恐惧才最难忍受。这种恐惧，加上与其积极意义对应之物，如对世界安全的渴望，对伊甸园的渴望，结果就是"万恶之源"。考斯医生，使痛苦最小化，使安全最大化自然是驱动社会和恺撒的目标。然而后来，它们不知不觉成了唯一目标，成为法律的唯一基础——这是堕落。结果我们在寻求它们的过程中，无可避免地走到了相反的终点：使痛苦最大化，使安全最小化。

世界问题的所在就是我。设身处地想一想，亲爱的考斯。你、我、亚当，我们都是人。我们都没有犯下"世间的罪恶"，除了那些被人——包括你、我、亚当——带到世间的罪恶，谎言之父也添了一把火。埋怨谁都可以，甚至可以埋怨上帝，但是，哎呀，不能埋怨我。考斯医生，不是吗？所以医生啊，如今世界上唯一的邪恶就是世界已不再是世界，那疼痛又算得了什么？

他又虚弱地笑了，这让他再一次陷入最深的黑暗。

"常人只知道我、我们、亚当，但耶稣呢，他认为人类就是我。"他大声说着，"你知道吗，帕特里克？他们……一起……都被钉在上面，但不是孤零零的……他们流血的时候……需要人陪伴。因为……一样的原因，和撒旦想要地狱里充满人是一样的原因。因为亚当……只是耶稣……但我仍然……听啊，帕特里克——"

这一次花了好久才爬出那深黑，但他一定要跟帕特里克说清楚，彻底离开之前，一定要说清楚。"听好，帕特里克，因为……为什么我告诉她孩子必须……是我……我的意思。我的意思是，耶稣从不让人做一件他自己不会做的蠢事。因此，我也一样，不能撒手不管。帕特里克？"

他眨了几下眼，帕特里克不见了。世界重新凝固，黑暗消失了。他不知不觉发现了自己害怕的东西。在黑暗永远掩埋他之前，他还有未竟之事。上帝啊，让我能活着完成这件事吧。那个不懂事的孩子承受了多少痛苦，他害怕的是，自己还未承受这更多的痛苦就提前死去。他曾想救下那个孩子，为的是让她承受更多痛苦——不，不是为了这个，而是尽管会如此，也要救下。他曾以基督之名指责她的母亲，他并没有错。而今，他怕的是，自己还没忍受上帝给予他的更多苦难就提前死去。

让我为那个孩子和她的母亲承受痛苦吧！我所施加的，我必须承受，这理所应当。

这个决定似乎减少了他的痛苦。他平静地躺了一会儿，接着又小心翼翼地回头看了看身后的石堆。历经了十八个世纪，超过五吨重的巨石堆在那儿。爆炸波冲开了地下室，因为他看见石头间零落散着几块骨头。他用能动的那只手摸索着，摸到了什么平滑的东西。最后他把它抠了出来，放在圣体容器旁边的沙地上。那是一颗头骨，腭骨没了，但头盖骨完好，只是额上有个小孔，里面有一片干枯半腐的木头伸出来。头骨看起来相当古老。

"修士。"他轻声叹道。因为地下室里不会埋别的，只会掩埋本院修士的遗骨。

骨头啊，你为他们做了什么？教他们读写？帮他们重建？指引他们找到耶稣，帮助他们重塑文化？你是否记得提醒他们，这里永远都不会成为伊甸园？你当然记得。祝福你，骨头。他默默想着，用拇指在头骨上画了十字。你承受了那么多痛苦，他们却报以这穿眉一箭。身后的这些石头不止五吨，也超过了十八个世纪。我估计这里堆积的石头大概存在了两百万年——从出现第一个灵长人属开始，一直都在。

又听到那个声音了——刚刚曾附和过他的那个温柔的声音。这一次，那声音如孩子一般正唱着歌："啦，啦，啦，啦——啦——啦——"

虽然这声音跟他在忏悔室中听到的一样，但这一定不会是格拉丝夫人的声音。格拉丝夫人即使离开了礼拜堂，也应该已经原谅上帝，跑回家了——主啊，请原谅这角色的对调吧，但他又不确定是不是真的对调了。你说，老骨头啊，我应不应该把这告诉考斯呢？听着，亲爱的考斯，为什么你不能原谅上帝容许疼痛存在呢？要是他不曾容许，那人类的勇气、勇敢、高尚和自我牺牲都将失去意义。再说，考斯，你也会失业啊！

骨头啊，大概这就是我们忘了提的吧！看看这些炸弹和创伤吧！世界对那已失去的伊甸园仍有着模模糊糊的印象，多多少少感到有缺憾，于是变得越来越痛苦，越来越愤怒。这愤怒尤其针对上帝。听着，人啊，你们必须放弃这痛苦——"宽恕上帝"，就像她说的那样做——这比什么都重要，比爱都重要。

但看看这些炸弹和创伤吧！他们不会原谅。

他睡了一会儿。那是自然地入睡，而不是陷入那种丑恶、虚无、吞噬灵魂的黑暗。下雨了，雨冲刷着漫天尘土。他醒了，身边多了陪伴。他从烂泥里抬起脸颊，怒气冲冲地看向它们。它们中有三个栖息在乱石堆上，肃穆地凝视他，如同参加葬礼。他动了一动，那帮家伙拍拍黑色羽翼，紧张地嘶鸣。他扔了一块石头过去。两只展翅飞走了，盘旋上升。但第三只仍待在原处，阴郁地盯着他，脚下挪动，像跳起曳步舞。这丑鸟黑乎乎的，不过不像另一种黑那么恐怖。这种黑暗下隐藏的，只是躯体。

"晚饭还没准备好呢，鸟兄。"他气呼呼地对它说，"你还得等。"

它也吃不了几顿啦，他留意到这鸟本身也快成为一顿美餐了。它的羽毛被灼光烧焦，一只眼睛睁不开，浑身被雨水淋得湿透。泽奇猜测这雨水也充满了死亡之毒。

"啦，啦，啦，啦——啦——啦，等着等着等到它熄灭啦……"

这声音又来了。泽奇害怕这是幻觉，但鸟也听见了。它看起来像在斜眼瞅什么东西，但泽奇看不见。最后它用粗哑的嗓子叫了几声，拍拍翅膀飞走了。

"救命！"他虚弱地喊。

"救命。"那个陌生的声音鹦鹉学舌般重复道。

双头女人一晃一晃地走到这堆乱石旁。她停了下来，低头看着泽奇。

"感谢上帝，格拉丝夫人，请看看你能不能找到莱希神父——"

"感谢上帝，格拉丝夫人，请看看你能不能……"

他眨了眨眼，刷去眼前的一片血雾，然后细细地打量她。

"是瑞琪尔。"他轻叹。

"是瑞琪尔。"这生灵答道。

她跪在他跟前，向后坐在脚跟上。她用清透的绿眼睛注视着他，笑容天真无邪。那眼睛里写满惊讶与好奇，还有——大概还有别的东西——但她显然并没有看出他的疼痛。她的眼睛里有什么东西，吸引他忽视一切，直直望了好几秒。但他接着注意到了瑞琪尔在微笑，格拉丝夫人的头靠在另一侧肩膀上。瑞琪尔的笑容看起来年轻而羞涩，似乎渴望友好。

"听着，还有其他人活着吗？找——"

她回答的声音悦耳又肃穆："听着还有其他人活着吗——"她尽情享受着这些词，她把它们一个一个清晰发出，为每个词愉快地微笑。她说话时，嘴唇重新组合着这些词句。他觉得这并非反射性的模仿。她在试着和他交流。通过重复，她在试着表达：我跟你有相似之处。

但她只是刚刚出世的新生儿。

而你也有点儿什么不一样，泽奇带着敬畏观察这一切。他记得格拉丝夫人双腿患有关节炎，但这原本属于她的身体，此刻正跪在这里，坐在脚后跟上，用的竟是年轻人那种柔韧的姿势。另外，老妇人脸上那皱皱巴巴的皮肤，此刻也舒展了不少，看起来还有点儿神采，就像那些老化的角质组织又复活了。突然间，他留意到她的手臂。

"你受伤了！"

"你受伤了！"

泽奇指向她的胳膊。她却没有去看他指的地方，而是模仿他的手势，看着他的手指，伸出自己的手指摸了过去，用的还是受伤的手臂。没流多少血，但伤口足有十几处，有一处看起来还很深。他拉着她的手指把她的胳膊拉到跟前，一一拔出了五片碎玻璃。她不是用手臂直接推向玻璃，就是在爆炸时恰好跑到窗边。等他拔出一片一寸长的玻璃时，才有血流了出来。拔出其他碎玻璃都没有看到血迹，只留下很小的青色伤痕。这效果让他想起曾经目睹的一次催眠，他曾误以为那是耍了什么花招。再抬头看她的面庞，他更加敬畏了——她依然友好地对他微笑，好像清除这些玻璃碎片并没有让她不适。

他又瞥了一眼格拉丝夫人的面孔，面色暗淡，不省人事，嘴唇毫无血色。他凭感觉确定她已经死了。他能想象这头颅逐渐萎缩，最终消失，就像疮疤恢复那样，或者像脐带脱落。那瑞琪尔到底是谁呢？或者是什么？

雨后的石头依然有些潮湿。他在上面润湿了一根手指，示意她靠过来。不管她是什么，她都吸收了太多辐射，恐怕活不了多久。他开始用湿润的指端在她前额画十字。

"倘若你尚未受洗，倘若你不愿受洗，我来为你施洗……"

他还没画完，瑞琪尔敏捷地直起身躲开他。她的笑容凝固了，消失了。整个表情似乎在努力喊：不！她转身避开他，从前额抹去水迹。她合上双目，双手搭在腿上，面容沉静，没有一丝波澜。她微微垂头，整个姿态似在祷告。沉静如湖水的面容渐渐泛起涟漪，一丝笑容又重新绽放。等她再次睁开双眼，注视着他，面容又如之前一样温暖。不过她四处张望，像是在寻找什么东西。

她的视线落在圣体容器上。他尚来不及阻止，瑞琪尔就将它端了起来。"不行！"泽奇嘶哑着勉强叫出声，伸手去抓。她反应太快了，他无能为力。这一使力让他又两眼一黑，晕了过去。等他挣扎着恢复意识，再次抬起头，眼前只剩一片模糊。她仍跪坐在他面前。最后他慢慢隐约看出，她正左手持金色圣杯，右手拇指和食指间专注地捏着一片圣体。她正将这片圣体递向他。他只是在想象吧？就跟他之前想象与帕特里克修士讲话一样吧？

他在等待模糊退去，视野再次清晰。然而这次，却不会再清晰了，起码不会完全清晰。

"主啊，我很渺小……"他轻声念着，"我唯愿诉说……"

他从她手中接受了圣体。她将圣体容器的盖子重新盖好，放到凸出的岩块下方那更隐秘之处。看着她做这一切，他确信了一件事：她感觉得到上帝的存在。她无法念出那些悼词，也不明白它们的意思。但是她应对他临时施洗时的一举一动，都仿佛受到神的指点。

他想重新凝聚眼焦，再好好打量这生灵的面庞。这神奇的创造物啊，她只用姿态就能表明：我不需要你施与的首次圣礼，但我却可以施与你临终圣礼。现在，他知道她是什么了，再怎么凝神也无法看清这自由生灵那双清透、碧绿、无忧无虑的双眼，他轻轻哭泣起来。

"我的灵魂赞美着上帝。"他轻声念道，"我的灵魂赞美着上帝，我的精神因上帝欢悦。因他对侍女也谦卑……"他想教给她这些话，作为一生中最后做的一件事。因为他确信她与那位第一个说这话的侍女有什么相似之处。

"我的灵魂赞美着上帝，我的精神因上帝欢悦。因他对侍女也谦卑……"

他还没念完就已没了气力，视野一片模糊；他无法再看清她的轮廓，但他感觉到了那碰触他前额的指尖，听见她说了一个字：

"活。"

接着她离开了。他还能听见她的声音在这新的废墟中慢慢远去。"啦，啦，啦，啦——啦——啦……"

只要生命还未结束，那对清透的碧眼就始终在他脑海里徘徊。他没有问上帝，为何要在格拉丝夫人肩头生出这个有原始纯洁的生灵，也没问为何要赐予她伊甸园般的超自然天赋——那些天赋，人类曾一度拥有，如今又妄图以武力夺回。他在那副双瞳中，看到了原始的纯洁和复活的感恩。得以瞥见这样的双瞳已是慷慨的恩惠，他感激地哭泣着。后来，他就把脸埋在湿润的尘土中，静静等待。

再也没有什么东西出现——他什么也没看到，什么也没感觉到，什么也没听到。

◇ 30 ◇

他们一边唱歌一边把孩子托上船舱。伴着那支古老的太空船夫曲，他们帮孩子一个一个爬上梯子，奔向修女的怀抱。他们起劲地唱啊唱，驱散孩子们心中的恐惧。随着地平线处一声轰响，歌声戛然而止，最后一个孩子被送入船舱。

修士们登扶梯时，水平线只是闪着微光，稍后即放出绚丽夺目的红光。万里无云的天际，冒出一团烟云。站在扶梯上的修士们避开那闪光，望向别处，等光线熄灭才回过头。

撒旦的烟云越积越大，越滚越浓，恐怖的蘑菇云覆在云层，像在地球被囚禁数载的巨人，又缓缓站起。

有人大声催促。修士们又开始向船上爬去，不久就都进入了船舱。

最后一位修士要进去时，稍停了片刻。他站在开着的舱口，脱下凉鞋。"世界的荣光从此消失。"他喃喃低语。最后望了一眼大海，便步入船舱，关上了舱门。

烟雾喷涌，刺目的光芒射向四方，伴随一声尖锐的哀鸣，星际飞船冲入天际。

碎浪一下一下地拍打着海岸，将水中的浮木一下一下冲向岸边。一架废弃的水上飞机浮在水面。过了不久，浪花托起这架飞机，将它与浮木一并送上海岸，折裂的机翼向一边翘起。浪花里有小虾游来游去，鳕鱼紧随其后贪婪吞食，鲨鱼则享受地大嚼鳕鱼。在这无情的大海里，时时上演着屠戮，处处涌动着杀机。

海风拂过海面，吹来一层细腻的白灰。白灰落入海中，被卷入碎浪。浪花将死虾托上海岸与浮木做伴，接着又冲上了鳕鱼的尸体。鲨鱼从深海游出，在干净的寒流中孵育后代。那个季节，它饥饿难耐。

读客® 科幻文库

跟着读客读科幻，经典科幻全看遍

太空歌剧、赛博朋克、奇幻史诗……

中国、美国、英国、俄罗斯、波兰、加拿大、日本、牙买加……

读客汇聚雨果奖、星云奖、轨迹奖获奖作品

精挑细选顶尖的科幻奇幻经典

陪伴读者一起探索人类文明的过去、现在和未来

亿亿万万年，直至宇宙尽头

打开淘宝，扫码进入读客旗舰店，
下一本科幻更经典！